Lupin ne devait pas tarder à l'apprendre et le jour était proche où, tout pantelant d'horreur, frappé de désespoir, mortellement atteint, le jour était proche où il allait savoir l'épouvantable vérité.

Maurice Leblanc, 813

François J. Richet – Éditions du Trier-Têtu
2 ruelle des Lavandières, 17100 Saintes, France
www.trier-tetu.com
message@trier-tetu.com
Tel. 09 70 44 61 17

Le nom « Trier-Têtu » vient de la plus haute dune de la forêt de Suzac, en Saintonge.

Photos : François Richet. Modèles : Claire Vivier et Arnaud Boudon

À mes muses

# 1 - Jeudi 4 janvier 1945 - Il y avait une ville

Bien joué, Lothar ! se dit Altenbach, officier allemand pris dans la nasse de la « poche » de Royan en ce 4 janvier 1945. Il vient juste d'offrir cinq jours de permission à Bogen, son aide de camp, qui va s'empresser de rejoindre sa séduisante maîtresse française. Malheureusement, cette beauté va probablement disparaître demain, l'aide de camp idem, tout comme les Français réquisitionnés pour construire la cachette.

Royan va être noyée sous les bombes et, avec un peu de chance, presque tous ses habitants périront. Seuls les Allemands, à l'abri dans des blockhaus capables de résister à tout explosif connu, survivront. Les historiens s'interrogeront certainement pendant plusieurs générations sur l'intérêt et la pertinence de raser une ville occupée par une poignée d'Allemands alors que la guerre est pratiquement terminée. Ce n'est pas l'Organisation qui leur révélera les dessous de cette opération parfaitement préparée grâce à une discrète infiltration des armées alliées comme allemandes.

Lothar restera ainsi seul à connaître la localisation du trésor nazi, dans sa cache de béton. Il vient d'achever d'en sceller la fermeture avec l'aide de Bogen, qui ignore le contenu des lourdes caisses kaki. Se retrouver l'unique dépositaire de ce secret à plusieurs millions procure à l'officier une impression de puissance, une sensation d'immortalité. Même son supérieur se trouvera à sa merci, méconnaissant l'emplacement des lingots d'or et des joyaux constituant le magot.

Et s'il ne lui apprenait pas ? S'il disparaissait dans le chaos en gardant le silence ? Plus tard, il pourrait orchestrer une expédition pour récupérer le pactole. Évidemment, les gens de l'Organisation l'attendraient, à l'affût comme des chasseurs guettant le retour des oiseaux pour les flinguer tranquillement au crépuscule. Ça méritait une réflexion, déjà entamée depuis plusieurs jours dans le huis clos de sa cellule de béton brut ménagée dans un blockhaus… Maintenant, sa décision est prise. Après les deux bombardements, le second étant destiné à tuer les naïfs sortis de leurs abris croyant le calme revenu, un convoi sanitaire sera monté pour évacuer les blessés – car malheureusement tous ne mourront pas. Ce sera le moment pour lui de quitter son uniforme pour enfiler une défroque usée vouée à le faire passer pour un Français. Après tout, sa mère était française et il parle la langue sans le moindre accent. Pour éviter qu'on le reconnaisse, il jouera au blessé, des bandages tachés d'encre rouge lui entoureront le crâne et une partie du visage. Jusque-là, c'est le scénario mis au point par l'Organisation pour l'exfiltrer, mais la suite va différer du plan initial qui aurait dû le voir rejoindre le QG à Londres muni de faux papiers. Il va rallier Paris, porteur d'une carte d'identité volée sur le cadavre d'un Français plusieurs mois plus tôt dans un accident. Par la suite, il ira se mettre au vert en Amérique, un petit sac de diamants – soustrait du magot à toutes fins utiles – l'aidera à voir venir le temps de trouver un moyen pour récupérer le reste du trésor…

## 2 - Lundi 5 août 2019 - Clara veut la lune

C'est un petit matin comme je les aime. Réveillé de bonne humeur sans savoir pourquoi, je traîne dans Royan avant d'arriver au « Bar Bu », le bistro de Christian Goblin, copain de jeunesse et père de cœur de Lucille, l'élue de mon âme. L'effluve de l'endroit m'atteint dès la porte franchie : mélange de Ricard, café, bière, vin et autres exhalaisons plus subtiles à nommer. Christian, pourvu d'une calvitie et d'yeux bleus cordiaux, occupe sa place habituelle, derrière son comptoir. D'habitude jovial, il arbore la mine joyeuse d'un contribuable à la réception d'un commandement de payer.

— Tu en fais une tête !

— La vie n'est pas facile tous les jours.

— Et aujourd'hui, elle n'est spécialement pas aimable ?

— Hier, aujourd'hui, demain…

— Que se passe-t-il ?

— Clara est partie.

— Ah ! je vois. Tu l'avais dans la peau ?

— C'est rien de le dire.

— Tu m'avais pourtant laissé entendre qu'elle était prodigieusement agaçante…

— Oui, aussi. Capricieuse, changeante. Un jour tendre et câline, le lendemain indifférente, le surlendemain agressive, le jour d'après manœuvrière ; prétextant la lune ou ses hormones pour justifier ses sautes d'humeur avec le renfort de mots doux et de caresses pour se faire pardonner quand elle dépassait les bornes…

— En somme, elle te manipulait comme le guignol Guérin invente des vies à ses marionnettes. J'ai envie de te dire : bon débarras !

— C'est pas si simple. Je n'étais pas dupe, mais elle me fascinait, comme un oiseau de mer attiré par le phare de Cordouan : son intelligence, son humour, sa générosité, sa personnalité originale, positive et irrésistible… Et ses yeux ! Des merveilles ! Tu te souviens de ses yeux ?

— Oui, je me rappelle même qu'elle en avait deux. Elle est partie pour un autre ?

— Je ne crois pas. Elle m'a dit vouloir se « recentrer » sur son travail.

— C'est nouveau ça ! Quel travail ?

— Elle s'est découvert une passion pour l'immobilier dans une compagnie internationale qui construit des centres commerciaux, des résidences de luxe, des marinas, tu vois le genre.

— Oui, oui, oui… Généralement des nids de magouilles et compromissions pour des réalisations « premium ». On sait qui gère cette boîte ?

— Maurice Roudoni, un moitié Rital pas très net. Ancien banquier, reconverti dans des affaires douteuses ici et là, en Égypte, au Qatar, en Russie, en Turquie… On a parlé de lui dans une histoire de pyramide de Ponzi, mais c'est l'un de ses associés qui a porté le chapeau quand le montage financier frauduleux s'est crashé.

— Elle sait tout ça, ta Clara ?

— C'est elle qui me l'a raconté. Roudoni lui a proposé un pont d'or pour prospecter les communes susceptibles d'accueillir l'une de ses manigances. Simple salariée, elle ne risque rien même si l'affaire se révèle une escroquerie.

— Elle a besoin de tant de fric pour devoir se lancer dans un job pareil ?

— Elle caresse un grand projet autour de l'adoption d'animaux abandonnés. La création d'un réseau social pour éviter qu'ils restent longtemps dans les refuges. C'est malheureusement moi qui lui ai mis cette idée en tête en lui montrant que l'informatique, pour elle obscure comme l'intellect d'un rappeur, peut concrétiser des rêves.

— Tu devrais pourtant savoir qu'il ne faut jamais donner d'idées à une blonde !

— Tu ne changes pas toi ! À 16 ans tu passais déjà ton temps à dévider des bobards… et aussi à draguer les filles. À ce propos, si ton chemin croise celui de Clara, n'y touche pas, s'il te plaît.

— Tu n'as pas eu besoin de moi pour la laisser partir. Et puis Clara, ce n'est pas mon genre : aux sportives musclées, nerveuses et autoritaires je préfère les femmes plus moelleuses et tendres.

Christian Goblin lève les yeux au ciel.

— Définition caricaturale, mais j'aime mieux qu'elle ne te plaise pas.

— Alors, tout va bien. Il m'intéresse, ton Roudoni. Ses magouilles pourraient se révéler un excellent sujet d'article, du style qui fait parler, beaucoup et longtemps. Un joli scandale immobilier avec des compromissions politiques locales, c'est bon, ça.

— Je croyais que le journalisme était mort ?

— Heureusement pas, mais l'âge d'or des journaux et magazines est maintenant révolu. Il est devenu plus compliqué de réaliser les reportages de fond que j'aime produire.

— Comme celui qui t'a valu le prix Albert Londres ?

— Oui. Les magouilles provinciales de Roudoni ne sont pas du même calibre, mais elles restent intéressantes.

— Sauf que là, Clara se trouve dans l'histoire. Et tu vas la compromettre en écrivant cet article.

— Tu m'as dit toi-même, et à l'instant, qu'elle ne risquait rien. Ce n'est pas vrai ?

— Non, j'ai menti. En fait, je n'en sais rien et j'essaye de me convaincre qu'elle n'est qu'une simple employée.

— Quoi qu'il en soit, si je trouve un bon sujet d'enquête, je le publierai. Je ferai tout pour épargner Clara, mais, si elle est compromise, tant pis pour elle. Je dirai la vérité. Je dis toujours la vérité à mes lecteurs.

— Attends une seconde, j'ai un problème d'audition. Tu ne connais pas ces misères de la vie : on se croit encore jeune, et d'un coup l'oreille déconne, on a des hallucinations auditives. J'ai cru t'entendre prononcer les mots « Je dis toujours la vérité ». Trop marrant. Je ne me souviens pas que dans le passé tu aies avoué la vérité à qui que ce soit sur vos petits jeux à tes potes et toi, votre gang de redresseurs de torts. Pour l'anecdote, on peut évoquer des menaces de mort, tirs de revolver, enlèvements, séquestrations, exécution, et j'en oublie. En plus tu as entraîné Lucille dans cette folie. Tu ne voudrais pas qu'elle soit signalée dans la presse, cette vérité-là, n'est-ce pas ? Alors, laisse Clara tranquille, sinon !

— Tiens donc ! Tu ferais accuser Lucille, ta propre fille ? L'une des femmes de ma vie. Ça ne te gênerait pas ?

— Laisse Clara tranquille. C'est elle, la femme de ma vie. Elle appartient à ma famille de cœur.

— Je ne pensais pas que tu tenais autant à elle. Alors, si l'on estime qu'elle fait partie de la famille… on est obligé de considérer qu'elle est aussi intouchable que l'Euromillion.

— Voilà ce que je voulais t'entendre dire. Dommage que j'ai dû mettre les points sur les « i » avec toi.

— En effet, c'est fâcheux. Cependant, je vais enquêter, non pas pour publication tant que Clara est dans le bain, mais pour mon édification personnelle. Et pour la tienne, car j'arriverai peut-être à découvrir à quel point elle est compromise. Le savoir t'intéresse, n'est-ce pas ?

— Je me méfie de toi. Mais ta proposition me plaît quand même. Vas-y, je t'aiderai si tu en as besoin.

Nous nous serrons la main, une poigne ferme, les yeux dans les yeux, comme des hommes se prenant pour des hommes. Décidément, je préfère la fréquentation des femmes, leurs coutumes relationnelles se révèlent généralement bien plus agréables.

Pour entamer mon enquête, je vais faire appel à un ami policier. L'expression m'amuse, j'en ris seul, comme un maboul. Il y a peu, je n'aurais jamais cru possible d'être affligé d'un tel penchant. Je me méfie des flics depuis toujours, dépositaires d'une autorité pas toujours bien employée.

*

*   *

Je laisse galamment le passage à une jeune fille blonde juchée sur un vélo, suivie de sa longue écharpe rouge flottant au vent et de mon regard qui s'y accroche. Abandonnant l'ombre de la cathédrale de Royan (je sais, ce n'est qu'une église, mais ça me plaît de la désigner ainsi) je traverse la rue en direction du commissariat, situé dans d'étroits locaux désuets. Le commissaire Aldo Riviéri, seul flic que je supporte, fête sa première année à la tête de la boîte. Pineau et alcools pour hommes au menu. J'ai accepté son invitation, n'ayant pas vu depuis longtemps ce type qui m'a sauvé la vie et à qui je l'ai sauvée à mon tour. L'événement s'est produit la veille de sa prise de fonction, du coup, c'est aussi notre premier anniversaire et seule une circonstance pareille motivait qu'on me voie parmi des flics. La question que je vais lui poser sur Roudoni passera d'autant plus pour anodine.

Pour un policier et ancien para, il est plutôt sympa. C'est un grand mec – légèrement plus que mon mètre quatre-vingt-un – athlétique, à l'allure de militaire ou de flic, il ne cache pas son jeu. Visage anguleux, yeux sombres, cheveux de jais, courts et ondulés ; rasé de près, mais la barbe noire visible sous la peau. Il m'accueille, tout sourire, regard franc, main tendue et claque virile sur l'épaule. Il me présente à quelques-uns de ses collègues avant de prononcer un discours, de sa voix métallique, pour évoquer la catastrophe ferroviaire à laquelle nous avons échappé de justesse l'an dernier grâce à l'union de nos forces. Bien entendu, tous les flics nous applaudissent et certains me tapent dans le dos… Cette camaraderie virile n'est vraiment pas ma tasse de thé, mais il vaut mieux être bien vu des poulets, dans la vie. Après quelques verres des alcools susnommés, les plaisanteries et anecdotes aux relents de matraques fusent et Riviéri m'entraîne dans son bureau, me supposant, à raison, agacé. Il m'offre une belle rasade de whisky à la marque prestigieuse. Nous trinquons.

— À nous !

— À la vie !

— Alors Youri Dorsel, grand reporter, toujours en semi-vacances dans ton harem ?

— Semi-chômage, en réalité. La presse… Mais j'écris des livres mêlant mes anciens reportages, mes souvenirs et une bonne pincée de révélations. Ça marche honnêtement.

— Plus d'enquête comme l'an dernier avec tes copines Lucille et Muriel ? Au fait, qu'est-elle devenue, Muriel ?

— Ses vacances finies elle est rentrée aux États-Unis, tout simplement. Pourquoi, elle te manque ? Parle-moi d'un certain Roudoni, plutôt. On m'a dit qu'il gérait des affaires bizarres et j'aimerais en savoir plus. J'évalue l'intérêt de cette histoire pour un article éventuel. Bien sûr, je ne citerai pas ma source. Et je sais combien tu tiens au secret des sources.

— T'es un marrant, toi ! il ricane. Roudoni ? C'est une pâle ordure derrière une façade de grand frère sage, charmant et serviable. Mais, on n'a pas besoin de gratter longtemps pour découvrir un truand sous ce masque.

— Une petite frappe ?

— Mieux que ça. Le cerveau d'activités hautement illégales.

— À quoi il ressemble, ton caïd ?

— À un trentenaire sportif d'allure affable et souriante, genre bourgeois catho de droite décontractée, limite bobo. Il incarnerait à la perfection un gendre idéal au théâtre de boulevard. Parfaite façade pour un Arsène Lupin actuel, mais plus redoutable que son ancêtre. Il a le revolver facile et la torture décomplexée, au point qu'il pose régulièrement avec son arme pour des séries de photos, traditionnellement déguisé en agent secret de cinéma. Il octroie ensuite son portrait à ses amis.

— Un grand enfant pervers.

— Très pervers, car c'est un tueur impitoyable qui exécute les gêneurs lui-même, à l'occasion. Il a aussi commandité quelques assassinats via ses hommes de main, généralement dans des pays où une poignée de billets offerts aux juges assurent l'impunité. Il a travaillé en Afrique, au Maghreb, en Asie avant de s'installer en France. Ici, il opère curieusement en finesse et ses affaires affichent une légalité de bon aloi.

— Dans quel domaine d'activité ?

— La corruption et le détournement de fonds publics dans les villages et petites villes constituent la base de son business. Les élus de ces bleds rêvent de grosses voitures allemandes, de valises pleines de billets et de gloire. Il les aide à concrétiser leurs utopies en montant des programmes immobiliers, à grand renfort de subventions nationales et européennes. L'intérêt réel des projets n'ayant pas la moindre importance il a participé à la réalisation de nombreux « éléphants blancs », ces opérations ruineuses qui restent vides de clients ou d'habitants. Son dernier exploit ? Le plus vaste boulodrome de France, à Saint-Fort-sur-Seudre, village de 950 âmes, du côté de Chatressac. Cinquante-cinq terrains de boules dont quatre en intérieur avec club house, bar et salle des fêtes pour mille personnes. Le tout, sur sept hectares, ayant coûté plus de deux millions d'euros, n'est fréquenté que par une cinquantaine de pratiquants en saison haute, dont aucun ne réside dans la commune. Roudoni a raflé un tiers des deux millions, de l'argent de poche facilement gagné grâce à Clara, son âme damnée.

— Qui est cette Clara ?

Je prononce ces mots sur un ton dégagé pour qu'il ne devine pas mon intérêt pour elle.

— Clara Betoli, née Stenbock, surnommée « Clara la Suédoise », tu la connais. Elle envoûte les élus avec son allure et sa classe, les fascine avec ses yeux bleus et sa blondeur éblouissante ; mais, s'ils rechignent, elle sait les menacer d'un air cruel de dominatrice qui les terrorise et les émerveille à la fois. Ils l'adorent tous et se laissent séduire par ses discours – d'une telle mauvaise foi qu'ils feraient rire des nourrissons. Mais pas eux, ils croient au conte de fées et signent tout ce qu'elle veut, tous les papiers officiels préparés par Roudoni : demandes de subventions nationales et européennes, déclaration d'utilité publique, expropriations, permis de construire… Tout est calculé pour tirer le maximum d'argent à tous les niveaux, sans que ça paraisse suspect.

— Quel est leur mode opératoire ?

— Roudoni et Clara se présentent comme un cabinet-conseil au service des petites communes, la SFEM, Société Française d'Expansion et de Modernisation. Ils ont recruté un complice du nom de Guy Yarres qui visite les patelins à la recherche de candidats à un juteux projet. Se faisant passer pour un journaliste, il fouine partout pour imaginer une proposition correspondant à la faille d'un maire ou d'un de ses proches : passion, vice, relation cachée... Il monte des dossiers et les soumet à Roudoni qui sélectionne les meilleurs. Par la suite, ils définissent un angle d'attaque pour suggérer aux gogos un programme « irrésistible », qui cependant, ne présente aucun risque légal pour eux. La combine est si génialement réalisée que je doute que Roudoni, un peu balourd, en soit l'auteur. Je ne serais pas étonné que Clara l'ait mise au point : les profits sont importants et n'engendrent pas la violence qu'il a pu déchaîner à l'étranger. Dans ces méthodes efficaces et discrètes, je vois la main de cette femme, plus intelligente que lui. Roudoni, sous ses allures policées se conduit souvent en brute cruelle passant en force. Il est cependant capable de finesse dans un domaine stratégique pour lui : il possède une parfaite connaissance des arcanes de l'administration et de l'attribution de subventions publiques. Il est doué comme personne pour donner un vernis légal à des combines douteuses.

— Finalement, tu n'as rien à lui reprocher, si tout est en règle.

— En surface seulement. Et je soupçonne autre chose. J'ignore quoi, mais quand je le découvrirai il sera sans doute trop tard.

— Tu m'as l'air bien sinistre !

Riviéri lève les yeux au ciel.

— Je sens qu'ils préparent un truc pas net, du lourd, j'en suis persuadé. Malheureusement, sans preuve à soumettre à un juge, je dois laisser tomber. Mais toi qui aimes enquêter en petit Bob Morane – l'aventurier qui fait ses coups en douce, au nez et à la barbe des flics – tu pourrais en effet poursuivre la recherche pour en tirer un article. Cette fois, du côté de la justice.

— Du côté de la justice ? Tu veux rire ! Du côté des flics, plutôt, et ce n'est pas la même chose ! La légalité et la légitimité ne vont pas souvent de pair, bien trop d'exemples le prouvent.

— Tu seras peut-être content de nous trouver un jour.

— Qui sait ? Cependant, j'accepte ta proposition. Je continue l'affaire.

— Tout ce discours pour en arriver là ! Enfin, puisque nous collaborons, je t'aiderai autant que possible côté police en échange de ce que tu apprendras au cours de ton enquête parallèle, n'est-ce pas ?

— Ah ! Ah ! Donnant donnant. Et si je passais dans leur camp ? Je pourrais te faire de l'intox, y as-tu songé ?

— C'est même la première chose à laquelle j'ai pensé. Je cours le risque : une chance sur deux. En plus, toi qui apprécies les femmes bizarres, tu pourrais tomber amoureux de Clara et me trahir juste pour assouvir ton plaisir pervers de défier les lois.

— J'avoue que braver l'interdit est tentant. Surtout celui des dictatures.

— C'est bon, épargne-moi ton discours libertaire à deux balles. Tu pourrais aussi tomber amoureux de Roudoni, après tout je ne connais pas précisément tes goûts. Tu es capable de telles propositions, quelquefois...

— Et si tu me donnais ton dossier Roudoni, au lieu de raconter des conneries ?

— Tu ne peux pas ressortir de mon bureau au vu et au su de tous en emportant le dossier d'une affaire. Je te le remettrai ultérieurement.

J'ironise :

— Dans la clandestinité ? Un flic intègre comme toi ? Je tombe de haut !

— Youri, ne m'emmerde pas. Je t'ai parfaitement situé, je sais que tu nages dans l'illégalité et je connais même des détails qui pourraient, toi et tes copines, vous envoyer en taule pour meurtre et complicité de meurtre avec préméditation. Cependant, vous êtes en liberté, alors, ne me cherche pas sur mon intégrité.

— Riviéri, tu me traites de hors-la-loi et malgré cela tu me demandes de reprendre une enquête pour toi. J'aimerais comprendre.

— J'ai l'impression que tu peux te montrer efficace... et honnête avec moi. De ton côté, tu gagnes des éléments exclusifs pour ton article sur Roudoni. Le marché me semble correct.

— Il l'est. Mais, selon ce que j'apprendrai, j'aviserai sur ce que je dois te transmettre, en mon âme et conscience.

C'est tout ce que tu peux attendre de moi. Je vais mener une enquête journalistique, pas policière, ne l'oublie pas.

— Je le sais. Je cours le risque. Topons.

Et voilà, nous nous serrons la main pour sceller notre pacte. Deuxième simagrée identique dans la journée. Cette enquête manque de contact avec les femmes, mais ça va changer de musique. La belle Clara va passer sous mon scanner, on va voir si sa mentalité vaut sa plastique.

## 3 - Lundi 5 août 2019 (soir) - Clara… voilà !

Ma vieille Range Rover fait toujours mon bonheur, surtout sur les routes étroites et à moitié goudronnées dont Waze a le secret. À l'heure où les ombres s'allongent, je traverse des hameaux composés de deux-trois maisons oubliées du monde. Peut-être leurs habitants ignorent-ils que l'humanité existe en dehors d'eux, tellement leurs tanières sont éloignées de la civilisation.

J'ai appelé Clara et elle m'a répondu alors que je redoutais une boîte vocale. Étonnée par ma demande de rendez-vous, elle a quand même accepté de me voir dans un endroit sûr et loin d'oreilles indiscrètes. Il s'agit d'une mairie de village le jour de sa fermeture. On lui a attribué là une pièce pour travailler sur un projet qu'elle tente de placer.

Pour l'instant, elle va et vient dans le bureau impersonnel, d'allure administrative, exhalant le manque de goût, le désir de plaire à tout le monde et qui ne plaît à personne. Bien qu'assez fâchée, la petite blonde répand un nuage de *Dior j'adore* dans son sillage. Mince et musclée, dans la quarantaine, des cheveux blonds éblouissants, raides, mi-longs ; des yeux bleus, une beauté qui ne se livre pas tout de suite, mais fascine après quelques secondes.

Elle trouve que le gentil Youri Dorsel se montre d'une curiosité gênante, même inconvenante… C'est dommage.

— D'accord, je ne me raconte pas que c'est pour le bien de l'humanité, mais tout ce que nous avons entrepris est légal, en règle et inattaquable. Voilà !

— Du coup, si je réalise une enquête sur Roudoni ça ne te dérange pas le moins du monde, n'est-ce pas ? Tu me prends pour un niais, mais si je cherche un peu, juste un peu, je dénicherai certainement des éléments intéressants pour mes lecteurs et amusants pour la police. Je connais ce genre de mecs, ils laissent toujours des traces. Réfléchis bien au camp dans lequel tu préféreras te trouver quand je sortirai un article. Surtout avec tes antécédents : une femme qui a fui son pays pour échapper à une accusation de meurtre, ça risquera de faire mauvais effet.

— Tu es devenu une ordure Youri, tu me dégoûtes. Je nous croyais amis, je tombe de haut.

— Justement, je parle à une amie, appartenant à la

famille de cœur de Christian Goblin, donc de la mienne. Tu vas gravement plonger avec Roudoni si tu restes dans ses magouilles. Tu t'imagines qu'un truand de ce calibre n'est pas surveillé par la police ? À la plus minuscule erreur vous vous retrouverez derrière les barreaux en moins de temps qu'un nouvel élu met à parjurer.

Clara me regarde, entre le zist et le zest. Je la sens ébranlée. Elle n'est quand même pas gourdasse au point de ne pas avoir pensé à cette donnée du problème ?

— Écoute Youri, je suis ennuyée. Je crois que je peux te faire confiance, alors voilà : Roudoni me tient et je suis obligée de travailler pour lui. Je suis son esclave, ni plus ni moins.
Son regard se fait persuasif. C'est vrai qu'elle a de magnifiques yeux bleus. Mais je ne suis pas aussi idiot que Christian pour me laisser prendre à son charme.

— Quel motif de chantage possède-t-il ?

— Tu sais que je suis veuve d'un homme qui a perdu la vie dans un accident ?

— Oui, un homme riche qui t'avait offert par votre mariage la nationalité française et empêché ton extradition en Norvège sous accusation de meurtre. Tu nies cette allégation et tu prétends n'avoir aucun rapport avec la Norvège et posséder la nationalité suédoise.

— J'aurais dû me douter que tu avais fouillé dans mon passé. C'est élégant. J'ai connu beaucoup d'hommes, mais je n'avais pas encore testé le goujat… Bref, ce que tu dis est vrai, mais j'étais innocente de ce dont on m'accusait. Malheureusement, la justice norvégienne possédait la preuve de ma culpabilité, car d'une certaine manière, je l'étais vraisemblablement.

— Moitié coupable vraisemblable, tu m'expliques ?

— Une femme, qui était probablement moi « avant », a commis ces crimes. Mais je n'en ai pas la certitude. Car mes souvenirs remontent à mon arrivée à Royan après un départ de Scandinavie dont je ne garde qu'une image ténue. Il s'agit d'une amnésie rétrograde. Je n'ai rien de commun avec la personne d'avant l'amnésie, qu'elle soit coupable ou innocente. Je ne sais rien sur elle.

— Je vois. Et Roudoni l'a appris ? Il possède une preuve peut-être ?

— Hélas oui. J'ai eu la faiblesse de me confier à mon mari et ce salaud a capté la conversation sur un vieux magnétophone à mon insu. Lui aussi se montrait infect et sa mort a sonné comme une libération.

— Tu l'as tué ?

— Ne plaisante pas. Roudoni et lui se connaissaient, mais je ne m'explique pas comment les enregistrements sur cassettes sont passés de l'un à l'autre et permettent au chantage de continuer.

— Pourquoi veut-il absolument que tu travailles avec lui ?

— Parce que je plais aux hommes, que je suis blonde aux yeux bleus, belle et convaincante. Ce n'est pas de l'immodestie, mais une constatation. Voilà !

— Tu as certainement songé aux moyens de te libérer de ce chantage.

— Faire disparaître les cassettes serait idéal. Mais, peut-être a-t-il réalisé des copies en numérique, je l'ignore. En ce cas, il serait presque impossible de s'en débarrasser.

— On peut avoir la chance que seules les cassettes existent.

— « On » ?

— Toi et moi. Ton histoire me fascine et j'ai l'impression qu'elle est vraie, bien que tu m'aies toujours eu l'air d'être une sacrée menteuse. J'ai envie de t'aider et en outre d'écrire un article sur l'infâme Roudoni. Quand nous l'aurons débarrassé de son moyen de chantage, je pourrai le coincer sans te compromettre. Un copain flic pourra arranger le coup.

— Riviéri ? Un Rital, lui aussi probable.

— Pire, un Corse !

— Oh mon Dieu !

Elle se signe.

— Certes, mais c'est un ami. Nous ne pouvons rien nous refuser mutuellement.

— Des hommes d'honneur ! Ça existe encore ? Je n'en ai pas souvent rencontré.

— Bref, si tu veux saisir ta chance, c'est maintenant. Et, oui, j'ai développé une certaine éthique, la mienne, qui ne se superpose qu'occasionnellement aux lois publiques, aux incantations des églises et à la « morale ».

— J'ai l'impression de ne pas avoir le choix. J'accepte.

Tu me plais, tu me rappelles l'un des seuls honnêtes hommes que j'ai pu connaître. Et tu ne m'as pas traitée en criminelle, mais en personne normale. J'ai peut-être tort, mais je te fais confiance.

— Comme je te l'ai dit, je n'appartiens pas au troupeau... Tu acceptes donc. Désormais, tu dois te montrer loyale avec moi comme si j'étais ton avocat ou ton ami, car je suis l'un et l'autre. Ne me mens pas, sinon, je ne pourrais rien faire pour toi.

— J'ai mes arrangements avec la vérité, d'accord, mais c'est presque toujours par gentillesse envers les gens et jamais rien de grave. Et pour annuler ma faute, je fais une prière, alors tu vois, ce n'est pas dramatique. Mais à toi, je ne mens pas. Voilà !

— J'adore ton système de défense. Je comprends que Christian te trouve « fascinante ». Au travail, maintenant ! À quel endroit Roudoni aurait-il pu cacher ces cassettes ?

— Je n'en ai pas la moindre idée, et pourtant je me suis acharnée à chercher.

— Il va falloir continuer à fouiller. À commencer par son ordinateur. Tu peux m'aider là-dessus ?

— Si tu m'en demandes le code, non, il est parano avec ça.

— Pas grave, je m'en débrouillerai. Tu as le mot de passe wifi du bureau, je suppose.

— Oui, c'est « Goldfinger ».

— Parfait, il me faut aussi toutes ses adresses : travail,

privé et autres, ses numéros de téléphone et ses mails. Écris-les donc sur un bloc, s'il te plaît.

Elle s'exécute, j'ai gagné sa confiance, j'en ressens une fierté : une femme tellement mystérieuse et imprévisible ne doit pas l'accorder facilement.

Je prends congé de Clara « voilà ». J'avais oublié qu'elle ponctue une phrase sur trois de ce mot.

Maintenant, sus à l'informatique de Roudoni. Je dispose pour ça d'un atout maître, Valentin, alias Val, un geek capable de miracles en ce domaine. Je l'héberge avec sa copine Jenny dans ma maison de Nauzan, la villa Maboul. Dès demain matin, je le mettrai à contribution.

D'ici là, j'ai un rendez-vous avec Riviéri qui m'a laissé un message, arrivé pendant ma conversation avec Clara. Il m'apporte une copie du dossier Roudoni sur le parking de la Grande Côte où nous passerons inaperçus dans le flot des touristes, d'autant mieux que la nuit tombe doucement.

*

* *

Les néons colorés des multiples restaurants ont du mal à lutter contre le somptueux coucher de soleil qui pare le ciel, encore bleu, d'orange et de mauve en approche de la ligne d'horizon où brille déjà par intermittence le phare de Cordouan. Riviéri ne me laisse pas le temps de me délecter du spectacle, surgissant comme un diable de sa boîte pour me remettre un sac du drive de Super U.

— Inutile de te dire que c'est confidentiel. Fais-en ton profit, mais ne divulgue rien !

— Ça marche, Aldo, ne t'inquiète pas. À part sur Facebook, je ne le montrerai à personne.

Il commence à prendre un air mauvais avant de comprendre que je plaisante et de s'éloigner à grands pas après un signe de la main évasif.

Pour profiter du coucher de soleil, je m'installe à la terrasse d'un resto simple et sympa, pas encore touché par la vague premium.

En fait, je n'accorde que peu d'attention à la merveille naturelle, attiré par le dossier apporté par Aldo. Je le compulse en dînant d'une salade de la mer accompagnée d'un blanc charentais bio de Talmont. Le pedigree de Roudoni semble impressionnant, mais peu de preuves le soutiennent, seulement des enquêtes inabouties et des « notes blanches », ces documents sans en-tête, ni date, ni signature, qui énoncent des affirmations sans, bien souvent, les étayer. Issues de la Direction centrale du renseignement intérieur (DCRI), elles sont destinées à protéger le secret des sources, l'anonymat évite également que quiconque ait à endosser la responsabilité des assertions portées sur ces notes. Après avoir parcouru le dossier, je n'en sais guère plus que ce que Riviéri m'avait raconté. Roudoni apparaît comme une grosse pointure, mouillé dans des affaires brassant des millions dans le milieu de la finance internationale où il a fini par se griller. On constate qu'un certain nombre de ses relations ont cessé prématurément de vivre, sans que l'on puise vraiment l'accuser. Son retour en France lui offre un nouveau départ, moins brillant, mais aussi moins risqué…

# 4 - Lundi 5 août 2019 (nuit) - Sainte-Marie priez pour moi

De près, le volet sent le pin chaud et la peinture. Hissée sur une chaise, elle peine à l'ouvrir, s'arc-boutant sur le crochet récalcitrant, rouillé, personne n'ayant posé la main sur lui depuis des années. Enfin, il cède, laissant la lumière éblouissante lui éclabousser le visage. La mer à perte de vue, bleu-vert, scintillante de soleil. Claire (mais s'appelle-t-elle vraiment ainsi ?) s'abandonne au spectacle, une pointe de bonheur lui traversant le ventre. Cette sensation s'éteint aussi abruptement qu'elle était venue. Un étourdissement l'incite à descendre de la chaise. Pas trop vite, sinon elle va à sa perte !

Elle se sent au bord de l'évanouissement, tout en ayant

l'impression de juste se réveiller d'une identique perte de connaissance. Confuse. Voyons… Elle se trouve chez elle, à « Sainte-Marie » la villa de vacances familiale, à Pontaillac. Elle y séjourne chaque été depuis le berceau… Le voyage depuis la Suède, avec ses parents, sa sœur et une tonne de bagages entassés dans la gigantesque Volvo, constituait à l'époque une expédition… À l'arrivée, on retrouvait la villa et son odeur de renfermé un peu âcre, mais qui valait tous les parfums d'Arabie, car synonyme de vacances sur la plage de Pontaillac, aux clubs ABC ou Mickey. Elle y rencontrait des petits Français de son âge, certains complètement idiots comme celui qui lui avait baissé la culotte par surprise. D'autres, plus sympathiques, à l'image du garçon qui avait châtié ce malappris en l'obligeant à se laisser ôter le slip par Claire. Un chevalier bienveillant et galant.

Ces souvenirs lointains semblent dater d'hier, elle a encore le goût du Tang, bu à même le pichet, sur la langue… Elle évoque sans peine les premières radios FM locales et leurs jingles si originaux, l'été de ses dix ans. Mais où se trouvait-elle dans la seconde précédente ? Et dans les trente dernières années ? Comment est-elle arrivée ici ? Amnésie. Le mot lui vient à l'esprit spontanément, sans être convoqué. Du calme. Par quoi commencer ? Visiter les autres pièces : peut-être quelqu'un est-il présent, avec une explication.

Mais, la maison se révèle inoccupée, vide de tout, sauf de toiles d'araignées, de poussière et de débris divers. Elle offre l'aspect général usé, fané, abîmé d'un logis abandonné depuis longtemps. Dans sa chambre, le papier peint bleu pend en lambeaux moisis évoquant un cauchemar… Elle va se réveiller et retrouver la villa des jours heureux, celle qu'elle a quittée une semaine plus tôt, lui semble-t-il, meublée avec goût et parfaitement soignée.

Elle se sent désorientée, apeurée, mais réussit à se maîtriser, reléguant la panique en arrière-plan. S'il n'y a rien ni personne ici, il lui faut sortir, fuir ce cauchemar incompréhensible. Elle bataille avec la porte d'entrée avant d'y renoncer pour s'échapper par la fenêtre de la cuisine en déchirant un réseau de toiles d'araignées. Elle atterrit dans le jardin, entretenu au minimum, débroussaillé, du moins. Les portails sont condamnés par des chaînes, mais escalader les grilles rouillées ne lui pose aucun problème.

L'air de la mer, en un souffle puissant et doux, lui pénètre dans les poumons et caresse son visage, provoquant un frisson de plaisir, chassant en partie son angoisse. Un beau matin de printemps, à Royan : du bonheur. Quelques voitures garées, mais aucune en circulation. Bizarres, d'ailleurs. Elle n'avait jamais vu aucun modèle ressemblant à ceux-ci… Elle marche, longeant l'océan sur la corniche et descend l'escalier taillé dans le rocher de la falaise de Vaux, au bout de la conche de Pontaillac. Elle traverse la plage à marée basse et va s'asseoir sur un banc, près du Sporting. Une impression d'irréalité flotte dans l'air, renforcée par la promenade déserte, les magasins fermés, vitrines passées au blanc d'Espagne, comme hors saison. Plus elle les observe, plus elle est surprise par une foule de détails étranges, inhabituels. Les constructions sont différentes, tout comme le graphisme des enseignes de commerces et les noms, eux-mêmes. Et aussi les couleurs, les publicités, la taille des arbres, comme si, en quelques jours, ils avaient forci autant qu'en plusieurs dizaines d'années. On dirait la réalité copiée pour un décor de cinéma en carton-pâte…

*

*   *

Clara s'éveille. Encore ce rêve récurrent, mélange de l'évocation de son arrivée dans sa deuxième vie et des fumées du songe. Elle s'était pareillement retrouvée dans cette maison, totalement désorientée, sans le moindre souvenir de son passé récent. En traversant l'avenue de Pontaillac, elle s'était fait renverser par la voiture de celui qui allait devenir son mari, Albert Betoli, industriel du biscuit fortuné. Transportée à l'hôpital, on l'avait soignée pour un bras cassé et on lui avait diagnostiqué une amnésie consécutive à l'accident. Mais elle la savait antérieure.

Albert était tombé amoureux de cette petite blonde sportive, aux magnifiques yeux bleus, au visage fascinant, d'une beauté étrange ; à la forte personnalité positive et chaleureuse. Elle avait accepté ses hommages, non pas qu'il lui plaise passionnément, mais par facilité. Il lui offrait un toit, un refuge, la possibilité de souffler après toutes ces péripéties, dont elle n'avait d'ailleurs aucun souvenir hormis l'impression d'une fuite angoissante.

Peu après, ils s'étaient mariés, elle était devenue française. Ainsi, lorsque la police norvégienne était venue lui demander des comptes on avait pu éconduire ces flics étrangers sans souci. Plus tard, jugée par contumace et condamnée, la justice norvégienne avait réclamé son extradition. Elle lui avait été refusée pour la raison que la France n'extrade jamais ses ressortissants.

Elle n'avait plus été inquiétée. Elle ne pouvait plus sortir de France, mais ça ne la dérangeait pas, du moment qu'elle vivait à Pontaillac. Et puis, son mari était mort d'un accident de voiture et elle s'était retrouvée riche et libre d'un homme qui la traitait comme une princesse, mais l'enfermait, la coupait du monde. Prisonnière dans une cage dorée, tel était son sort. De mauvaises langues avaient prétendu qu'elle avait provoqué l'accident, mais aucun élément de l'enquête ne l'avait prouvé.

Elle avait voulu récupérer sa maison d'enfance. Renseignements pris, elle avait été vendue vingt-cinq ans plus tôt à un couple décédé depuis une décennie. Elle se retrouvait en indivision dans une famille conflictuelle. En attendant de pouvoir l'acheter, elle était donc restée dans la vaste villa blanche de son mari, sur la corniche, près du Chay.

Elle y avait vécu isolée, avec peu de relations, car passablement inquiétante, avec sa réputation sulfureuse, jusqu'à ce qu'elle fasse la connaissance de Christian Goblin, père de cœur de Lucille, l'amoureuse de Youri Dorsel. Il avait réussi à la conquérir par sa gentillesse et ses sentiments. On dit qu'on aime ceux qui aiment, c'est ce qui était arrivé avec lui. Clara se sentait revivre lorsque Roudoni était entré en scène avec ses enregistrements. Associé ou ami de son mari, elle n'avait jamais réellement su quel lien les unissait. Ce type ne lui avait jamais plu avec son allure de gendre idéal, verni laissant fugitivement transparaître un homme inquiétant, et elle n'avait pas été étonnée quand il avait débuté son chantage. Depuis, elle avait cherché le moyen de s'en défaire, évoquant évidemment le plus définitif d'entre eux, mais avec son passé en Scandinavie et les soupçons autour de l'accident d'Albert elle ne pouvait le mettre à exécution sans attirer l'attention.

C'est pourtant l'idée qui continue à lui tourner en tête, prête à s'imposer, malgré les risques. Sauf que, maintenant, Youri entre en scène en preux chevalier envoyé par Christian pour la sauver. Elle a confiance en lui. Sera-t-il véritablement ami ? Ou ennemi ?

## 5 - Mardi 6 août 2019 - Souvenirs, attention, danger !

Les pins n'ont rien perdu de leur charme ni la plage de Nauzan de son éclat. La Maison Bleue – bar lounge à la mode – toute proche exhale toujours son parfum d'ennui chic et tarifé cher. Mais à l'instant (comme dans l'absolu, d'ailleurs) cette vision du bistro moderne, « premium » n'a qu'une importance minime. Quand bien même il se proclame libertaire…

Je viens de me lever tard, chez moi, à la villa Maboul, en bord de conche. Pas âme qui vive dans la maison, mon amie Lucille doit se trouver sur la plage, Valentin et Jenny, mes invités permanents sont sortis.

Un événement imprévu m'arrive et me voici non pas désarçonné, mais du moins décontenancé, étonné, baba. L'un de ces moments où, la sonnerie ayant à peine fini de retentir, l'on ouvre la porte, croyant découvrir la factrice qu'on aime bien venue livrer un colis à son heure habituelle. On imagine déjà son visage avenant et on prépare son sourire le plus affable. Mais, quand le battant s'écarte, on se retrouve face à trois mecs à gueule d'épouvante, genre huissier, flic ou truand. En fait, c'est justement la question que je me pose en les découvrant : dans quel camp se trouvent-ils ? Mais, la réponse n'a que peu d'importance, tant il est clair que leur camp n'est pas le mien. Tranchant dans le vif de l'incertitude, j'ouvre la bouche pour articuler : « oui ? » de la voix assurée, virile et chaude qui contribue à mon succès auprès des femmes. Les trois mecs ne sont pas impressionnés, eux. « On peut entrer ? » lance le plus balèse des trois, un quintal de muscles environ formant un corps massif comme un fût de bordeaux agrémenté d'une mâchoire carrée et d'un crâne rasé. Mais, ce que l'on perçoit dès l'abord est son œil brillant à la manière d'une lame de poignard éclairé par la pleine lune dans une impasse de quartier bien flippant. Bref, il possède la tronche du méchant de l'histoire. Il reprend :

— Monsieur Youri Dorsel ?

Le genre scrupuleux, le mec qui ne veut pas commettre d'impair en éclatant la tête d'un innocent.

— Ça dépend qui le demande. Vous êtes ?

— De simples émissaires qui vous apportent un message.

— Un message de poids, j'imagine. Alors ? J'attends !

— Laissez-nous entrer, ce sera mieux.

— Il n'en est pas question. Trois mecs à gueule de truands, c'est non !

L'affreux blêmit, son œil étincelle, mais il se contient.

— Monsieur Rogiès veut vous voir.

Rogiès, le patron du Train Rose, clandé chic du coin ; le caïd local... Je nous croyais copains !

— Merci pour le message. Je le recontacte.

L'autre sourit, prouvant ainsi qu'il n'a pas fréquenté d'orthodontiste dans son enfance.

— Suivez-nous maintenant. C'est-à-dire dans les 30 secondes qui viennent. Capito ?

Non, mais pour qui il se prend, celui-là ? Cet empaffé de Rogiès m'envoie chercher comme un paquet par ses truands alors qu'il était ami avec mon père ! Il ose me faire ça ? Ne connaîtrais-je pas son véritable visage ? Serait-il un méchant lui aussi, sous ses airs mielleux de patron de maison close ? Bref, à moins de flinguer les trois affreux, je dois les suivre. Il est vrai que je pourrais les descendre avec le pistolet de mon père posé dans une boîte innocente, sur la table basse du salon, mais tuer froidement me répugne un peu, on n'est pas dans *Breaking Bad*. Et puis, je ne crois pas risquer grand-chose de Rogiès... Mais, l'avenir me dira si j'ai raison.

Ils m'embarquent dans un énorme SUV à la laideur arrogante ostensible. Quand ces horreurs auront passé de mode, on se demandera comment elles ont pu se vendre en de telles quantités. La sono diffuse un opéra baroque en chemin vers le Train Rose, le clandé de mon « hôte ». Un complexe comprenant bar-restaurant lounge, hôtel discret et cabaret genre gloussements de dames et rougeurs de messieurs. Rogiès a bâti cette belle affaire du jour au lendemain alors qu'il était conducteur salarié de pelle mécanique pour travaux publics. Intéressante et rapide promotion qui laisse la porte ouverte aux pensées vagabondes.

La longue construction immaculée du Train Rose apparaît au bout d'une allée. La voiture l'emprunte pour stopper devant une large porte de bois massif en provoquant le crissement du gravier chic sous ses pneus. Un gorille déverrouille la portière et m'invite à sortir d'un geste à l'obséquiosité autoritaire. Les cailloux blancs roulent sous mes semelles avant de laisser la place au carrelage d'un couloir, prélude à l'épaisse moquette de l'étage où m'entraînent les deux mecs qui m'encadrent.

Rogiès me « reçoit » dans son bureau. Pas souriant. Moi non plus.

— Que signifie ce kidnapping ? Tu as perdu la tête ?

— Ne te fâche pas, je t'ai envoyé chercher parce qu'il était urgent que je te voie. À qui d'autre que moi as-tu montré le papier trouvé dans ta vieille voiture ?

— Le papier où mon père avait écrit, il y a plus trente ans, l'adresse « 8 rue des Chétis » ? Je l'ai détruit devant toi, l'as-tu oublié ? Et après ? Quel rapport avec ce kidnapping ?

— C'est une invitation, Youri, rien qu'une invitation… Quand j'étais associé avec ton père, dans les années 80, nous étions sur une affaire compliquée, en relation avec l'adresse notée sur ce document. Cette vieille histoire remonte aujourd'hui à la surface et je pense que tu y es pour quelque chose. Je me trompe ?

Il me darde d'yeux durs et soupçonneux.

— Je ne sais absolument pas de quoi tu parles. Ce papier est resté une énigme pour moi, et tu ne m'as donné aucune explication à son sujet comme tu t'y étais engagé. Alors ? C'est moi qui t'écoute !

— Plus tard, Youri. D'abord, dis-moi : qui a vu ce billet avant moi ?

Là, je dois réfléchir vite, ne pas avoir l'air d'hésiter... Le seul qui l'ait vu, avec certitude, est Mithois fils, le restaurateur d'automobiles anciennes : c'est lui qui me l'a remis. Il l'avait découvert dans la Range Rover de mon père qui dormait dans le garage de sa villa (aujourd'hui la mienne) depuis 30 ans – moment où mes parents avaient disparu mystérieusement lors d'un Paris-Dakar. Le mécano et peut-être l'un de ses employés ont pu lire ce papier... Mais je ne vais pas en parler à Rogiès, sinon il risque de les interroger sans tendresse.

— Personne. Je l'ai trouvé en nettoyant la voiture. Le seul qui l'a vu avant moi est celui qui l'a écrit, mon père.

— Youri, tu me racontes des salades. Quelqu'un s'est rendu à cette adresse et pose depuis plus d'un mois des questions à la terre entière sur le sujet.

— Il y a près d'un an que ce papier a été détruit ! Je ne vois pas le rapport.

— Le rapport, c'est l'adresse. Ton père et moi seulement la connaissions, en dehors de personnes aujourd'hui décédées. il me lance un œil lourd de sens. Je n'en ai plus jamais entendu parler depuis qu'il a disparu. Et toi, tu viens en brandissant un papier où cette adresse est écrite et, un peu plus tard, un mec douteux demande des infos sur ce lieu aux quatre points cardinaux. Ce ne peut pas être une coïncidence, car j'ai la certitude que ton père et moi n'avons laissé aucune trace de nos activités.

— Le papier constitue une preuve du contraire ! Encore une fois, je n'ai pas la moindre idée de ce qui se passe. Maintenant, après tout ce micmac, tu me dois une explication : en quoi consiste cette affaire mystérieuse ?

Il m'examine un instant, l'œil torve. Je dois franchir l'épreuve, car il finit par articuler :

— Une lubie de ton père. Un soi-disant trésor caché qui n'a existé que dans son imagination.

— Dans son imagination, hein ? Et c'est pour ça que tu déclenches une alerte rouge et que tu me fais enlever par tes affreux ? Me prendrais-tu pour un idiot ?

— Non, mais je peux me tromper. Si tu es malin, laisse tomber cette vieille histoire sans intérêt.

— D'accord. Dès que tu me l'auras racontée avec les détails.

Il soupire.

— Je suis fatigué, à présent : une prochaine fois. Mes collaborateurs vont te raccompagner. Excuse le dérangement.

— Un instant ! Si tu ne veux pas répondre à cette question, je t'en pose une autre. Tu me dois une compensation pour cet enlèvement. Qui pourrait me donner des informations sur un nommé Maurice Roudoni, qui magouille dans l'immobilier ?

Il sursaute, comme si une souris venait d'investir son pantalon pour grignoter une partie de lui-même à laquelle il tient particulièrement.

— À quel jeu joues-tu Youri ?

— Je ne joue pas. J'enquête sur ce type pour un reportage.

— Et tu prétends ignorer que c'est justement Roudoni qui cherche des renseignements sur cette fameuse adresse ? Tu te moquerais de moi ?

— Quoi ? Mais pas du tout ! Je ne sais rien là-dessus. Roudoni n'est rien d'autre qu'un sujet d'article possible et je débute mes investigations. Tu m'apprends cet aspect de ses activités. Je n'ai aucune raison de te mentir. Tu ne me fais pas peur, même avec tes gorilles.

Son œil inquisiteur et dur reste fixé sur moi.

— Je ne suis pas certain de te croire. Le hasard ressemble à une excuse commode.

— Crois-le ou non, c'est ainsi.

— Quoi qu'il en soit, ne cherche pas à en savoir plus, ce serait dangereux pour toi. Sérieusement.

Son regard est devenu menaçant.

— Peut-être, mais mon père était mêlé à quelque chose que j'ignore et je veux d'autant plus le découvrir. Tu sais de quoi il s'agit, Roudoni aussi, semble-t-il. Pour que vous vous y intéressiez, ce ne doit pas être anodin.

— C'est une chimère Youri. Je te l'ai dit, c'est un trésor que tout le monde cherche depuis 1945 et que personne n'a jamais localisé. Roudoni reprend le flambeau, mais il ne le trouvera pas plus. Le problème est qu'en fouillant il s'approche de mes affaires. Je ne peux le tolérer de sa part pas plus que de la tienne. Vu ? Si tu insistes, tu achèveras prématurément de vivre, tout comme lui. Suis-je assez clair ?

— Parfaitement clair, mais je me fous complètement de tes affaires. Maintenant, je vais te laisser, j'ai du travail.

— N'oublie pas mon avertissement, je ne le répéterai pas.

— Je n'ai pas de problème d'oreille. Bye bye.

Je quitte la pièce, suivi de ses « collaborateurs » et sors du Train Rose en refusant d'être reconduit. J'appelle Lucille pour qu'elle me raccompagne. Elle remontait juste de la plage. Vingt minutes plus tard, elle arrive dans sa Méhari jaune. J'éprouve toujours un choc en la voyant si jeune et sublime avec son beau visage allongé, aux lèvres charnues, encadré de cheveux mi-longs châtains. Elle me darde de ses yeux noisette aux reflets verts, moqueurs :

— Il faut te récupérer au Train Rose, maintenant ? Tu t'es bien amusé avec le personnel féminin et ces dames t'ont piqué ton fric et ta voiture, c'est ça ?

— Non, j'ai seulement bavardé avec Rogiès. Ses gorilles étaient gentiment venus me kidnapper à la maison.

Je lui raconte la scène et les épisodes précédents.

— Il suffit que je te laisse une journée pour bronzer sur la plage et je te retrouve embarqué dans un plan chelou. T'es un cas, toi !

— C'est mon travail d'enquêter. Là, c'est particulier puisqu'en même temps, je rends service à ton père.

— Bonne occasion pour t'approcher de Clara ! Note bien que je ne suis pas jalouse, dit-elle en prouvant le contraire et par ses mots et son œil soupçonneux.

— Je note donc que tu n'es pas jalouse. Bref, je vais demander à Val de fouiller dans les vies de Roudoni et de Rogiès. J'aviserai par la suite.

— Nous aviserons ! Ne crois pas que je vais te laisser t'amuser seul. Je crevais justement d'envie d'utiliser mes flingues. Cette fois, ce sera contre de vrais méchants, des tueurs. Je vais pouvoir me donner à fond, dit-elle l'œil luisant et la lèvre retroussée sur un croc.

— Hé, il n'est pas question de se lancer bille en tête dans une expédition punitive ! Rappel : on n'est pas dans *Breaking Bad*. Nous allons démarrer nos investigations et dresser un plan.

— Pas de problème, je ne suis pas folle. Mais, comme disait tante Suzy : « Plus tu vas vite et moins t'arrives lentement ».

Sur cette considération, nous parvenons à la villa Maboul. J'aime cette vaste bâtisse moderne de 350 m², formée de deux cubes en « L » posés sur pilotis. L'immense salon est à la mode de l'an 2000. Du moins, tel qu'on se l'imaginait au début des années 70, époque de sa construction. Orange, blanc, inox, futuriste. Un gigantesque canapé accueille un jeune mec, mince et long, vautré sur les coussins immaculés. C'est Valentin ou Val, mon geek domestique. Une fille, assise à côté de lui, caresse ses cheveux bruns et bouclés. Gracieuse, svelte avec peu de poitrine, les yeux gris, elle est pourvue d'une crinière roux sombre, mi-longue et frisée. C'est sa copine Jenny. Je les loge en échange de menus services, comme dans le cas présent. Lucille va annoncer la nouvelle à Val. Dans la subtile hiérarchie de la maison, elle est sa patronne, l'ayant introduit dans la villa pour un travail de quelques jours avant qu'il ne s'incruste avec Jenny. Ça ne m'ennuie pas, je les aime bien, nous formons un genre de famille volontaire, les plus amusantes, car les vraies, trop souvent le creuset de jalousies et de haines recuites, me repoussent. À Nauzan, nous ne passons pas inaperçus tous les quatre avec Lucille, mon amoureuse de 24 ans ma cadette. Comme on dit, les gens parlent dans notre dos. Ils nous considèrent comme de riches originaux aux mœurs bizarres, probablement bourrés de vices, roulant en voitures hors d'âge à l'air flambant neuves. Et le nom de la villa ressemble à un aveu. Tout n'est pas faux. Riche, je le suis, ayant hérité d'une fortune agréable. Quant aux vices, chacun en a sa conception.

Bref, Lucille joue à la patronne.

— Val, tu as du boulot à réaliser pour Youri. C'est le moment de bosser dur, H24 s'il le faut. Tu lui dois bien ça.

— Pas de souci, mais pour me parler, c'est pas la peine de

prendre les manières d'une cheffe de supermarché envers une caissière débutante. On n'est pas des esclaves trimant dans la grande distribution pour un salaire de misère. D'ailleurs, les supérieurs hiérarchiques de toutes natures sont souvent des complexés qui se défoulent sur les petits, ne me dis pas que c'est ton kif, je serais déçu.

Lucille est sortie avant qu'il achève sa phrase, certaine qu'il lui obéira, même en grommelant. Valentin n'est pas du genre à enfiler un gilet jaune, bien que régulièrement enclin à contester stupidement à tout propos. Je le calme pour lui expliquer la situation et ce que j'attends de lui, génie de l'informatique. À savoir un maximum de renseignements sur Rogiès et Roudoni. Il s'est souvent montré capable d'aller loin dans ce genre de recherches, jusque dans les dossiers confidentiels des banques ou de n'importe quel organisme. C'est un *black hat*, un hackeur qui pénètre par effraction dans les systèmes et les réseaux informatiques. D'ailleurs, il gagne énormément de fric grâce à son talent, mais je préfère ignorer précisément comment.

Je retrouve Lucille dans notre bureau, embaumé de son parfum *La petite robe noire* de Guerlain. Elle attaque :

— Au fait, qu'y a-t-il à cette adresse, 8 rue des Chétis ?

— Rien de particulier, une petite maison ancienne de plain-pied comprenant une cave, ce que les Bordelais appellent une « échoppe ». Elle est située dans le quartier Saint-Pierre, l'un de ceux qui n'ont pas trop souffert des bombardements de 1945 ayant détruit la quasi-totalité du centre-ville.

— Et tu n'as jamais essayé d'en savoir plus ?

— Non, je n'y attachais pas une grande importance, finalement.

— Il est maintenant inévitable d'explorer cette voie. Ce qui ne va pas plaire à Rogiès.

— Dans un premier temps, nous allons chercher ce que Roudoni a appris sur cette adresse. Ceci n'alertera pas Rogiès. Ensuite, nous verrons où ça nous mène. Pour l'instant, Clara ressemble à notre meilleur atout, il faut que je la rencontre à nouveau.

— Naturellement ! Tu ne préfères pas que j'y aille à ta place ?

— Mais si, c'est une bonne idée, vas-y ! Entre sorcières vous vous entendrez. Ou pas.

— Oh ! Le charmant monsieur qui me traite de sorcière !

— Pardonne-moi, mais c'est sorti tout seul.

— De mieux en mieux ! Tu me prépares d'autres compliments ?

— Arrête un peu. Elle sait certainement quelque chose sur les recherches que Roudoni a effectuées. Pose-lui la question.

— C'est bon, va la voir. Tu as un meilleur contact avec elle que moi.

Son regard fulgure, ployant d'une lourde charge de sous-entendus. Son caractère de scorpion brille de tous ses feux, c'est splendide. Les astres y sont forcément pour quelque chose.

## 6 - Mercredi 7 août 2019 - La petite robe noire

Comme si nous étions des amants clandestins, Clara m'a proposé un rendez-vous à 10 heures dans un endroit discret, une cour, près de l'église Notre-Dame. Roudoni ne la surveille pas vraiment, mais mieux vaut se montrer prudents.

— Tu sais Youri, je collabore volontiers avec toi, mais je ne peux pas te voir tous les jours, ce n'est pas prudent.

— Certes, mais il s'est passé quelque chose que tu dois savoir. J'ai aussi un renseignement urgent à te demander.

Je lui raconte « l'entrevue » avec Rogiès et j'attire son attention sur le danger pour elle de se trouver entre lui et Roudoni. Il pourrait y avoir du vilain comme on disait dans les policiers des années 60.

— Ne t'inquiète pas, je ne suis pas née d'hier et je connais la prudence. Ceux qui se retrouvent en face de moi ont intérêt à l'avoir apprise également. Voilà ! C'est donc une excellente nouvelle que tu m'apportes là. Nous allons faire d'une pierre deux coups. Chercher l'enregistrement en même temps qu'éclaircir cette histoire de trésor. Nous traquerons les mêmes infos sur les deux. Peut-être même sont-elles liées. Et si un trésor existe réellement, nous mettrons la main dessus ! Tu es certainement d'accord avec moi, non ?

— Évidemment que je suis d'accord ! J'ai déjà beaucoup de fric, mais tu sais comment ça se passe : plus tu en as et plus tu en veux. Maintenant que je puise dans celui de mon héritage, je commence à y prendre goût, au point que je songe à voter à droite, peut-être même un peu plus loin.

— C'est bon, arrête ton cinéma, je sais que tu n'as jamais voté. Tu m'as raconté que c'était une fierté pour toi, non ? Mais moi, j'ai un projet onéreux à financer et un gros paquet de fric – s'il existe – serait le bienvenu. Et je revendique d'être de droite. Voilà !

— Le fric, c'est pour ton association de sauvegarde des animaux, je sais. Et je me fous de ton bulletin de vote. Je suis partant pour la chasse au trésor. 50/50. Cinquante pour toi et cinquante pour moi, j'ai aussi une œuvre à financer.

— Je n'en attendais pas moins de toi. Bon, maintenant que nous sommes d'accord, revenons à notre sujet, je comprends maintenant les airs mystérieux de Roudoni par moments. Ses chuchotements au téléphone avec la main au-dessus du micro. Et son second téléphone, qui ne sert que pour les messages écrits, un Encrochat, appareil sûr à 100 %, paraît-il, du matériel de truands. Il prépare donc un coup en douce, je m'en doutais. Mais, je n'ai pas la moindre idée de ce dont il s'agit. J'en suis au même point que ton ami le commissaire Rivieri, apparemment.

— Pas vraiment, nous possédons une longueur d'avance. Il ignore que Rogiès est mêlé à cette affaire ainsi que l'existence d'un « trésor ».

Elle éclate de rire :

— Quand tu prends cet air sérieux, tu me fais penser au garçon sage appartenant au *Club des Cinq*, un livre de la bibliothèque rose. Comment s'appelle-t-il déjà ?

— Peu importe, tu n'as qu'à chercher dans ta collection. Bref, nous avons abordé tous les sujets à l'ordre du jour. Je vais voir si les recherches en ligne ont donné quelque chose.

— Tiens-moi au courant.

— Évidemment, mais pour ça, il vaut mieux se voir, et tu as remarqué que c'est risqué. Cependant, je me méfie comme d'une vipère des messageries électroniques. Excepté lorsque c'est absolument nécessaire, comme en cas d'urgence ou de danger : là, il faut pouvoir communiquer. Nous allons donc télécharger une messagerie ultra-sécurisée sur nos téléphones réservée à ce seul usage. D'accord ?

Elle me lance un regard bleu complice.

— D'accord, bonne idée. Mais tu vas l'installer sur mon smartphone et la régler. Moi je n'y comprends rien. Je suis blonde !

Elle rit… Bref, j'installe l'application sur nos téléphones, les règles et je file à la villa Maboul.

*

* *

Valentin est au boulot, dans la salle informatique qu'il a fait construire dans une partie de l'immense garage. Isolée, climatisée, sécurisée. Les artisans qui l'ont réalisée ont peut-être cru qu'on allait y aménager un laboratoire de fabrication de drogues dures. Une ribambelle d'écrans fonctionnent en scintillant. Val vibrionne autour d'eux, tape sur des claviers, dicte dans des micros.

— Ah, Youri ! J'ai bossé pour toi.

— Comme prévu. Et ça donne quoi ?

— Du bon et du mauvais. Du côté de Rogiès, c'est facile pour moi. J'ai accès à tous ses appareils, mais je n'ai pas eu le temps de les explorer, évidemment. Par contre, du côté Roudoni, c'est chaud.

— Comment as-tu accès à ses appareils ?

— Par le wifi. J'ai emprunté la vieille C15 d'un copain et je l'ai garée de bonne heure près du bureau de la SFEM dont Clara nous a donné l'adresse. À l'intérieur, j'ai installé un récepteur wifi pour capter son réseau et un smartphone préparé à ma manière pour me renvoyer le signal. Le tout est caché dans un carton enfoui sous un tas de bazars. De ce côté, regarde (il me montre un écran) c'est le bureau de

Roudoni. Malheureusement, ses dossiers sont contenus dans un genre d'archives DMG sécurisées par un mot de passe. On dirait qu'on a réussi à en renforcer la sécurité d'une manière que j'ignore. Pour l'instant, ils restent inviolables. Mais je connais quelqu'un qui pourra m'aider à en comprendre le fonctionnement.

— Un *black hat* comme toi ?

— Je ne peux rien dire, ça ne se fait pas.

— Ah ! Ah ! On obéit à une déontologie dans ta corporation, je vois.

— C'est surtout qu'il est risqué de déplaire à ceux de ma corporation, comme tu dis. Seul contre une meute, on ne pèse pas lourd. Il est prudent d'y appartenir. Du moins d'adopter le mode de conduite, si ce n'est la mentalité, car ce sont souvent des cramés de la tête, ces gens-là. Comme une bonne partie de l'humanité, tu me diras, mais…

— Mais tu philosopheras une autre fois, maintenant il faut revenir au travail terre à terre.

— On ne peut pas parler de sujets intéressants avec toi. Alors, tu veux quoi ?

— Fouiller les dossiers de Rogiès, en attendant que ton génial alter ego ne débloque ceux de Roudoni.

— Viens voir.

Il me montre un écran auprès de lui. J'obéis et m'assois sur le siège correspondant. La dalle lumineuse exhibe des dossiers dont je ne comprends pas la logique : c'est de l'obscur Windows, je ne maîtrise que les Mac, désolé si j'ai l'air snob.

— Je te laisse chercher dans ce fatras, pour moi, c'est du chinois.

— C'est parti !

Quelques écrans défilent comme des militaires sur les Champs Élysées un 14 juillet. Finalement, nous accédons à un dossier « Transferts » que Val ouvre. Tous les éléments à l'intérieur sont désignés par des chiffres sans cohérence apparente. Val clique sur l'un d'entre eux. Il contient des feuilles de calcul avec des sommes en euros et en dollars. Rien qui ne ressemble au SMIC, si proche du plancher, non, dans certaines cases, on atteint le million d'euros, ce qui inspire un malsain respect. Des noms d'individus et de sociétés apparaissent en-tête des pages.

— Ça évoque une comptabilité. Mais entre quels partenaires et pour quel objet ?

— Cette présentation des dossiers me fait penser qu'il s'agit de références et qu'en un autre lieu on doit trouver des éléments correspondants avec ces informations. C'est une grossière tactique pour cacher des fichiers pesant jusqu'au million d'euros. Rogiès n'est pas bien conseillé en ce domaine.

— Peu importe, ce qui m'intéresse c'est de progresser. Alors, puisque tu peux découvrir les correspondances, fais-le donc, par pitié !

— Doucement, monsieur le patron ! Je ne suis pas ton esclave. À moins que tu ne montres tes opinions de gauche qu'en paroles ?

Je ne veux pas me fâcher, mais il m'énerve par moments.

Je me tais en m'enfouissant le visage entre les mains et je termine en me frottant des yeux fatigués. Quand j'évalue que ça a suffisamment duré, je reprends, sur un ton calme et prévenant :

— Tu dois avoir soif, avant de poursuivre, désires-tu un rafraîchissement, une petite coupe, un Coca ou autre chose ?

— Tu es aimable ! C'est fou ! Mais ça ne doit être que passager, c'est pas grave, tu as dû avoir un étourdissement. Ce genre de problèmes commencent à ton âge. Surtout quand…

— Ne continue pas sur cette voie, tu vas devenir fielleux et nous allons nous fâcher. J'ai mes limites aussi, d'accord ?

— C'est bon, génération Love and peace. Y'a longtemps que t'as pas écouté Joan Baez ?

— Non, mais vous vous entendez, les deux mâles dominants ? ça, c'est Lucille, entrée en silence, accompagnée d'un effluve de son parfum chic, *La petite robe noire* de Guerlain. Des gamins qui se chamaillent alors que vous avez un boulot à réaliser. Et vous adorez tous les deux la *Casa de Papel* ! Par les cornes de Satan, vous avez du chemin à faire pour ressembler à vos héros, même de loin ! Quelle bande de bras cassés ! Valentin, au travail immédiatement, nous n'avons pas de temps à perdre, Clara est en danger et nous avons un trésor à trouver. Toi et moi, Youri, nous allons voir et essayer de visiter la maison à l'adresse indiquée sur le papier découvert dans la Range : 8 rue des Chétis. Enfin, si tu es d'accord. Sinon, j'irai seule, c'est sans importance. Je suis certaine que la piste commence là. Il est indispensable de tout savoir sur cet endroit.

— Tu n'ajoutes pas « immédiatement » pour moi ? Mais je reconnais que tu as raison. D'ailleurs, j'avais depuis longtemps envie de la visiter. Allons-y donc. Si madame veut se donner la peine…

Je lui montre la sortie en souriant, sincèrement. « Madame Jordonne », disait ma grand-mère pour désigner une femme dominatrice. Mon grand-père, lui, affirmait doctement : « Beaucoup de femmes attendent que les hommes décident pour elles, les autres sont des pétasses autoritaires. » Personne n'oserait prétendre ça aujourd'hui. Lucille, elle, m'amuse, me distrait, avec son caractère, mais je n'obéis jamais, sauf quand c'est une bonne idée. Une idée que j'aurais pu avoir. Mais que je n'ai pas eue. Ça lui arrive souvent à Lucille : c'est une femme intelligente. Pas plus que moi, quand même : à l'impossible, nul n'est tenu.

## 7 - Mercredi 7 août 2019 - Il est interdit d'interdire

Une ruelle tranquille non loin de l'église Saint-Pierre, à la limite des quartiers totalement et partiellement détruits par les bombardements de 1945. De la rue du Labrador, perpendiculaire, nous tombons pratiquement sur le 8 rue des Chétis. C'est la typique « échoppe » bordelaise; sans doute l'un des naturels de cette contrée l'avait-il fait bâtir ici pour ne pas être dépaysé, ou plus simplement par manque d'imagination.

Mitoyenne avec deux maisons presque semblables à elle, c'est une construction basse, en rez-de-chaussée, réalisée en pierre de taille, percée d'une porte et de deux fenêtres à volets de bois épais. Un type courant à Bordeaux et probablement une résidence secondaire, ici. Elle semble entretenue au minimum, la porte et les volets inspirent la solidité, mais nous ne pouvons les examiner attentivement. Nous marchons lentement, mimant une conversation passionnante pour justifier une pause devant la bâtisse.

Plus loin, au coin de la rue, nous conférons :

— Il faudra revenir de nuit si nous voulons l'explorer tranquillement. La mairie, dans son ambition de réaliser des économies, éteint l'éclairage public au moment où il fait le plus noir : c'est une bénédiction pour les voleurs et les visiteurs discrets comme nous le serons.

Tout en parlant, je sors mon smartphone pour ouvrir une carte interactive.

— Oh ! il utilise Google Maps, le journaliste d'un certain âge. Je croyais que tu ne jurais que par la plume...

— Lucille, ne te moque pas, je n'apprécie pas ce genre de vannes, je l'ai déjà dit à Val tout à l'heure.

Elle se contente de rire, l'œil amusé et tendre. Quelquefois, il est inutile de s'efforcer à comprendre les femmes, mais je ne généralise pas : je ne les connais pas toutes. Toujours souriante, elle m'assène cependant :

— Comme disait l'Orfèvre, le vieux coiffeur de tante Suzy : « Moi vivant, tu n'auras jamais mon âge ».

Et elle vient se lover contre moi en riant... Bref, l'écran nous montre une ruelle en impasse desservant un jardin situé à l'arrière de la maison. Assez grand, il se révèle commun avec celui d'une villa donnant dans une rue parallèle. Les bâtisses se tournent le dos, comme fâchées, à l'image de sœurs en froid autour de sombres histoires familiales.

L'air de rien, nous allons y jeter un œil également. Je ne croyais pas si bien dire en évoquant des sœurs : elles sont pratiquement identiques, inhabitées et dans le même état d'entretien. La ruelle qui dessert la maison numéro un longe le jardin de la seconde. Malheureusement, elle donne aussi sur l'arrière d'un pavillon occupé par un vieux type en tee-shirt blanc orné d'une flamme rouge et bleu, actuellement absorbé à bricoler dans sa courette. Il galère à installer un panneau portant la mention « Voisins vigilants ». Il est grand et con, c'est affiché sur sa tête. Modèle standard, l'air hargneux, le regard soupçonneux, le genre de mec se prenant pour un flic, sans en avoir les capacités, c'est dire le niveau. Il nous examine, l'œil mauvais, se préparant à envoyer un texto d'alerte aux paranos de son groupe : *comportement suspect, 2 personnes observent les maisons inoccupées. Je veille.*

Nous continuons notre chemin sans nous en soucier pour retrouver mon antique Range Rover garée sur la Tache Verte, près de l'ancienne gare routière transformée en salle d'expositions pour artistes. Une affiche annonce une rétrospective des œuvres de Pierre Raymond…

*

* *

À la villa Maboul nous retrouvons Val, maté, au boulot. Maussade, il fait la tronche.

— J'ai trouvé des correspondances entre certains dossiers

qui se complètent comme un puzzle, mais il manque encore des morceaux. Finalement, c'est un procédé moins simple qu'il y paraît. On dirait que son inventeur a oublié d'être con : au premier abord, on croit à un bricolage maladroit, mais c'est un leurre. En réalité, il s'agit d'un système particulièrement complexe.

— Prends le temps qu'il te faut pour chercher.

Lucille se montre plus douce avec Val. Perverse, elle alterne coups et caresses. Dominatrice…

Nous sortons de la salle et elle m'entraîne dans un autre coin du vaste garage.

— Viens voir quelque chose qui m'intrigue.

Elle me désigne, dans un recoin dépourvu d'éclairage, une petite pièce réalisée en planches de pin, couvertes de poussière, mais exhalant encore leur odeur si particulière et courante dans une région aux immenses pinèdes. Une porte donne sur l'endroit, bloquée par une chaîne épaisse comme le cigare d'un prince de la finance. Un cadenas l'entrave. Modèle adulte 6XL. Une combinaison de quatre chiffres en permet le déverrouillage aux initiés.

— J'ai regardé par une fente et j'ai aperçu des trucs bizarres, j'aimerais savoir ce que c'est. Tu veux bien ouvrir la porte ?

— Je ne connaissais pas ce réduit. Il est vrai qu'autrefois, je ne venais jamais dans ce coin, ni même dans le garage, je n'avais rien à y faire. Je n'ai évidemment pas la moindre idée sur la combinaison.

— On peut acheter une pince coupante à longs manches, ou une masse chez Madame Bricolage.

— Efficacité non prouvée alliée à un manque d'élégance dans le geste, je dis : zéro. Non, je préfère trouver le chiffre. Qu'aurait-il pu choisir ?

— Ça nous aurait pourtant fait gagner du temps de couper la chaîne. La fin justifie les moyens.

— Ah ! Justement pas pour moi. Non, tous les moyens ne sont pas bons pour arriver à ses fins. Mais on a écrit quantité de pages sur le sujet. Bref, cherchons la combinaison en priorité.

— Alors, il te faut essayer les dates de naissance, numéros de voitures…

— Je penche pour me concentrer sur son univers, ses manies.

— Comme ses mots préférés ? Tu sais, beaucoup d'entre nous utilisent des expressions ou des mots plus souvent que la moyenne des gens. Moi, c'est lapin et kangourou. Pas toi ?

— Je vois l'idée. Un genre de tic de langage… Il aimait répéter les slogans mythiques de mai 1968, comme : « nous sommes tous des Juifs allemands ! » « Il est interdit d'interdire », « Sous les pavés, la plage ». Quand il voulait agacer certains de ses invités, il évoquait la « révolution permanente ». Mais en fait, il se foutait complètement de la politique sous ses airs de soixante-huitard révolutionnaire embourgeoisé.

— Là-dedans, moi, je vois un chiffre ressortir : 1968.

— Tu as raison, essayons.

Mais, non, à l'endroit, comme à l'envers, rien ne bouge. Le cadenas reste aussi fermé que le porte-monnaie d'un avare de droite lors d'une quête pour soutenir une grève. Lucille s'agace :

— Avec une pince coupante, ce serait ouvert depuis longtemps ! D'ailleurs, à moins que tu n'aies soudain un trait de génie, nous n'aurons pas le choix.

— Attends, il proclamait souvent en riant : « la révolution, voilà le secret ! »

— Et alors ?

Je ne réponds pas et empoigne le cadenas pour former « 1789 ». Il s'ouvre ! Alléluia ! J'ôte la chaîne et pousse la porte. L'interrupteur posé sur le chambranle réveille une ampoule à incandescence accrochée sous un abat-jour industriel basique. Elle répand une lumière jaune, classique des anciennes lampes.

La paroi de bois est couverte d'outils, suspendus sur des râteliers. Un établi de chêne épais est positionné sous le luminaire. Cet ensemble forme un atelier de bricoleur – installé Dieu sait pour qui – mon père étant dépourvu de goût pour le travail manuel, et ma mère encore plus…

Nous inventorions l'attirail : on y trouve des pieds-de-biche, pinces-monseigneur, instruments de serruriers ou menuisiers, matériel pour crocheter les serrures ou les briser, des clés passe-partout de différents types… Des sacoches recélant de menus outils à la destination obscure. De larges ceintures porte-outils en cuir. Et de l'équipement d'escalade :

baudrier et cordes, mousquetons, anneaux de sangles, etc. Sans oublier d'énormes lampes torches, ce qui se fabriquait de plus puissant dans les années 80, rangées comme à la parade, sur une étagère.

— Youri, sais-tu à quoi tout ça me fait penser ? À du matériel de voleur professionnel dans le style Arsène Lupin, le cambrioleur discret. Il n'aurait pas été un peu bandit sur les bords, ton père ?

— Non, certainement pas ainsi. Qu'il ait frôlé, voire dépassé, les limites légales dans le commerce d'objet d'art, je n'en serais pas étonné, la plupart de ses confrères agissaient ainsi. Mais escalader et forcer des portes ou des coffres, c'est inimaginable de sa part. Le seul travail manuel qu'il était en mesure de réaliser consistait à ouvrir des bouteilles d'alcool. Il ne savait même pas changer la pierre de son briquet Dupont. Et puis, c'était un homme riche et médiatisé. On lui consacrait, tout comme à ma mère, des articles dans des magazines que l'on n'appelait pas encore « people » ; on l'invitait à la radio et la télévision. Vivant sous l'œil des journalistes, il ne pouvait pas se transformer discrètement en rat d'hôtel.

— Mais alors, pourquoi ce matériel ?

— Pour qui, plutôt ? Mon père n'étant pas un monte-en-l'air crédible, c'était pour quelqu'un d'autre, mais je ne vois personne.

— J'ai eu le flair d'insister pour mettre le nez ici.

— Tu te comportes comme un chat explorant ton domaine, toi !

— Plutôt celui de mon mâle dominant, dit-elle en baissant les yeux, comme une petite fille sage, avant d'éclater de rire, une lueur perverse allumée dans son regard noisette pailleté de vert. Pour désigner ce genre de personne en patois saintongeais, on parle de « chétie drôlesse ». Elle reprend : voici du matériel qui tombe à pic pour forcer l'échoppe cette nuit !

— Avec l'autre milicien de voisin ? Au premier bruit, les flics surgiront avec des menottes !

— Pas grave, tu es copain avec le commissaire.

— Et tu crois que, si on nous coince en flagrant délit de cambriolage, ça passera inaperçu ? Je te rappelle que Rogiès montrera les dents à la première occasion s'il a vent de nos recherches. Alors, du calme.

— Si c'est le voisin le problème, débarrassons-nous de lui.

— Comment ?

— Je dirais bien par balles, mais je redoute une opposition de ta part. Si ce n'est par force, essayons par ruse. Il faut le faire sortir de chez lui, longtemps et dans la nuit…

— Sollicitons Val pour explorer le téléphone et l'ordinateur du facho : nous découvrirons probablement un moyen de pression… Allons lui coller cette nouvelle charge de travail, il va aimer.

En fait, Valentin répond à notre requête par un regard blasé. Après nous avoir demandé l'adresse du bonhomme, il tape quelques instants sur son clavier avant de nous désigner un écran :

— Voilà : une fenêtre pour son PC, l'autre pour son cloud, la troisième pour le contenu de son téléphone.

Tout ça ne représente que peu de choses, le vieux facho n'est pas un adepte de l'informatique, semble-t-il. Nous repérons vite des mails et des messages de son groupe de « Voisins vigilants ». Les paranos se rassemblent souvent chez les uns ou les autres en après-midi. Il faudrait provoquer une réunion ce soir, tard, motivée par une urgence. Reste à la créer sans générer trop de vagues : évitons de mettre la puce à l'oreille de Rogiès. La proposition de Lucille consistant à incendier une voiture à l'autre bout du quartier est exclue, à son grand regret. Elle s'imaginait déjà allumant le brasier...

Finalement, nous retenons l'idée d'envoyer des mails menaçants aux membres du groupe. Sous une adresse bidon, nous allons annoncer une attaque contre l'église Saint-Pierre par un commando anarchiste à deux heures du matin. La finalité étant de la profaner et la taguer. Le tout signé d'un nom de groupuscule flippant pour l'engeance que nous visons, accompagné d'un logo du même métal. Ça devrait les faire réagir. Ils se montreront certainement assez stupides pour organiser une surveillance en bande à deux kilomètres de la villa que nous allons visiter.

Nous arrêtons le plan : pendant que je rédige le message en m'inspirant de ceux des factions anarchistes publiées dans le passé, Valentin sort pour louer une voiture à moteur électrique sous un pseudonyme avec un faux permis. Une opération aussi simple à réaliser pour lui que de truffer de plomb un promeneur pour un chasseur. Ainsi nous approcherons discrètement de notre cible et en repartirons de même. Quant à Lucille, elle sélectionne l'outillage nécessaire et nettoie son Colt : elle a tout d'une gamine avec son jouet… Je ne sais pourquoi je me retrouve si souvent dans ce genre de situation. Une fille arrive à me rendre amoureux d'elle et je me retrouve maqué avec une flingueuse, maniant son revolver comme d'autres du mascara. Quand on dit que les femmes sont dangereuses, le terme s'applique à la perfection à certaines d'entre elles. J'ignore pourquoi elles me plaisent particulièrement.

Bref, la Zoé, 2 heures et nous-mêmes arrivons devant l'échoppe en même temps. De l'inattendu… nous y attend.

## 8 - Été 1985 - Everybody's Got to learn sometime

Grande, une silhouette solide de femme énergique et sportive, élégante et pleine de charme. C'est Cora, 41 ans. D'abondants cheveux roux, frisés, un visage que l'on remarque pour sa beauté et l'impression déroutante qui émane de ses yeux, par bonheur, verts. Alternativement amicaux et chaleureux, ou méfiants et évaluateurs. Une personne intimidante, une femme à poigne, dominante. Peu d'hommes se risquent à l'approcher malgré l'attrait qu'elle exerce sur beaucoup : trop dangereuse ! D'une famille aristocratique ruinée, elle est brocanteuse chic à Bordeaux. Elle y vit avec un petit gars cordial, mais vigilant, musclé, pourvu d'un QI limité. C'est Jules, 40 ans. Le genre de mec qui raconte des conneries à longueur de temps pour en rire en compagnie de quelques individus de sa sorte : pas vraiment des truands, mais pas loin non plus. Le monde de la brocante, même baptisée « antiquités » en version premium, est plein de loustics de ce genre. Jules et Cora entretiennent une relation mi-professionnelle, mi-amicale, mais il n'est pas son amant, car – sans l'afficher – ses goûts la portent vers les femmes. Il le déplore chaque jour, vu qu'elle lui plaît et l'attire. Voie sans issue, pour l'instant – du moins l'espère-t-il (on peut rêver). Professionnellement, il joue les « rabatteurs » pour elle, cherchant les meilleures pièces pour les négocier au plus bas prix. Un job où il n'hésite pas à utiliser des procédés à la moralité douteuse, en limite de la légalité – souvent du côté amusant de la limite. Il s'occupe aussi du transport des marchandises, à l'achat et à la livraison. En fait, il s'occupe de tout, sauf de la vente, car c'est là que Cora excelle. Elle vendrait l'invendable, et toujours à des tarifs infiniment supérieurs à la valeur du marché. Le bonus, c'est elle. Les clients sont ensorcelés par sa personnalité, son charme et son bagout. Ses longs discours autour des objets leur attribuent une histoire souvent inventée, une matière à la qualité inestimable, ou un ancien propriétaire au pedigree particulièrement éblouissant. Les mots choisis sont prononcés d'une voix chaude, profonde, teintée d'un léger accent indéfinissable. Ils soutiennent un talent oratoire installant la connivence avec les acheteurs, leur laissant croire qu'elle est devenue leur amie. Une amie qui vous raconte une fable aussi passionnante qu'un conte des mille et une nuits. D'une telle personne, on ne peut qu'accepter l'échange de cet objet extraordinaire contre de l'argent. Surtout si l'on en a en abondance. Cora sait se faire des relations fortunées, c'est un autre de ses dons.

Depuis six mois, elle vit une histoire avec Valérie, une Parisienne de vingt ans issue d'une famille bourgeoise vivant dans la banlieue chic de Paris. Personnage de la jet-set, c'est une grande bringue blond-roux vaguement frisée, aux cheveux mi-longs sans allure, aux yeux noisette, au nez fort et au sourire mélancolique. Ses points de repère principaux dans l'existence sont constitués par les étapes obligatoires des nuits de la capitale. En vrac : le Palace, les Bains Douches et quelques adresses moins célèbres, mais indispensables à fréquenter lorsqu'on appartient à l'élite de la « branchitude »...

Cora n'apprécie pas ces lieux, elle préfère passer des week-ends dans la maison de vacances de son amie, à Saint-Palais-sur-Mer. Elle aime la mer et les plages de cette côte merveilleuse qu'elles parcourent ensemble avant de goûter d'inoubliables moments d'intimité, trop brefs aux beaux jours où elles retrouvent toute une troupe de branchés parisiens dans une villa de Nauzan, propriété d'un galeriste, Patrice Dorsel. On y vit dans un sabbat permanent, ambiance orgie et poudre blanche. Valérie s'y trouve comme un poisson dans l'eau. Ce soir, on y fête la saint Gaston sous le prétexte que c'est le nom du voisin, parfait exemple d'une bacchanale extravagante des années 80. En 1985, tout est permis, l'atmosphère est encore euphorique pour beaucoup. François

Mitterrand occupe l'Élysée, la gauche « caviar » montre le chemin du plaisir décomplexé et le Premier des Français bénéficie de soutiens fervents. Un saint laïc aux relents sulfureux, évoluant dans une double vie obscure, on adooore. On appelle ses aficionados des « mitterrandôlatres », un nom pas facile à prononcer. Quoi que décide le saint homme, pour eux, il a forcément raison. « Gaulliste » sonne mieux en bouche, mais ces gens se révèlent moins amusants, il faut bien le reconnaître. Un Jack Lang bénéficie d'une aura plus scintillante qu'un Édouard Balladur par exemple. Trente-cinq ans plus tard, les tenants de ces deux tendances auront également disparu, remplacés par d'autres personnages réussissant à duper suffisamment de naïfs pour se faire élire. Mais, pour certains, en 1985, on croit avoir atteint une quasi-perfection politique. Avec un homme aussi cultivé et prestigieux que Mitterrand au pouvoir, la société ne peut qu'emprunter le bon chemin et les lendemains qui chantent. Pourtant, le gris et le noir s'imposent dans la mode comme un signe indiqué par la main du hasard, celle de Dieu pour les croyants. Elle montre d'un doigt impératif les silhouettes d'une Margaret Thatcher ou d'un Ronald Reagan.

Quoi qu'il en soit, dans la villa des Dorsel on s'en fout complètement, et on a raison : on vit l'instant. On préfère écouter de la musique propagée par d'énormes enceintes à l'agréable puissance pour diffuser la locale, Radio Foncillon FM 92. La station dévide ses tubes : *Marcia baïla, Take on Me, Johnny-Johnny, Ils s'aiment, Et tu danses avec lui, Like a Virgin,*

*Besoin de rien, envie de toi, Shake the disease, Nuits brésiliennes, Trois nuits par semaine…*

Patrice Dorsel, le galeriste maître de maison, plastronne dans son pantalon immaculé contrastant avec un blazer bleu roi à boutons dorés, souligné d'un foulard ciel assorti à sa pochette. Il fume négligemment un stick d'herbe en bavardant avec Valérie qui vient de lui communiquer l'intensité de son désintérêt pour l'argent.

— Tu as raison, le fric n'est pas une fin en soi, mais il offre certains avantages. d'un geste circulaire, il montre la villa, l'aménagement luxueux du parc et l'assemblée qui s'abreuve largement d'alcools onéreux en bâfrant de mets dispendieux. La fille sourit.

— C'est vrai, mais, tant que je fréquente des gens riches comme toi ou Cora, je n'en ai pas besoin, je profite du vôtre. elle rit, en lui touchant le bras de la main pour atténuer le cynisme de ses mots.

— Tu n'aimerais pas en posséder à volonté? L'argent, c'est la liberté!

— Pas pour moi, au contraire. D'ailleurs, je pourrais en avoir énormément, mais je m'en fous.

— Explique!

— Mon grand-père m'a légué une fortune, il suffirait que je la retrouve et je deviendrais plus riche que toi. Mais ça ne m'intéresse pas. Je préfère regarder la mer ou caresser mon amie: les vraies richesses sont simples, basiques et gratuites.

— Je comprends. Cependant, tu m'intrigues: il suffirait

que tu retrouves sa fortune… que veux-tu dire par là ?

— Des conneries, laisse tomber.

Ses yeux noisette ont pris une expression méfiante ; elle s'éloigne, remplacée par Georges Rogiès, grand copain du maître des lieux qui aime mélanger ses invités. Le type est conducteur d'engins, pelles mécaniques et bulldozers. Ici, se côtoient des ouvriers qualifiés, comme lui, mêlés aux notables locaux, artistes illustres, artisans, milliardaires, animateurs de radio, prêtres catholiques, commerçants « arrivés » ou cantonniers. Sans oublier les flics et les truands, mais ces derniers peuvent également appartenir à l'une ou l'autre des catégories précédentes. Ils viennent pour s'amuser et faire des affaires, d'une manière ou d'une autre. Rogiès est un malin, il sait nouer des relations utiles à droite et à gauche, toujours en quête de poursuivre son ascension dans l'échelle de la société. C'est un personnage haut en couleur, grand, massif et parlant fort, style député en campagne, constamment en train d'agiter les bras, serrer des mains, sortir des conneries, complimenter les femmes et taper sur les épaules des hommes.

Très copain avec Dorsel, il l'apostrophe sans hésitation :

— Un problème avec Valérie ? Je l'ai entendu parler d'un trésor ? Une gaminerie, ou un truc plus sérieux ?

— J'ignore de quoi il s'agit, elle s'est immédiatement fermée, comme si elle craignait d'en avoir trop dit. Ça m'intrigue : les mystères m'attirent !

— Moi, c'est pas le côté romantique qui me fait rêver comme toi, mais le fric, s'il existe.

— Tu veux la voler ?

— Non, mais si elle cherche un homme fort pour l'aider à découvrir son trésor, j'y suis prêt, contre honnête rétribution. Mais je ne la volerai pas, ce n'est pas mon genre.

— Allons la voir pour présenter nos offres de service.

Ils la trouvent, discutant avec son amie Cora qui les darde d'un œil peu amène. Elle s'adresse cependant à Dorsel sur un ton aimable, en bonne diplomate :

— Patrice, mon chéri, nous devons partir.

— Déjà ? Restez donc encore un peu toutes les deux. Il est seulement minuit et demi, vous n'allez pas vous coucher comme des Charentais, quand même ? il ricane, essayant d'entraîner Cora dans la connivence des coloniaux s'imaginant supérieurs à ces ploucs de locaux. Les Parisiens sont, de tout temps, champions incontestables à ce jeu-là. Mais Cora ne se montre pas sensible à cette tentative sociale de rapprochement d'esprits.

— Désolé, Valérie est fatiguée, nous rentrons. Merci pour cette agréable soirée, embrasse ta femme pour moi.

Elle sourit, provocante, et part sur un signe de la main, en agitant les doigts. Valérie les crucifie de son regard noisette, virant au sombre, comme chaque fois qu'elle enrage et suit sa maîtresse, trottinant sur ses talons, l'air maussade. Rogiès commente :

— Elle a pris une ronflée par sa patronne, la Valérie. Peut-être pour avoir eu la langue trop longue.

— Ça ou autre chose. Il ne faut peut-être pas fantasmer

sur les paroles d'une camée.

— Tu as peut-être raison, mais j'essayerai quand même d'en savoir plus à ta place. Pour elle, je n'existe pas, mais toi tu fais partie de son monde.

— Pas faux. J'ai une idée : elle anime une émission certains soirs sur la radio locale. Je vais m'arranger pour me trouver présent dans le studio à ce moment-là et l'interroger habilement.

Rogiès lève le pouce :

— T'es un champion, toi ! et il frappe Patrice Dorsel d'une bourrade d'homme viril sur l'épaule pour marquer leur complicité.

*

* *

Une blonde froufroutante, secrétaire, standardiste et hôtesse d'accueil invite Patrice Dorsel à s'asseoir sur un canapé disposé dans l'entrée de la station. Radio Foncillon FM 92 est installée au dernier étage de la tour de Foncillon, surplombant le port de Royan où une autre radio distille ses mégahertz. Il attend que Natalia, l'animatrice actuellement à l'antenne ait terminé son émission. Il a rencontré cette jeune femme une nuit, sur la plage de Nauzan où elle admirait les étoiles, qu'elle lui a présentées une à une en racontant leur histoire. Une rêveuse, qui l'a touché par sa pureté. Il va l'inviter à partager un verre dans un bistro du port. Ainsi, il pourra tenter, par elle, d'approcher Valérie en lui laissant croire qu'il en est amoureux. Ce n'est pas élégant, mais il aura tout de même plaisir à la revoir.

Le bureau directorial résonne d'une discussion animée dont on entend chaque mot fort et clair, d'autant que la fille de l'accueil a laissé l'interphone ouvert pour ne pas en perdre une miette.

— *Non, non et non ! Il est nul et il nous donne une image de ringards. Nous, on fait des efforts, on chiade nos émissions, on les prépare au poil, et un mec comme Victor Hublot, ne prépare rien, réalise le bulletin d'informations en lisant le* Littoral, *et il passe des disques craignos.*

— *Moins, depuis que je lui ai donné des conseils.*

— *Oh ! Oui, un peu, mais si peu ! Hier matin, il a diffusé* Perles de cristal *par Aimable et son orchestre, une dédicace d'auditeur pour lui. Mais, le plus gênant, c'est son espèce de billet d'humeur où il manifeste des jugements discutables et des sujets d'indignation gratinés : par exemple, il révèle le scandale* Télé 7 jours *qui annonce des horaires erronés. Ou le journal* Sud-Ouest *qui écrit n'importe quoi dans la rubrique astrologie, ce qui serait grave, très grave même, en France, surtout en ce moment. Voilà le genre d'inepties qu'il raconte sur l'antenne. De plus, il exprime souvent des opinions de droite.*

— *Victor n'a pas d'opinions de droite, il n'a pas d'opinion du tout.*

— *C'est bien ce que je dis : c'est un con.*

— *Peut-être, mais qui le remplacerait entre 7 et 9 heures*

*pour un salaire de misère ? J'ai cherché, il n'y a personne, et surtout pas un bénévole ! Je n'ai aucune solution, mais peut-être auras-tu une vision qui va tout arranger, là au débotté, toi, l'immense voyant de la radio ?*

*— C'est ça ! Fous-toi de moi ! C'est pourtant mon talk-show qui reçoit le plus d'appels ! Les quatre lignes sont saturées pendant une heure.*

*— Tu parles ! Ce sont tes copains qui appellent, et jouent un rôle convenu. Trop facile de lire dans leur passé et de prédire leur avenir pendant qu'ils gloussent de plaisir. Je le tolère, car c'est une émission de grande l'écoute. On se moque des auditeurs et ils en redemandent ! C'est à se dégoûter de produire de la qualité.*

*— Si tu continues à me traiter sur ce ton, je pars à* Ligne d'Eau FM.

*— Toi qui parlais de ringardise tout à l'heure, là-bas tu vas être servi. Mais si tu veux y aller, je ne te retiens pas. Je suis certain qu'un autre charlatan dans ton genre serait heureux de te remplacer. C'est une combine en or : les gens que tu appâtes à l'antenne viennent te consulter à ton « cabinet ». Chaque visite te rapportant 400 francs en espèce, et ta salle d'attente ne désemplissant pas, tu ne seras pas assez stupide pour partir. Et je vais même mieux te dire : fini le bénévolat pour toi ! Tu vas passer à la catégorie annonceur clandestin, et me verser 500 balles par émission.*

*— Quoi ? Tu es devenu fou !*

*— Non, je trouve normal que tu paies ta publicité radio et ceci à partir de demain. C'est à prendre ou à laisser. Si tu animes ton émission demain, c'est que tu acceptes… J'me tire, je suis à*

*l'antenne dans quinze minutes. Salut.*

Le patron de la station sort en trombe de son bureau sans accorder un regard à Patrice Dorsel, et rejoint une troupe de collégiens caquetant dans un coin. Le galeriste se lève pour découvrir à travers une épaisse vitre un studio-régie occupé par Natalia, jeune animatrice, de petite taille, aux cheveux d'un joli blond-roux, aux yeux bleus et à la silhouette aux formes intéressantes. Elle articule d'une voix douce :

— Je vous rappelle que ce soir à 17 heures sur Radio Foncillon FM 92 vous pourrez encourager votre équipe pour le ring-parade des classes ! La 6e B3 de Zola rencontre le 5e de Cozes. La meilleure classe sera qualifiée pour la finale. Alors, si vous êtes supporter, appelez au 08 10 55 33 à partir de 16 h 55.

Suit un jingle confirmant aux auditeurs inattentifs qu'ils écoutent bien Radio Foncillon FM 92 et l'émission de Natalia. La fille poursuit :

— En attendant ce grand moment, voici *Savoir Vivre* extrait de l'album *Débranche* de France Gall ; les connaisseurs apprécieront ensuite *Love kills* de Freddie Mercury en version maxi et le vibrant *Petit homme mort au combat* de Daniel Balavoine.

Et, bim ! elle envoie la musique et appuyant sur le large bouton rectangulaire de la platine Technics. Pro et décontractée, la fille. Pleine de grâces, sur la terre comme au ciel, habillée de couleurs pastel assorties.

Quand elle a fini de faire tourner ses 33 et 45 tours, elle

sort du studio avec ses disques sous le bras. Il va au-devant d'elle, sourire séducteur pour jeunes demoiselles aux lèvres.

— Bonsoir, tu te souviens des étoiles que nous avons contemplées ensemble ?

— Oui. C'est gentil de t'être déplacé pour me dire ça.

— Ne me prends pas pour un dragueur, je veux juste de demander un renseignement. Allons boire sur le port, à L'Arsouille.

Elle le considère, l'air soupçonneux deux secondes avant d'adoucir son regard.

— Un verre, d'accord.

Un instant plus tard, elle l'écoute, en aspirant avec une paille le liquide coloré d'un cocktail contenu dans une coupe triangulaire.

— Je vais jouer cartes sur table, je cherche à retrouver une fille qui me plaît, Valérie, qui est animatrice dans ta station.

— Ah ! C'est là que tu voulais en venir ! À Valérie la Mondaine... C'est le nom de son émission. Si tu es amoureux, ne rêve pas, elle aime les femmes.

— Et alors, qu'est-ce que ça change ? Qu'elle aime les femmes ou non, je suis amoureux d'elle, je n'y peux rien. Et je voudrais la rencontrer dans les locaux de la radio, comme si l'entrevue était fortuite, tu vois ? Je rêve de lui exprimer mes sentiments dans un cadre discret.

— Il est vrai que la nuit, c'est discret. Ce qui est bien pratique pour certains. Si tu désires retrouver Valérie, c'est simple : viens demain soir, c'est le jour de son émission. Elle a lieu à 22 heures. Attends-la devant la porte d'entrée, au rez-de-chaussée, 45 minutes avant, tu ne peux pas la rater.

— J'aimerais mieux l'attendre à l'intérieur, ce n'est pas possible ?

— Il faudrait que l'animateur précédent te laisse entrer, mais ce n'est pas gagné.

— Et toi, tu ne pourrais pas m'ouvrir ?

— Tu ne manques pas d'air, toi ! Pourquoi je ferais ça ?

— Parce que tu es sympa et que je le suis aussi.

— Je ne sais même pas qui tu es. Et tu as le double de mon âge.

— Possible, mais je n'y peux rien. Je suis Patrice Dorsel et j'habite dans une villa de Nauzan.

— Dorsel ? Comme Youri Dorsel ?

— Oui, c'est mon fils. Tu le connais donc.

— Je l'ai rencontré un soir au Tropicana.

— Voilà, les présentations sont faites. Je te fais moins peur, j'espère ?

— Je n'ai pas peur. Pourquoi, je devrais ?

— Je t'ai dit que j'étais sympa et je vais te le prouver. Dès demain, je deviens le mécène de ton émission, car j'adore ta programmation musicale. Je t'ouvre un crédit à la Discothèque, tu pourras y acheter jusqu'à 1 000 francs de disques par mois pendant un an. Pas mal, non ?

— Comme ça, d'accord. Rendez-vous demain à 21 heures aux studios.

*

* *

En effet, Natalia est ponctuelle le lendemain dans le local de la radio, mais, prudente, elle a pris ses précautions et l'un de ses copains l'accompagne. De haute taille, musclé, pas timide, nonchalant, mais vigilant, il joue avec le Minitel allumé sur le bureau de la réception, connecté sur 3615 Aline, une messagerie « rose ». La fille accueille Patrice avec le sourire, mais une certaine brusquerie :

— Pour légitimer ta venue, j'ai annoncé urbi et orbi ma présence ce soir avec un invité à enregistrer. Du coup, j'ai préparé cette entrevue pour te présenter à mes auditeurs en tant que parrain de l'émission. T'as intérêt à accepter. Grâce à moi, tu bénéficies d'une parfaite couverture. Merci qui ?

— Merci, Natalia, tu es parfaite !

Elle sourit et introduit une cassette TDK neuve dans le magnétophone Superscope pour attaquer son interview. Qui est-il, sa profession, etc. Pendant un quart d'heure, Patrice répond avec sa décontraction et son humour habituels. La silhouette de Valérie se dessine fugitivement de l'autre côté de la vitre, sur la fin. Il remercie Natalia et sort nonchalamment de la pièce pour gagner le grand studio.

— Salut Valérie ! On m'a dit que tu animais une émission ici, quel thème ?

Légèrement surprise, elle l'accueille avec le sourire. Hors de l'influence de Cora, elle se montre plus chaleureuse.

— Salut Patrice. Je parle des lieux branchés où l'on s'amuse, des fêtes privées ou publiques, de la mode, des belles voitures, etc. D'où le titre de mon émission « Valérie la Mondaine ». Et toi, que fais-tu ici ?

— Natalia désirait m'interviewer.

— Je vois. Elle a sans doute enfin trouvé le mécène qu'elle cherchait.

— Ah ! Elle en cherchait donc un... Je suis bien tombé.

— Puisque tu es là, reste, nous pourrons parler des soirées que tu donnes chez toi. D'accord ?

— Volontiers, j'aime la radio.

L'émission démarre. À l'invitation de Valérie, il évoque ses réceptions où les bambocheurs de tous horizons se mélangent, partageant le plaisir des rencontres, de la fête, de la nuit... Un courant amical passe entre eux pendant l'heure de la session. Elle s'achève pour laisser place à une grande brune aux longs cheveux qui s'empare du micro, une certaine Marylou.

Patrice et Valérie poursuivent la soirée à la Siesta, sur le port. Ce bar-restaurant bondé a la bonne idée de diffuser Radio Foncillon FM 92, à pleine puissance. « Tout le monde » des noctambules s'y retrouve dans une chaude ambiance avant de sortir en boîte, direction la Grange, les Pirates ou le Rancho. Pratiquement toutes les tenues sont soulignées d'une touche fluo, on se bouscule près du bar dans un climat festif, enfumé de Marlboro, parfumé de Chanel ou Yves Saint-Laurent ; les décibels en prennent à leur aise avec Eurythmics et *There Must be an Angel*.

Ils finissent par trouver une table dans un coin plus calme pour siroter des Blue Lagoons bleu électrique.

— Patrice, je sais ce que tu veux me demander.

— De quoi parles-tu ?

— Ça va, je ne suis pas idiote. J'ai lâché une info l'autre jour et depuis tu frétilles, excité à l'idée de découvrir un trésor. Sauf qu'il s'agit d'une légende familiale. Mon grand-père, que je n'ai pas connu, aurait caché un pactole à Royan, qu'il n'a jamais retrouvé pour la bonne raison qu'il est mort peu de temps après l'avoir planqué. Tout le monde s'est enthousiasmé là-dessus dans la famille, sans résultat. Mais ce n'est qu'une légende, je te répète.

— Raconte-la-moi. J'adore ce genre d'histoire !

— Si ça peut te faire plaisir… Pendant la dernière guerre, ma grand-mère, qui était une Royannaise, avait une relation secrète avec un soldat allemand du nom de Bogen, ce qui était très mal vu, d'où la discrétion qu'ils déployaient. Dans la nuit de 5 janvier 1945, celle où le centre de la ville a été rasé par un énorme bombardement, elle se trouvait avec lui dans une villa qu'elle squattait plus ou moins. Elle y avait été employée comme domestique avant-guerre, et ses patrons étant loin, elle s'y était installée. Par chance, elle était située dans le quartier Saint-Pierre, relativement épargné. Ils en ont réchappé tous les deux, mais, comme ils croyaient leur dernière heure venue, pendant que les bombardiers lâchaient leurs saloperies, ils se sont fait des confidences. Mon grand-père lui a affirmé qu'il avait caché un trésor composé de caisses remplies d'or et de bijoux dans une cachette souterraine. Seuls son supérieur et lui en connaissaient l'endroit. Surtout lui, d'ailleurs, son supérieur étant décédé d'un coup de crosse sur la tête avant de tomber dans l'eau du port et de se noyer, s'il n'était pas déjà passé de vie à trépas. Mon grand-père, Bogen, qui voulait garder l'exclusivité, l'avait éliminé. Cependant, c'était aussi un homme de cœur et dès la fin du bombardement, il est sorti pour aider les survivants à s'extraire des ruines et secourir les blessés.

— Je vois. Et il y a eu la deuxième vague.

— Exact. Des dizaines de bombardiers sont revenus pour achever le travail et pilonner à nouveau la ville. Il en est mort. Mais ma grand-mère a survécu pour donner naissance à ma mère, conçue pendant cette nuit-là.

— Et le trésor ?

— Mon grand-père avait expliqué assez précisément où se trouvait la cachette, et il avait même griffonné un plan et indiqué l'emplacement par une énigme dont il avait donné la clé à ma grand-mère. Mais, après le bombardement, la ville était anéantie. Tout était détruit, réduit à l'état de gravats. Pire encore, un nouveau bombardement, cette fois avec du napalm, a fini d'anéantir le centre lors de la libération de la ville. Il est plus que probable que le trésor, s'il a jamais existé, ait fondu sous les bombes.

— Quelle histoire romanesque ! Mais, as-tu cherché, toi aussi, la trace de ce trésor ?

— Non, d'autant que le plan a disparu. Ma mère l'a

cherché pendant des années sans succès. Ma grand-mère l'aurait caché dans la maison qu'elle squattait avant d'en oublier l'emplacement. Elle avait aussi totalement perdu le souvenir de l'énigme et de sa clé, il faut dire qu'elle était un peu fêlée, après toutes ces épreuves. Mais Cora y croit et son copain Jules aussi. Elle était furieuse que je t'en aie parlé ! Elle espère mettre la main dessus avec l'aide du maire, Jean-Pascal Osier du Pousseau, auprès de qui elle s'est épanchée.

— Ce truand, maqué à des figures du grand banditisme bordelais ? Elle est folle !

— Pas tant que ça. Elle s'imagine avoir situé la cachette, qui se trouverait sous le casino municipal, construit près du port. Mais pour y parvenir, il faudrait détruire le bâtiment. Seul le maire a l'autorité pour le faire et il semble convaincu. Il magouille déjà je ne sais quel projet affreux pour raser l'édifice sous un prétexte foireux.

— Ce serait dommage, il est magnifique !

— Il s'en fout complètement. Seuls le fric et le pouvoir l'intéressent, c'est un homme politique je te le rappelle.

— Et bien entendu, Cora suit l'affaire de près.

— Tu as tout compris. Elle serait folle de rage que je t'aie parlé. Mais, si ce trésor existe, j'en suis l'héritière, et j'en fais ce que je veux.

— J'adore ton histoire et j'ai envie de rejoindre la chasse au trésor ! Si je le trouve, je te le remettrai, évidemment.

— Tu es fou, toi aussi ! L'argent vous excite donc tous !

— Il permet de s'amuser, c'est seulement ce qui m'intéresse. Qu'en ferais-tu si tu en avais à satiété ?

— Comme toi ! Je m'amuserais ! Pour mes 25 ans, je rêve de louer un immense yacht pour y organiser une fête de mille invités avec champagne coulant à flots et caviar à la louche !

— Le rêve de Valérie la Mondaine me plaît ! J'espère pouvoir le réaliser !

— Ce n'est qu'un rêve et je crois qu'il le restera… Ce qui serait probablement mieux.

Patrice se le demande également, mais il est maintenant excité à l'idée de partir à la chasse au trésor en compagnie de Rogiès. Il est l'homme de la situation pour l'aspect technique de la recherche, mais aussi son côté pyrotechnique. Avec le maire et sa bande de truands relevant du grand banditisme dans l'affaire, un mec solide et aux scrupules limités comme Rogiès se révèle indispensable.

## 9 - Mercredi 7 août 2019 - Ça, c'est vraiment toi

Nous avons décidé de passer par l'arrière de la première échoppe pour la visiter, avant de perquisitionner également la seconde : on peut supposer qu'elles sont liées, d'une manière ou d'une autre.

Un quart de lune éclaire chichement la scène. Je viens de garer la Zoé près de la maison 2. Nous en sortons, Lucille, silhouette féminine de taille moyenne, mince, mais sans excès, ses cheveux châtains mi-longs attachés, vêtue d'un jean et d'un tee-shirt noir, portant un lourd sac contenant les outils et son Colt. Valentin – grand, mince, longs cheveux bouclés châtains, rêveur et désabusé – demeure essentiellement pacifique, malgré l'environnement. Pour son malheur, il est amoureux éconduit et sans espoir de Lucille. Pour son malheur, car elle le mène par le bout du nez et lui impose d'œuvrer dans l'illicite. Hacker de profession, il y baignait déjà, mais là, elle l'embarque sur un coup risqué. Cambriolage avec effraction, piratage des sites internet, diffusion de fausses alertes… Il n'est pas agréable d'avoir à estimer le nombre de mois ou d'années de prison que l'on encourt en prenant une telle direction, fût-ce pour l'amour d'une femme. Il y va cependant, en traînant les pieds, comme il irait jusqu'en enfer pour Lucille. Quant à moi, étant grand reporter j'ai été exposé à des périls dont j'ai toujours réussi à me sortir seul, et sans réellement me soucier de la légalité. Mais là, je cherche à faire disparaître la preuve d'un crime commis par une amie. Et ce, en usant de moyens prohibés suggérés par une autre amie. Circonstance aggravante, ce n'est pas la première fois que je me livre à cet exercice. Mes fréquentations pourraient me nuire, un jour.

Tous trois de noir vêtus, casquette américaine comprise, pour dissimuler notre visage à l'œil d'une éventuelle caméra, nous marchons de concert, sous la lueur blafarde du ciel, vers l'impasse où vit le facho. Tout est sombre, chez lui. Soudain, d'un recoin plongé dans les ténèbres, une tornade blonde surgit devant moi. Si près que nous nous heurtons. Clara !

— Stop ! Roudoni sait que vous êtes présents ici ce soir !

— C'est impossible !

— Et pourtant si. Il ignore qui va venir, mais il sait que quelqu'un va fouiller la maison.

— Il nous a prévu un accueil ?

— Oui, moi.

Lucille a sorti son flingue et braque maintenant Clara.

— Tu es démasquée. Je me méfiais de toi.

La blonde ouvre des yeux ronds :

— Tu es complètement folle ! Je suis venue vous prévenir. Je devais l'appeler dès que je verrais passer des suspects devant cette maison. Il a entendu parler d'une histoire d'attentat anarchiste dans le coin et il se demande si c'est un piège qui lui est destiné. Déjà qu'il est parano, là c'est pratiquement la panique. Il m'a envoyé surveiller sous prétexte que je risque moins que lui. Et si je me fais prendre, il diffuse l'enregistrement de mes aveux sur la Toile. Il suppose qu'une telle pression va me rendre plus efficace et coopérative, cet abruti.

— C'est vrai qu'il est con, ce mec, affirme Val.

Lucille a baissé son arme, avec regrets. Elle questionne Clara, des poignards dans les yeux :

— Et si tu lui téléphones à ton copain – j'espère d'ailleurs que tu ne l'as pas déjà fait – si tu lui téléphones, donc, que se passera-t-il ?

Clara lui rend l'amabilité en affichant son air de Gestapo, capable de terroriser jusqu'aux plus lointaines créatures au fin fond des galaxies.

— Ça, jeune demoiselle amicale, je l'ignore totalement.

— Bien, mesdames, nous allons mettre les aigreurs de côté et essayer d'avancer. Nous n'avons que peu de temps devant nous. L'endroit est malsain, alors décidons. Clara, Roudoni dispose-t-il d'un homme à lui dans la maison, ou de caméras ou de… drone ?

— Drone c'est possible, il en est amateur.

— Par les cornes de Satan ! s'exclame Lucille en montrant du menton un drone vibrionnant à une trentaine de mètres, tout en le visant et en appuyant sur la détente de son Colt dans la foulée. L'appareil explose et se répand en menus morceaux de plastique et de métal dans la rue.

La détonation du revolver a sonné comme un coup de tonnerre dans l'épais silence de la nuit. Val secoue la tête, l'air amer.

— Voilà, c'est arrivé. Je m'y attendais. Elle guettait le premier prétexte pour jouer avec son Colt.

— Messieurs dames, repli immédiat dans la Zoé, départ imminent.

J'ai ordonné, nous courons vers la voiture, et fouette, cocher ! La géniale petite auto s'arrache comme une formule 1 en silence. Nous ne voyons rien bouger et pas âme qui vive en traversant la ville. La cité, totalement déserte, semble morte. L'animation de la vie nocturne est seulement assurée par les feux tricolores, actuellement réglés en clignotants orange. On a connu plus joyeux en plein été à Royan, sans vouloir jouer les vieux barbons du « c'était mieux avant ». Bref, ça nous arrange, bien qu'avec les caméras on risque toujours d'être espionnés. Nous fonçons vers Saint-Augustin où nous avons caché ma Range dans la forêt de pins. Nous allons échanger les voitures, ainsi, au cas où la Zoé aurait été repérée, on la retrouvera loin de la villa Maboul, toutes empreintes effacées avec des références à un client fantôme.

Une fois le transfert effectué nous soufflons dans ma Range. Lucille affirme :

— Bonne idée, cet échange de voitures, Youri. « Témérité n'exclut pas prudence », comme disait ma tante Suzy. Tu l'illustres parfaitement.

Val s'esclaffe :

— Ta patronne te félicite Youri Dorsel ! Mais moi, je ne suis pas content d'elle. Avec ses théories à la con et sa maladie de la gâchette, elle a failli nous conduire en tôle. Et moi, je dis : « non ». Si toi, Youri, tu ne te réveilles pas, je me tire. Les femmes ne devraient jamais commander, ce devrait être interdit. Elles ne font que des conneries.

Lucille écume de rage, Clara sourit en Joconde. J'allume la radio et pousse le son. Ça tombe bien, elle diffuse un morceau qui ne peut s'écouter qu'au maximum de sa puissance : *Cherish* par Kool and the Gang, parfait pour éteindre les conversations parasites.

Nous arrivons à la Villa Maboul pour dormir un peu. Clara craint d'être grillée auprès de Roudoni. Je lui prête une chambre en attendant de résoudre son problème, demain matin.

*

* *

Le lendemain, elle est souriante en dorant des muffins au petit-déjeuner. Nous sommes les premiers levés, réunis autour d'un Ricoré. Elle va et vient comme une maîtresse de maison prévenante avec moi. J'adore me faire servir par une jolie femme (je sais, c'est mal). L'atmosphère est agrémentée d'une légère senteur d'encens dont un bâtonnet brasille sur une étagère. Clara sait installer une ambiance agréable en trois détails. C'est un don.

— J'ai trouvé comment m'en sortir avec Roudoni. Après l'explosion du drone, il ignore ce qui est arrivé, mais, juste avant, il m'a peut-être vu parler avec vous. Je vais lui dire que vous m'avez repérée par surprise et que je me suis enfuie en profitant de la confusion après le coup de feu. Je me suis planquée en attendant que la poussière retombe, et maintenant je réapparais naturellement. Voilà !

— Il va te demander si tu nous as reconnus.

— Évidemment, mais je vais lui décrire des inconnus aux silhouettes différentes des vôtres. Il ne devrait pas se méfier. Après tout, c'est lui qui m'a envoyée là-bas, et que j'y aie fait une mauvaise rencontre n'a rien d'étonnant.

— Si tu crois qu'il va avaler ça, tant mieux. Tu le connais mieux que moi. Mais si tu me servais une fable aussi peu crédible, j'aurais l'impression de me trouver dans une fête de patronage, où les enfants ânonnent leur histoire, sous l'œil attendri de leurs parents.

— Merci pour les compliments.

— Je suis « cash », comme toi. Et ce que j'en dis, c'est pour ton bien. Tu as accepté que je veille sur toi, c'est ce que je fais. Nous avons un marché.

— Parlons-en ! Et parlons de ton expédition nocturne également. Pour la discrétion, bravo ! Jolie démonstration de ton savoir-faire, excuse-moi de te le dire. Vas-tu laisser Lucille décider de la suite des opérations, ou finiras-tu par te ressaisir avant qu'une catastrophe survienne ?

— Elle a cru avoir une bonne idée, mais elle s'est trompée. Ça arrive à tout le monde.

— C'est en toi que j'ai confiance, pas en elle. C'est avec toi que j'ai conclu un marché, pas avec une sous-traitante en plein délire qui vit pour le moment où elle peut jouer avec son flingue. Elle ne serait pas un peu barge ta Lucille ?

— Ne parle pas si fort, elle va t'entendre. Évidemment qu'elle est barge. Mais elle peut se montrer redoutablement efficace, si on la canalise.

— Canalise-la donc, en ce cas. Et vite. Un second faux pas pourrait nous être fatal, dans le sens premier du mot. Ou, pour le moins très désagréable, surtout pour moi. Et je te rappelle qu'elle m'a braquée. Il faut d'ailleurs que je me procure un flingue, la prochaine fois, ce sera elle ou moi.

— Il n'est pas question que tu touches à Lucille, sinon tu me trouveras en face de toi. Nous possédons tous un but commun, alors, du calme, sinon je vais présumer que tu es aussi barge qu'elle.

— En toute modestie, je crois être plus adulte qu'elle, dont le niveau intellectuel semble presque impossible à mesurer en l'état actuel de la science.

— En même temps, à ton âge, le contraire serait ennuyeux.

— C'est dit sans galanterie, mais c'est vrai. Puisque nous voici entre grandes personnes responsables, décidons de la suite. As-tu une idée ?

— Il n'en a manifestement pas, lance, acerbe la voix de Lucille qui entre dans la cuisine, l'œil noir et la mine furieuse, sur la position « venin ». Moi, au moins, j'ai essayé d'avancer. Et je continue : Youri, je viens d'appeler ton copain Morgan l'archiviste. Il possède des infos sur ces maisons qu'il est prêt à nous communiquer dans une demi-heure chez lui.

— C'était évident, mais je n'avais pas pensé à lui ! Il connaît tout du passé de la région et, si un événement est lié à cette adresse, il est au courant. Bravo Lucille !

La blonde renchérit :

— En effet, c'est une excellente idée !

— Merci Clara. Tu sais le prix que j'attache à ton opinion, lance la flingueuse, ironique. Maintenant, stoppons les polémiques. Nous avons un job à faire, au travail !

Clara me regarde d'un air narquois, pendant que Lucille sort de la cuisine avec l'allure d'une princesse trahie par son jardinier.

— Il est temps que je te remercie pour ton hospitalité.

La blonde prend congé, refusant que je la raccompagne par crainte que l'on nous voie ensemble et que l'information n'arrive aux oreilles de Roudoni.

Une blonde, une brune, deux jalouses… Pourquoi le Créateur, s'il existe, a-t-il inventé ces réactions négatives ? On dit que c'est aux fruits que l'on reconnaît l'arbre : nourrit-il ce genre de sentiments, Lui aussi ?

## 10 - Jeudi 8 août 2019 - Je fais des puzzles

Morgan Maril, que j'ai baptisé « l'Archiviste » est une connaissance du passé, remontant au milieu des années 80, vers 1985-1986. J'avais alors 15 ans et j'animais des émissions en bénévole sur les antennes d'une FM locale. Optimistes, on parlait de « radios libres », imaginant un jour gagner notre vie en s'exprimant dans un micro. Pour la plupart, ce n'est pas arrivé, on s'est appauvris en monnaie sonnante, mais enrichis en souvenirs, émotions et relations humaines variées.

À l'époque, je chantais à l'antenne, et quelquefois dans des animations diverses réalisées par la radio. J'aimais ça. Plus de trente ans se sont depuis éparpillés, jour après jour, mais ces instants restent gravés dans ma mémoire, en détail.

J'évoque ainsi l'écoulement du temps, sans joie, en route pour la maison de Morgan, qui était l'une des figures de la station. Comme la plupart des animateurs, il a quitté le micro avec la disparition des FM locales, progressivement absorbées par des groupes sans âme. Il est devenu archiviste sans conviction, et s'est, finalement, fait virer de sa boîte sous couleur d'une retraite anticipée. On lui reprochait de se montrer moins rapide au travail qu'un escargot tentant une marche arrière sans rétroviseur… En fait, c'était un homme profondément déprimé. Je l'ai un peu aidé à en sortir, mais il s'est réellement guéri en s'éprenant d'une jeune Chinoise, Isa, prouvant que notre destin peut être influencé par une heureuse rencontre sentimentale. *L'amour est vraiment fort*, chante Eddy Mitchell…

Morgan, rayonnant, nous ouvre la porte.

— Salut Youri, vieux pote ! Mes hommages, Lucille. Entrez donc, tous les deux !

On se pète tous la bise, y compris entre hommes. Je n'aime pas. Ah ! si la crainte d'un virus à inventer pouvait un jour faire disparaître cette coutume ! Sa copine est jolie, charmante et sympa… Il nous entraîne dans son bureau meublé et décoré à la façon des années 70.

— Ainsi, vous vous passionnez vous aussi pour le 8 de la rue des Chétis !

— Comment, « nous aussi » ? Qui d'autre s'y intéresse ?

— Pas mal de monde depuis plus de soixante-dix ans ! Et deux récemment. Toi, et un copain de Clara qui m'a également posé des questions là-dessus, un certain Roudoni.

— Quoi ? Ce mec est venu te voir avec elle ?

— Non, il est venu de sa part. Et je ne lui ai pratiquement rien dit, à l'exception de ce qu'il pourrait facilement trouver aux archives. Ce loustic ne m'inspire pas confiance. Il est trop poli pour être honnête.

— Tu as raison, c'est un truand et pas un copain de Clara, il t'a menti.

Lucille ne peut s'empêcher de persifler :

— Cette idiote s'est laissée pigeonner par lui.

Évidemment, Morgan veut en savoir plus et je dois éluder ses questions. Je l'informe seulement que Roudoni est un maître chanteur, pour le moins, et qu'il tient Clara. Je ne peux lui en dire davantage, même si je sais qu'il apprécie Clara. Il est persuadé de son innocence totale, je ne peux pas lui révéler l'incertitude qui pèse désormais sur cette innocence. Laissons-lui ses illusions, elles s'avéreront peut-être justes, finalement.

Je clos ses demandes et reviens vers ma question : que s'est-il donc passé à cette adresse ?

— On voit que tu n'es pas d'ici pour l'ignorer. Les Parigots ne connaissent pas notre histoire locale ! On a commencé à parler de cette adresse au moment de la Libération : la femme qui y vivait ayant eu pour amant un Allemand, elle a été tondue par la populace abrutie et haineuse, pardon pour le pléonasme. Pour faire bonne mesure, la maison a été pillée. Dans les années 70, la fille de cette femme a entamé une action courageuse pour faire réhabiliter sa mère, au prétexte que l'amour n'a pas de nationalité. Elle avait racheté cette maison et y avait établi le siège de l'association qu'elle avait créé avec d'autres « enfants de Boches » comme on disait alors. Elle a seulement réussi à susciter encore plus de haine de la part de certains vieux Royannais, y compris ceux ayant profité de l'Occupation pour s'enrichir. Finalement, elle a revendu la maison, qui était régulièrement recouverte de graffitis ignobles, pour s'installer loin, en Bretagne. Elle avait cependant conservé une villa à Saint-Palais-sur-Mer pour la louer, mais j'y reviendrai. Au début des années 80, le 8 rue des Chétis s'est retrouvé dans l'actualité : on y a arrêté un espion de l'Est, Allemand de la RDA. L'affaire a fait grand bruit, le jour même, avec un important déploiement de policiers. Le journal local a consacré un article à l'évènement, mais ensuite, on n'en a plus entendu parler : pas une ligne n'a filtré sur cette affaire.

— Et depuis ?

— Au milieu des années 80, Valérie, la petite fille de la tondue est revenue passer ses vacances dans la villa de Saint-Palais-sur-Mer. Nous l'avons connue à l'époque, souviens-toi : une grande rousse vaguement frisée. Sympa, marrante. Elle était maquée avec Cora, une femme qui avait le double de son âge, du genre pas commode. C'étaient des relations à ton père, me semble-t-il.

— Oui, à l'époque où il s'est passionné pour la radio, pas la nôtre, mais Radio Foncillon FM 92, la station où Valérie réalisait une émission chaque été. Je le croyais amoureux d'elle, ce qui m'étonnait, car elle n'atteignait pas le niveau de ses conquêtes habituelles et de plus elle était lesbienne, ce qui constitue quand même un handicap. Ainsi, il la fréquentait probablement par intérêt…

— Pourquoi, par intérêt ?

Saperlipopette, j'avais oublié que Morgan n'était pas au courant pour le magot !

— Ho… des tractations pour sa galerie…

— Ce ne serait pas plutôt pour son héritage qu'il la fréquentait ? Le trésor introuvable ?

— J'en ai entendu parler, je l'avoue. Qu'en penses-tu ?

Il sourit, moqueur :

— Toi aussi, tu te lances là-dedans ? S'il a jamais existé, il s'est probablement évaporé. C'est un miroir aux alouettes, mais ce ne sont pas des oiseaux que l'on flingue, méfie-toi ! Je remarque que tes parents ont disparu peu après que ton père s'est mis à fréquenter assidûment Valérie. Et que dans le même temps, Rogiès s'est subitement enrichi…

— C'est peut-être trop évident, n'en tirons pas de conclusions rapides, cherchons des preuves. Mais, toi, comment as-tu entendu parler de ce trésor ? Il semble que le secret en soit aussi bien gardé que l'adresse du nid d'amour d'un évêque.

— Aujourd'hui, peut-être, mais en 1985, Valérie, sans en faire étalage, ne le cachait pas vraiment. Elle l'évoquait avec un certain snobisme en proclamant cependant son désintérêt pour le fric. Elle en parlait peut-être trop : elle a inexplicablement disparu, comme tes parents, mais avant eux.

— Je l'ignorais. Pourquoi ne me l'as-tu jamais dit ?

— On s'est quand même perdus de vue pendant plus de trente ans ! Tu as quitté la ville en 1986 pour y revenir l'an dernier, et tu t'étonnes d'avoir raté des épisodes ?

— Tu as raison, mais, du coup, ça sonne en écho avec la disparition de mes parents.

— C'est exactement ce que je te dis. Un trésor, des disparitions inquiétantes et un espion vont plutôt bien ensemble, non ?

— Surtout pour cette époque où le maire étant Jean-Pascal Osier du Pousseau, les truands bordelais tenaient la ville en coupe réglée. Il était leur patron ou leur employé, on ne l'a pas tiré au clair. Dans les deux cas, ils ne risquaient rien de lui.

— Un climat propice, en effet. Tu n'as pas l'impression que nous rassemblons les morceaux d'un puzzle ?

— Si, évidemment, ça ouvre des horizons, mais, encore une fois, cherchons des preuves. Et cet espion, qu'est-ce qu'il fait là-dedans ?

— Je n'en ai pas la moindre idée. Il s'agissait d'un homme qui vivait là depuis quelques mois, par intermittence. Les gens le connaissaient un peu dans le quartier, un mec ordinaire. Un matin vers onze heures on a vu un gros dispositif se mettre en place. Toutes les rues adjacentes étaient bloquées par des gardes mobiles, une nuée de flics était présente, mais on ignore les détails de l'arrestation. Simplement, on a vu l'espion partir dans la Renault 12 break des flics. La police scientifique est arrivée, tout ce monde s'est agité jusqu'au soir. Ensuite, rideau, ils ont tous quitté les lieux et ne sont jamais revenus. Fin de l'histoire.

— D'où vient qu'il s'agissait d'un espion, si rien n'a filtré ?

— Du journal.

Il me tend la coupure de presse. Insérée dans une page intérieure consacrée à Royan, la photo représente un homme d'une quarantaine d'années, brun, dégarni, en costume et cravate, les mains liées dans le dos, probablement par des menottes. Un flic en képi à sa droite, tourné vers lui le surveille, des menottes à la main. Peut-être est-ce pour cela qu'on a l'impression que les mains du prévenu sont entravées par les mêmes bracelets. Le titre annonce : *Un espion de l'Est arrêté.* Mais la suite de l'article n'étaye en rien cette affirmation et l'on comprend vite que le journaliste n'a fait qu'écouter les ragots des voisins et tirer des conclusions plus qu'approximatives. La seule chose que l'on sache, semble-t-il, c'est que le bonhomme possédait un nom allemand et qu'il se montrait sympathique aux voisins, lesquels déclarent qu'il recevait régulièrement des hommes d'allure germanique…

— En fait, on ignore tout de ce mec. On n'est même pas certain qu'il soit allemand. Le plumitif voulait juste donner dans le sensationnel. Il illustre bien l'aphorisme selon lequel les journalistes passent la moitié de leur temps à écrire sur ce qu'ils ne savent pas et l'autre à taire ce qu'ils savent. Et sinon, là, tes « vieux Royannais », ils n'ont pas d'idée géniale ?

— Fous-toi de moi. Non, aucune piste, mais les truands de la mafia royannaise appartenaient aussi au SAC, cette officine douteuse des gaullistes. Tout était possible à ce temps-là, même, et surtout, avec Mitterrand comme président. C'était encore la Grande Époque !

— Arrête un peu, tu vas me sortir que c'était mieux avant, comme un vieux con incapable de s'adapter à la marche du monde.

Bref, nous n'apprendrons rien de plus de Morgan, et nous prenons congé, Lucille et moi, direction Villa Maboul. Allons voir si notre geek a trouvé des informations...

Mais Val et Jenny sont invisibles, bien que présents dans leur chambre. La fille exprime avec impétuosité sa joie de vivre, ça fait plaisir pour elle. Nous en rions avec Lucille avant de nous asseoir autour d'un verre, sur la terrasse donnant sur la plage de Nauzan. Elle est pleine de monde, exhalant la merveilleuse rumeur de l'été, faite de cris d'enfants, d'appels, de conversations, de chant des vagues et du souffle de l'Atlantique sur les aiguilles de pins odorants. Nous attendrons que Val se consacre à nous. En patientant, ne restons pas inactifs. J'ai une idée :

— La première personne à voir est Franck Mithois. C'est lui qui a trouvé au départ le papier dans la voiture fermée depuis trente-cinq ans. Si quelqu'un a informé Roudoni de cette adresse, il doit aussi savoir qu'elle correspond à quelque chose de particulier. Il faut le questionner.

Les yeux de Lucille brillent :

— Le faire avouer ! Je vais adorer. Déjà qu'il me considère comme la huitième merveille du monde, avec son regard de cocker maltraité, je vais lui offrir un festival au petit monsieur. Je vais le vamper, tu vas voir ça ! Il ne va pas pouvoir me résister.

— Tu as certainement une bonne idée, mais je préfère le bousculer, méthode plus rapide et efficace.

— Toi, bousculer quelqu'un ? C'est pas contre tes convictions, normalement ?

— Normalement par rapport à quoi ? Nous nous sommes assigné une mission, il faut la réaliser le plus vite possible. Et puis, je suis certain qu'il va rapidement craquer, je connais les hommes.

— Je n'ajouterai pas « moi aussi », on pourrait dire que ça fait mauvais genre… Mais, comme l'affirmait ma tante Suzy : « Si ceux qui disent du mal de moi savaient ce que je pense d'eux, ils en diraient bien davantage. »

J'appelle Franck Mithois pour l'inviter à boire l'apéro sur notre terrasse. Une offre qui ne se refuse généralement pas, étant donné son emplacement et la réputation intense dont nous jouissons. Il accepte et affirme qu'il arrive dans un quart d'heure.

Mithois exerce l'activité de restaurateur d'automobiles anciennes. Il a redémarré les voitures que mes parents avaient abandonnées dans le garage de cette villa en disparaissant,

34 ans plus tôt, sans laisser aucune trace. On aurait dit qu'ils s'étaient dissous lors d'un court voyage en avion de tourisme, au-dessus de l'Afrique du Nord. Jusqu'à l'année dernière, je n'étais jamais revenu dans cette villa, dont je suis pourtant propriétaire, pour en avoir hérité. Pendant toutes ces années, la mère de Franck Mithois, Roseline, en a été la gardienne et la gouvernante. Une femme parfaite, grâce à qui la maison a été entretenue à la perfection. Une personne avec qui j'ai des liens particuliers : je l'aime bien.

Nous avons juste rapporté bouteilles, verres et friandises salées sur la table que Lucille tend le menton pour désigner le portail :

— Tiens, le voici, ton Franck Mithois. Je vais t'admirer à l'œuvre, elle sourit, l'œil malicieux.

Le mec, d'une trentaine d'années, est grand, balaise, bronzé, musclé, les cheveux blonds frisés coupés courts. Beau gosse n'ayant pas inventé l'eau tiède.

— Salut Franck !

— Salut les amis ! C'est gentil de m'inviter à l'improviste. Alors pas de souci avec vos voitures ? Tout devrait bien se passer, après les révisions que nous venons de réaliser.

Sur mon geste, il s'assoit près des bouteilles.

— Justement, si. J'ai un problème. il hausse les sourcils. Avec toi, Franck. Je crains que tu n'aies de mauvaises fréquentations. Est-ce que je me trompe ? il se trouble.

— Je ne vois pas…

— Roudoni. Tu crois que c'est une connaissance pour toi ?

Il plisse les yeux, baisse la tête, la relève vers le ciel et finalement s'empare vivement d'une bouteille de whisky. Il avale d'un trait la dose requise pour faire sauter son permis au premier contrôle. Enfin, il prononce, d'une voix à la vigueur d'un Orangina éventé :

— Roudoni n'est pas une fréquentation à moi, mais à mon ancien ouvrier qui le connaissait et l'a attiré chez moi. C'est un mec dangereux et menaçant.

— Que te voulait-il ?

— Il voulait savoir ce que j'avais fait du papier que mon compagnon avait trouvé dans ta Range Rover. Celui que je t'ai remis, avec une adresse écrite dessus.

— Et alors ? Tu as gentiment répondu à ses questions, je suppose ?

— En gros, c'est ça.

— Et tu n'as pas pensé à me le dire ? C'est curieux. Tu ne trouves pas ?

— Il m'avait menacé si je parlais de lui. Et puis, il m'a affirmé qu'il ne te voulait pas de mal.

Lucille s'est levée, enveloppée de son parfum chic. En tenue de femme fatale, elle ne porte que peu de choses, arrangées de manière à ce qu'une charge de TNT ressemble à un pétard mouillé auprès d'elle. Pas le genre tapageur pour autant – disons de bon goût. Enfin, de mon idée du bon goût.

Bref, le mécano d'antiquités ouvre des yeux admiratifs, basculant en mode craintif lorsqu'il fait pivoter son regard vers moi. C'est plutôt Lucille qu'il devrait redouter, il va bientôt le comprendre, à mon avis. Je la sens agacée.

— Tu ne serais pas en train de nous prendre pour des abrutis, Franck Mithois ? elle tourne autour de lui, en oiseau de proie. Tu sais qu'on peut mourir dans une histoire comme ça et tu n'as même pas la générosité de nous prévenir ! Tu me déçois, Franck. Je m'étais fait une idée différente de toi... Je ne me suis pas autorisée à rêver de toi, mais j'aurais pu le faire, en d'autres circonstances. Et voilà que tu me consternes, d'un coup. Je tombe de haut.

Et bim ! elle lui balance deux méchantes mandales dans la tête, format adulte. Elle y a mis toute sa force, le genre qui fait franchement mal. Elle se frotte les mains, marque une pause et lui en applique deux autres, des baffes à lui démonter la tête. Elle qui voulait seulement le séduire ! Chassez le naturel...

— Alors, Franck Mithois ? Tu vas les présenter tes excuses, ou tu préfères que j'insiste ? Ou bien encore, faut-il que ce soit ta maman qui te le demande ? Je vais aller la chercher si tu continues !

Le mec est terrorisé devant Lucille qui ne pèse que la moitié de son poids et mesure une tête de moins que lui. Horrifié par la découverte de son agressivité – alors que, jusqu'à présent, elle jouait la douceur et la séduction avec lui – il souffre autant qu'un admirateur de Piaf affligé par une reprise de ses chansons en rap.

— C'est vrai, je suis une ordure. Je me le reproche chaque minute, je me conduis comme un salaud, mais j'ai une excuse : je suis un peureux, je n'y peux rien.

— Tu t'es comporté comme un idiot, mais maintenant, tu vas te rattraper, d'accord ? elle lui caresse l'avant-bras de la main.

— Oui, oui ! Je m'excuse, je m'excuse. Que veux-tu que je te dise ?

— Tout, mon petit Franck ! Tout. Raconte-moi ton histoire de Roudoni depuis le début, et n'oublie rien.

— Il est arrivé un jour au garage en me demandant si c'était bien moi qui entretenais votre Range Rover. J'ai répondu oui, sans comprendre pourquoi il me posait cette question. À partir de là, il est devenu agressif et menaçant. Il voulait tout savoir sur ce papier, ce qui y était écrit, mais aussi sa couleur, sa taille, etc. Il m'a encore demandé à quoi correspondait cette adresse et je lui ai assuré que j'avais seulement entendu parler d'évènements datant d'avant ma naissance. Il m'a frappé en exigeant des précisions que je ne pouvais pas lui donner. Comme tous les vieux Royannais, je connais vaguement l'histoire de cette maison, sans plus. Finalement, ce salaud de Roudoni est parti en affirmant que si j'en parlais à quiconque je signais mon arrêt de mort.

— Et c'est ce que tu viens de faire, Franck. Te voici en sursis, il faut t'en rendre compte. À présent, ta seule carte à jouer c'est de nous aider à coincer Roudoni.

Je mets fin à son festival d'un geste avant de m'en prendre à Franck, à mon tour, dans le rôle du gentil :

— Comment Roudoni a-t-il eu connaissance de ce

papier, à ton avis ?

— Par mon ancien ouvrier. Je l'ai viré pour cette raison.

— Qui est ce mec et que sais-tu sur ses relations avec Roudoni ?

— C'est un Polonais et un excellent carrossier. Mais il m'a toujours fait l'effet de posséder une mentalité pas très nette. Je le soupçonne de trafiquer des voitures aux origines suspectes. C'est lui qui avait trouvé sous mes yeux le papier dans ta Range Rover. Je lui avais aussitôt demandé de me le remettre, mais il avait eu le temps de le lire. Roudoni m'a rendu visite le lendemain, au courant de l'existence du papier alors que je n'en avais parlé à personne. Conclusion, seul le Polonais avait pu me trahir.

— Où le trouve-t-on, ton Polonais félon ?

— Du côté de Saujon, dans un hameau. Pour te dire le genre de mec, il a acheté une maison sur le chemin de Saint-Jacques de Compostelle pour draguer les femmes pèlerins. Il fait son choix grâce à des caméras qui lui permettent de les voir arriver.

— Il t'a raconté ça ?

— Oui, il en est même fier. La dimension religieuse compte pour lui et il ne veut courtiser que des croyantes.

— Il est barjo, ton mec, non ?

— Peut-être, en plus d'être Polonais.

— Qu'est-ce qui l'a alerté, à propos du papier ?

— Je n'en ai aucune idée. Peut-être était-il soudoyé par Roudoni pour fouiller dans vos voitures. Je comprends maintenant que, quand je l'ai vu avec ce papier, il était en train de perquisitionner ta Range. Si je n'avais pas été là, il l'aurait tout simplement volé. Et peut-être l'a-t-il fait avec d'autres indices.

Lucille lui lance un œil assassin :

— Et c'est maintenant que tu nous en informes, alors qu'il y a près d'un an que c'est arrivé ! Par les cornes de Satan, j'ai bien envie de te corriger !

Je l'interromps :

— Tu as une impression ou une certitude, Franck ?

Il évite mon regard, en parfait faux cul, tel un commerçant sur un marché de Noël refourguant une camelote asiatique en la parant des atours d'un article artisanal.

— Quand j'ai descendu la Range de mon camion porte-voiture, j'ai aperçu un carnet, tombé devant le siège passager. Par la suite, je ne l'ai pas retrouvé. Le Polonais avait dû l'emprunter.

— Tu as d'autres révélations à nous faire, Franck ? Si c'est le cas, le moment est venu. Mais, si tu penches pour différer, je peux vous laisser, Lucille et toi une petite demi-heure. Peut-être préférerais-tu te confier à elle…

Lucille me coupe :

— Si je dois le faire parler, il faut le descendre au garage, ce sera plus discret qu'ici. Et plus facile à nettoyer aussi, le sang laisse des traces.

— Tu as entendu Franck ? Direction le garage !

— Non Youri, par pitié ! Je t'ai tout dit ! Je veux me

racheter, demande-moi n'importe quoi et je le ferai. Mais ne m'abandonne pas avec elle, s'il te plaît !

— D'accord Franck. Je t'offre une seconde chance. Mais, sois bien certain qu'il n'y en aura pas de troisième. Ne me déçois pas. Maintenant, note les coordonnés de ton Polonais sur ce bloc et va accomplir ton destin.

Il s'exécute et précise que la demeure du mec se trouve 500 mètres après avoir dépassé la salle paroissiale François Cavanna. Un bon point de repère. Et finalement, il se tire, remerciant le ciel d'être encore en vie. Il prenait Lucille pour Blanche Neige et la découvre Cruella d'enfer ! Pauvre garçon, notre numéro improvisé le marquera pour longtemps. Pour nous, il figurera dans le best of de nos souvenirs de l'année, à la place d'honneur.

## 11 - Jeudi 8 août 2019 (après-midi) - Tchiki boum

Nous nous amusons encore aux dépens de Franck quand Val et Jenny émergent sur la terrasse. Radieuse, elle rit en parlant, de son curieux rire en escalier, rendant ses paroles peu aisées à décrypter. Il en ressort qu'elle et Val ont suivi l'apéro de Franck comme au théâtre, cachés dans un coin du salon, à l'angle d'une baie vitrée. De sa voix grave, elle exprime son admiration à Lucille, lui avoue être décidée à la choisir comme modèle, à en faire son gourou. Val, par contre, semble éteint, apathique. Je dois le réveiller.

— Tu vas me raconter ce que tu as découvert dans tes investigations, Val, et le plus vite possible, s'il te plaît.

— Heu… là… pas à la seconde, non, mes neurones

n'ont pas atteint le maximum de leur fonctionnalité.

— Quel délai va nécessiter leur réactivation ?

— Tu ne me lâcheras jamais, toi, Youri

— On fait la guerre aux méchants, pas la mise en route d'une communauté de babas.

— T'es pas cool toi ! De toute façon, j'attends un renseignement pour finir ce que tu m'as réclamé.

— Mais enfin, je suis étonné : tu arrives toujours à pénétrer les systèmes, et là tu échoues. C'est pas les ordinateurs de la NSA quand même !

— Je me le demande, surtout pour Rogiès. Je n'ai jamais vu une structure aussi fortement protégée. Ça ressemble au travail d'un pro de haut niveau, aux salaires en conséquence. Rogiès, même prospère, ne peut pas se le payer. On dirait une défense d'organisme d'état.

— Par les cornes de Satan ! jette Lucille, on ne va quand même pas s'attaquer à ça !

— Bof, je ne vois pas la nécessité de renoncer. Un expert va me conseiller et je suis certain de réussir. Vous verrez bien ce que vous en ferez. Quant à Roudoni, c'est moins complexe, j'en arrive presque à bout. Plus qu'un ou deux jours à attendre.

Il ferme les yeux et se vautre dans son transat, cherchant une position confortable pour dormir. Je sens que Lucille va perdre patience. Avant qu'un agacement survienne entre elle et Val, j'entre en scène :

— C'est parfait, Val, continue. Pendant ce temps,

nous allons rencontrer le Polonais et lui faire cracher des renseignements…

Lucille percute à la seconde.

— Oh oui, allons nous occuper gentiment de lui ! Je propose qu'on déjeune avant de l'attaquer. Tu as une bonne idée, Youri.

Jenny, qui a pris en main le quotidien de la maison, part en quête d'un repas à préparer, Lucille vaque à ses affaires ; je reste seul avec Val, qui persifle :

— La patronne t'a encore félicité, Youri !

— C'est bon, Val, arrête !

— Tu me désoles, Youri, je te vois soumis à l'avis de Lucille, à son autorité transparente. Elle possède une trop forte personnalité, elle nous influence sans que nous nous en rendions compte. Ouvre les yeux ! Un max de gens, comme elle, nous expliquent ce qu'on doit penser et dire, comment il faut se comporter, s'habiller, qui fréquenter, ce qui est correct et ce qui ne l'est pas. Citons nos parents, la religion, la politique, les flics, les enseignants, les patrons, les journalistes, la personne qui partage notre vie… Et surtout, oh ! oui, surtout nous-mêmes pour correspondre à l'image que nous croyons celle que les gens attendent de nous selon l'époque et le climat. L'image qui sur notre page Facebook nous attirera le plus de bonnes appréciations, comme à l'école, sauf qu'ici on choisit ses maîtres. Nous nous comportons en moutons esclaves de la société, du regard des autres.

« Quand est-on nous-mêmes ?

Et qui sommes-nous ? Quelle est réellement notre vision de ce monde et de ces gens ? L'allure de notre propre philosophie de la vie, débarrassée de toutes ces influences, prendrait-elle l'aspect chétif et pitoyable d'un chat angora rasé ?

— Tu penses beaucoup, Val. Pour ma part, j'essaye de profiter de la vie sans me poser de questions. J'ai remarqué qu'elles se révélaient nuisibles à la joie de vivre. Et si je tombe souvent d'accord avec Lucille, c'est parce que nous avons la même opinion, pas parce que j'ai adopté la sienne.

— Garde tes illusions, Youri !

*

* *

Après avoir garé la voiture dans un cul-de-sac, nous empruntons un étroit chemin longeant la Seudre, un peu vaseux par endroits. Le paysage de ces marais est magnifique, ponctué par quelques carrelets chenus disséminés au long des boucles paresseuses du minuscule fleuve. Il est si calme et si lent que la surface en miroir mélange ciel et terre et que les carrelets semblent prêts à se pêcher eux-mêmes. Au loin, un âne esseulé manifeste bruyamment son mal-être. Nous dépassons une agréable petite femme en short, occupée à sermonner son chien, un certain Kalvin, cabot miniature. Elle n'apprécie pas qu'il se roule avec allégresse dans une bouse de vache…

Un hameau de quelques maisons et cabanes de bois coloré apparaît bientôt : c'est notre destination. Nous aurions pu y parvenir via l'impasse empierrée qui y mène, mais nous préférons la discrétion.

La masure du Polonais surgit, telle que Franck nous l'a décrite, basse, mais large, avec de longs toits peu pentus. Décrépite, des enduits tombant par plaques, des menuiseries peintes d'un marron-merde, écaillé et peinant à recouvrir le bois en décomposition. Une carcasse de Lada moitié désossée trône sur un terrain à l'abandon, agrémenté d'un lave-linge rouillé, de pneus tapissés de mousse et d'un tas de bois de chauffage aux deux tiers dévoré par les insectes xylophages. Le propriétaire de ce nid peut tirer un trait sur ses revenus de chambre d'hôte.

— Comment le reporter décrirait-il ce paysage ?

— Si c'est pittoresque et authentique pour un agent immobilier, pour un journaliste il s'agit d'un taudis. Je n'imaginais pas une baraque aussi sordide. Il attire des filles là-dedans ? Elles ont le moral.

— Je me demande si ton Franck ne s'est pas foutu de nous. Et si c'était un piège ?

Elle empoigne son Colt pêché dans son sac. Évidemment, une fois qu'elle a dit ça, on devient parano. La porte à moitié démantibulée est entrebâillée. Lucille tient son revolver bras tendu et pousse le battant d'un coup de pied. Un couloir pouilleux et désert… Une porte ouverte… Clara !

— Ne bouge surtout pas !

— Non, mais tu es une malade, toi ! C'est la deuxième fois que tu me braques ! Tu vois ce que je te disais, Youri : j'ai besoin d'un flingue pour me protéger de cette folle !

— Quoi ? elle se tourne vers moi son Colt toujours prêt à cracher du plomb. Vous manigancez contre moi derrière mon dos ?

— C'est de l'auto défense. Il va d'ailleurs falloir que j'y songe pour moi aussi, puisque tu me braques aussi désormais. Mais ce n'est pas le plus important. Je suppose que ce monsieur est le Polonais, à moins que je me trompe.

Je désigne, d'un signe de la main un mec jeune, blond, balaise, à l'avant-bras orné d'un cobra portant une couronne, tel que Franck nous avait décrit son ex-employé. Tombé en vrac au sol, on l'évoquera désormais au passé, du moins le haut de son crâne éclaté le laisse-t-il entendre. Clara acquiesce :

— Il s'agit probablement de lui. Et ce n'est pas moi qui l'ai tué, tu peux t'en douter.

— Tu en aurais la force, cependant. Tu es musclée.

— Tu me soupçonnerais ? Hé bien, détrompe-toi. Quand je suis arrivée, exactement comme vous, mais il y a deux minutes, ce mec était déjà mort. C'est un piège : j'ai été attirée ici par un coup de téléphone me fixant un rendez-vous avec une relation de travail.

— Méfions-nous, alors. Nous ignorons pourquoi on nous a manœuvrés. As-tu exploré la maison ?

— Non, j'arrive juste, je te l'ai dit.

— Restons groupés pour visiter cette bicoque. Ce devrait être rapide. Attention aux empreintes ! Pendant que je fouille ce mec, jetez un coup d'œil dans cette pièce, sans vous commander, mesdames.

Mais les poches de mort se révèlent aussi vides que les yeux des passagers du Space Mountain à la première seconde de la première chute dans le noir. Lucille et Clara ont achevé l'exploration de l'endroit, possédant pour tout meuble le placard d'un évier.

Retour dans le couloir. Lucille fait son cinéma avec son Colt pour ouvrir une autre pièce. Une ancienne chambre où une armoire moderne des années 50, curieusement en assez bon état, trône, seule. À droite, une grande porte ; à gauche, une vitrine, un abattant-secrétaire et trois tiroirs. Compact et fonctionnel. Je le fouille méthodiquement. Dans l'un des tiroirs, protégées par un sachet transparent à fermeture, genre sachet congélation, deux cassettes audio, une BASF et une TDK, aux étiquettes tracées du même mot, au stylo, « Clara ». Je montre l'objet à la susdite.

— Oh, mon Dieu ! Youri, tu les as trouvées ! elle s'en empare et me serre dans ses bras. J'avais raison de te faire confiance ! Je suis enfin libérée ! Tu es génial !

Instinctivement, mon regard se dirige vers Lucille qui lève les yeux au ciel, arborant un visage de *poker face*.

— Attends avant de me remercier. Nous devons d'abord contrôler que ce sont les bons enregistrements en les écoutant.

Elle se recule, du coup.

— C'est inutile, je vérifierai par moi-même.

— J'insiste, tu m'as raconté l'histoire, mais je veux les écouter. Roudoni l'a certainement fait. Je dois découvrir ce qu'il sait. N'oublie pas que je suis de ton côté, tu ne risques rien de moi.

— Toi, d'accord. Mais personne d'autre.

— C'est également ainsi que je le conçois. J'ai un ancien appareil à la Villa. J'espère qu'il fonctionne encore : nous les écouterons ensemble. Ceci réglé, nous allons finir d'explorer l'endroit et nous arracher de là. Plus le temps passe et plus nous courrons des risques.

— Bien vu Youri. En plus, les flics pourraient vous tomber sur le poil ! la voix de Riviéri… il pousse la porte et entre dans la pièce. Toujours entouré de jolies femmes dangereuses ! il désigne du menton Lucille qui range prestement son Colt. Ne vous inquiétez pas, je suis seul. J'ai reçu un texto m'informant de votre présence ici, en compagnie d'un lascar, absent, semble-t-il.

— Oui, définitivement absent.

— J'aurais dû m'en douter ! Allons voir cet individu.

Clara, qui s'essayait à se montrer naturelle en dissimulant ses cassettes, souffle. Nous rejoignons la pièce où le Polonais s'est crashé avec son cobra tatoué. Riviéri s'écrie :

— Bien, Youri ! C'est toi qui as fait ça ?

— Non. Quand nous sommes arrivés, il était déjà défunt.

— Tu le connais ?

— Pas personnellement. Il semblerait qu'il s'agisse d'un surnommé « le Polonais », carrossier de son état et fraîchement licencié par Franck Mithois, le fils de ma gouvernante.

— Et quels sont tes liens avec ce mort ?

— Je voulais savoir ce qu'il avait volé dans ma voiture lors de sa restauration. Il apparaît que mon père y avait laissé des objets que ce monsieur aurait subtilisés.

— De quel genre ?

— C'est ce que j'aurais aimé découvrir. Un carnet, pour le moins, selon Mithois.

— Et c'est tout ?

— Oui, rien de plus sur lui.

— Tu ne mentionnes pas ses liens avec Roudoni. Tu les ignores ou tu me joues du pipeau, Youri ?

— C'est un bruit qui court, en effet : ils auraient été en affaires. Mais si nous voulons coincer Roudoni, il vaudrait mieux que ce mort ne l'effraie pas.

— Mais, ton amie – il désigne Clara – va le rassurer, n'est-ce pas madame Stenbock, ou Eriksen ou veuve Betoli ? Comment puis-je vous appeler aimablement ? Maintenant que vous voici l'amie de mon ami, nous sommes amis aussi, n'est-ce pas ? C'est la famille Villa Maboul et j'en suis. Alors ?

— Vous adorez vous écouter parler, monsieur le commissaire. Mais, vous ne m'impressionnez pas, j'en ai connu de plus durs que vous. Maintenant, nous allons partir, parce qu'il est dangereux pour nous de rester. Si vous voulez Roudoni, laissez-nous faire et vous l'aurez. Mais, pour le reste, ignorez-nous si vous êtes un homme d'honneur. Nous sommes d'accord ?

Riviéri sourit à demi, tout de même impressionné.

— D'accord ! J'oublie que je vous ai vus ici et vous me

rapportez la tête de Roudoni.

— Roudoni vaut plus cher que ça, mais nous en reparlerons, tous ensemble. Largement plus cher, pensez-y !

Riviéri se tourne vers moi :

— Tu ne dois pas t'ennuyer, Youri entre deux amies aussi charmantes, le soir à la veillée. L'ambiance doit être détendue à la villa Maboul. Je t'envie.

— Une vraie féerie ! Bon, maintenant que nous avons épuisé les sujets de conversation, je suggère que nous nous séparions. Je ne voudrais pas te déranger dans ton travail. Bons baisers et amuse-toi bien.

— Tu as raison, casse-toi, c'est ce que tu as de mieux à faire, avant que j'aie la tentation de t'offrir des menottes.

Nous sortons, je ferme la marche et, avant de passer la porte, je lui lance un doigt d'honneur auquel il répond en secouant la tête, résigné. Clara nous entraîne vers sa voiture pour accélérer notre départ. Il est probable que Riviéri va sonner l'alarme sans attendre. Elle conduit un gros SUV rouge et nous ramène à la Range. Nous nous donnons rendez-vous à la villa pour un peu plus tard. Dans l'immédiat, je veux voir Franck Mithois, qui nous a envoyés dans un piège. Je serais curieux de connaître sa version.

Son atelier se situe dans un coin isolé de la zone commerciale Royan 2. Il a racheté un garage dont le véhicule de dépannage était une DS Citroën allongée et pourvue des nombreuses petites roues à l'arrière, ainsi transformée en voiture plateau. Elle trône sur un podium, réduite à l'état de décoration, devant le bâtiment, en compagnie de la vieille Jaguar que Mithois utilise. Son camion porte-voiture rouge bordeaux exhibant l'inscription « Vintage cars Mithois » en lettres anglaises dorées est également de la fête. Nous entrons dans le garage sans invitation, genre flics ou tueurs, pour retrouver Mithois dans son bureau, discutant avec animation de chiffres avec un comptable, semble-t-il. Ils s'interrompent.

— Excuse-moi, Franck, je dois te parler immédiatement, c'est urgent. Ce ne sera pas long, ce monsieur visitera l'atelier, en attendant. Il comprendra peut-être mieux ton point de vue avec du cambouis sur son costume.

Il fait un signe de tête au quidam qui sort, tout agacé.

— Qui t'avait ordonné de nous envoyer là-bas, Franck ?

— Quoi ? Je ne vois pas...

— La prétendue adresse de ton Polonais, d'où la tenais-tu ?

— Mais de lui ! Comme je te l'ai dit, il me l'avait donnée et décrit l'endroit. Il aurait pu te le confirmer.

— Non, il aurait pas pu. Pour cause de décès. On lui avait éclaté la tête. Ce serait donc lui qui t'aurait communiqué cette adresse. Dans quelles conditions ?

— Tout simplement pour des raisons administratives, puisqu'il était mon employé. Comme je ne voyais pas où se trouvait son hameau, il me l'avait décrit, point.

— Quand était-ce ?

— Il y a plusieurs mois, peut-être un an.

Lucille s'approche de lui, pensive. Inquiet, il se recule, sur son fauteuil à roulettes et se lève précipitamment. Du moins, il tente de le faire, car il perd l'équilibre et se retrouve au sol, le visage aux pieds de Lucille. Humilié comme un Écossais qu'on prendrait pour un Anglais.

— Espèce de vermine ! Si tu as peur, c'est que tu es coupable, n'est-ce pas ? elle lui écrase la tête au sol, de la pointe de sa Nike air. Alors, avoue !

— Mais non ! Je vous dis la vérité !

— C'est bon, Lucille laisse-le. Toi, Franck, relève-toi, tu as l'air d'un con et réponds-moi. Toi seul savais que nous allions à Saujon cet après-midi. Et pourtant, curieusement, au moins une autre personne se trouvait au courant : qui, Franck ? Avec qui nous as-tu encore trahis ?

— Mais, je n'en ai parlé qu'à mon ami, ce n'est pas lui qui… Oh mon Dieu ! alors, c'est lui le traître, pas moi, Youri, c'est pas moi !

— Mon pauvre Franck ! Tes capacités intellectuelles n'atteignent pas le niveau de ton talent en mécanique, c'est dommage. Quand tu dis « ami », il s'agit d'un ami comme je pense, ou juste un copain ordinaire ?

— Comme tu penses. Je me doutais que tu avais compris, mais qu'avec ta délicatesse tu ne m'en parlerais pas, je suis déçu par ta curiosité.

— Je me fous que tu sois gay. Je cherche un assassin. Qui est ce mec ?

— Un musicien. Il joue dans l'orchestre d'un de tes copains, José Kelly. Il s'appelle Brice. Mais j'ignore si c'est son vrai nom.

— Tu dois avoir sa photo, non ?

Il s'empare de son smartphone et affiche la tête d'un blond coiffé court, mince, le visage en lame de couteau, l'air mauvais comme une teigne.

— Envoie-la-moi, tout de suite par SMS. Où peut-on le trouver, ce peut-être Brice ?

— Je l'ignore… On se rencontrait toujours chez moi.

— Depuis combien de temps es-tu maqué avec ce mec ?

— Un an, environ. Mais, on s'était perdus de vue depuis plusieurs mois. Ça fait deux jours qu'il est revenu.

Lucille lève les yeux au ciel :

— Dis-moi, Franck : c'est pas un handicap dans ton métier d'être aussi con ?

— Tu as raison, mais ne me frappe pas, s'il te plaît ! Je suis idiot et peureux, qu'est-ce que j'y peux ? Je n'en suis pas moins un être humain. Je mérite un certain respect. Youri, j'en appelle à ton humanité.

— Toi, tu t'entendrais bien avec Valentin pour ce genre de discours.

— Tu as raison, je l'aime beaucoup. D'ailleurs, je lui ai fait un prix d'ami sur sa Renault Fuego Turbo de 1983. Un exemplaire en état concours, totalement refait à neuf pour le prix d'une Twingo d'occasion, reconnais que j'ai été généreux, non ?

— Je le reconnais. Mais je préférerais que tu montres juste un peu plus malin et que tu arrêtes de nous trahir en série.

Là-dessus, nous retournons à la base. Je suis curieux d'écouter ces cassettes…

## 12 - Jeudi 8 août 2019 (soir) - The promise you made

À la villa Maboul, Clara n'est pas encore arrivée, contrairement à sa promesse. Valentin est plongé dans son travail… Bon, pause. *L.A. Woman* des Doors, propulsé par les enceintes Elipson en forme de boule. Je les adore, ainsi que le reste du salon, tellement années 70… Et suffisamment spacieux pour accueillir la bande de pique-assiette et d'artistes plus ou moins réussis qui squattaient ici pendant les longues périodes estivales des années 70-80. Dans les moments propices, ils pouvaient s'y retrouver à plus de quarante. Le soir, un éclairage élégant et indirect baignait cette immense pièce, aux espaces libres souvent transformés en pistes de danse, arrosées par quatre paires d'enceintes.

Les disques étaient choisis dans le long rayonnage de teck encastré dans le mur. Il supporte des centaines de vinyles 33 tours dans différents styles. Certains soirs, un DJ venait mixer, histoire de donner une cohérence à la programmation.

Pour les pauses, on bénéficiait d'un gigantesque canapé en « L », d'un trio de fauteuils « œufs » (des « Ball Chair » du designer finlandais Eero Aarnio), et pour les moins chanceux, les poufs en plastique orange. Encore que, nombreux s'asseyaient sur l'épaisse moquette recouvrant le sol.

La pièce se trouve encore intacte aujourd'hui, pour quatre personnes ! J'adore. De même que les gigantesques baies vitrées offrant une vue merveilleuse sur la plage et la mer à travers les pins.

La seconde face de l'album des Doors va bientôt s'achever quand mon téléphone sonne, c'est Clara :

— *Roudoni m'a enlevée, il m'a enfermée dans le coffre de sa voiture… Je pense qu'il va m'emmener vers Vallières. Viens Youri ! Tu es le seul à pouvoir me sauver, viens !*

— Quel modèle sa voiture ?

— *Une BMW énorme et noire.*

— J'arrive à la seconde !

Je sonne l'alarme, Lucille manque défaillir de joie à l'idée d'en découdre avec un tueur. Elle est intrépide. Peut-être trop, avec un certain déficit de lucidité… Pour le coup, je me munis de mon arme, un pistolet semi-automatique Glock 17. Je n'aurais jamais eu l'idée de m'acheter un flingue, mais j'en ai hérité de mon père – il était remisé dans le coffre-fort de la villa. Et pourtant, je suis un homme pacifique. Mais entraîné par de mauvaises fréquentations, Dieu sait où les limites vont se trouver repoussées dans l'abominable.

Nous réquisitionnons Val au passage. Il se munit d'un ordinateur et d'une sacoche dans laquelle il range des bidules miracles, capables d'allumer les lampadaires publics, de pirater des caméras vidéo, d'ouvrir des portes d'immeubles, d'appartements, de bureaux… et j'en passe. Mais aussi de retrouver un téléphone mobile à quelques mètres près. Et là, ça nous intéresse maintenant. Je lui demande de chercher celui de Clara en priorité, puis celui de Roudoni.

Nous nous engouffrons dans ma Range Rover de 1986 qui va agacer les écolos sur les douze kilomètres du trajet entre Nauzan et la pointe de Vallières. Vingt-cinq minutes avec de la chance, le double sans. J'espère que ce délai ne sera pas fatal à Clara. Il nous faut longer la côte tout le long du parcours : une pure merveille pour les sens, un endroit que le monde entier nous envie et qui attire ici de considérables concentrations de touristes. Ces gens vont se trouver sur notre chemin pour nous retarder, et pour cela, on peut aussi compter sur les dos-d'âne (certains ayant été inventés par des pervers ayant un compte à régler avec l'humanité), les feux (facétieux), les cyclistes (répugnants dans leurs certitudes d'appartenir à l'élite), les radars (sournois), les stops… Sans oublier les ronds-points, en quantité telle que dans certaines zones l'un succède à l'autre, à quelques mètres de distance, sans raison logique. Certains sont ornés d'objets décoratifs issus du talent d'un artiste clivant. Ces créations sont placées dans les endroits les plus passagers, des lieux incontournables. Une curiosité pour un rond-point, on le notera. Ces œuvres sont ainsi exhibées à la foule pour leur offrir la beauté par l'art en leur montrant le meilleur de l'époque. Ces sculptures de plastique sont quelquefois immenses et certains trouvent ça joli. Mais, on rencontre aussi des grincheux pour déplorer l'implantation massive de ces œuvres d'art, au nom du bon goût, voire du simple bon sens. On ne peut pas leur donner tort sur le fond, mais il serait regrettable que l'on s'en prenne à ces statues gigantesques tellement symboliques de l'air du temps qu'on les classera monuments historiques dans le futur. Les gens de cette époque se feront une idée de nous sur l'échelle de l'évolution en admirant ces représentations d'une naïveté déconcertante.

Nous nous taisons, tous les trois, en écoutant *Get to grips* de Ronny Jordan, bien fort, comme on aime pour passer le temps. Finalement, nous roulons plutôt vite et le parcours ne devrait durer qu'une vingtaine de minutes. Val échoue à localiser le téléphone de Roudoni, mais réussit à situer celui de Clara : il se trouve sur le boulevard de la Corniche à Saint-Georges-de-Didonne. Cette voie longe la pointe rocheuse de Vallières, un pur joyau de la nature. Où l'on rencontre cependant deux vastes bâtiments à l'abandon, sinistres à souhait : une clinique tombée en désuétude, et une ancienne discothèque. Jadis l'une des incontournables reines de la nuit, elle est fermée depuis si longtemps que seuls les jeunes des années 70-80 s'en souviennent encore avec émotion.

Je me gare sur un parking en mauvais état situé entre les deux bâtiments à 21 h 20, vingt et une minutes après l'appel de Clara. La clinique est construite sur la corniche et la discothèque au bord d'une minuscule plage, en contrebas de la falaise. Tout est tagué, brisé, rapiécé de panneaux de contreplaqué, entouré de barrières. Une pancarte à moitié cassée annonce une mirifique opération immobilière avortée. Un lieu maudit, éclairée par les derniers feux du jour.

Val nous indique d'un signe que le téléphone de Clara est proche. Nous cherchons en tous sens… Lucille ramasse d'un geste félin un iPhone or-rose dans l'herbe du bas-côté. Elle me montre l'écran de veille : une image pieuse. Je hoche la tête, oui, c'est bien le sien. Apparition immédiate du Colt dans la main de Lucille. Elle murmure :

— « Le soleil se couche, mais le danger ne se couche jamais », disait tante Suzy.

Nous n'apercevons âme qui vive… Val a entendu des voix du côté d'une minuscule plage appelée opportunément, le « Trou de l'Enfer ». Elle est enserrée dans un cirque rocheux d'une beauté à couper le souffle, l'un des plus remarquables points de vue de la Côte. Nous en approchons en silence. Une BMW noire, énorme et arrogante chevauche le trottoir, probablement celle de Roudoni…

En effet, on perçoit les éclats d'une voix d'homme, métallique, autoritaire. Genre le méchant du film. Nous n'apercevons personne, cependant. Val, qui connaît bien le coin, murmure :

— Un sentier descend vers une petite plage découverte à marée basse. Il est escarpé, mais on y trouvera une bonne cachette. J'ai l'impression que la voix vient de là.

Lucille lève le pouce et chuchote à son tour :

— Bravo Val. Alors, passe devant, puisque tu connais !

Il ouvre de grands yeux et fait « non » de la tête, agitant ses longs cheveux bouclés châtains. Lucille répond par son regard de tigresse et avance vers lui, index tendu. Il lève la main, en signe de reddition.

Nous faisons fi d'une pancarte indiquant avec force que l'accès est interdit, car dangereux. Un chemin pentu est taillé dans la falaise, nous l'empruntons, guidés par Val, en prenant mille précautions pour ne pas faire rouler une pierre ou craquer une brindille. Le sentier débouche sur un plateau rocheux, effectue une boucle avant de se transformer en escalier rudimentaire menant à des carrelets et à la plage en contrebas. Cachés derrière un rocher, nous bénéficions d'un splendide panorama sur la Grande Conche et Royan, où les lumières commencent à s'allumer. Plus proche, le plateau de calcaire est agrémenté par la présence de Clara, menacée par un homme que j'identifie comme Roudoni. La trentaine fatiguée, déjà à moitié dégarni, il tient Clara en joue avec un pistolet. La blonde, qui tâchait vraisemblablement de s'enfuir, se trouve coincée au bord de la falaise. La scène se déroule à vint-cinq mètres de nous, mais cette distance se trouve à découvert. Il nous faut attendre un moment favorable pour intervenir... Roudoni parle maintenant d'une voix plus douce, comme quand on tente d'amadouer un animal récalcitrant.

— Remonte Clara, c'est dangereux par là. Tu ne risques rien avec moi : je veux seulement récupérer ce que tu m'as pris et qui m'appartient.

La blonde regarde dans le vide. La falaise de cinq à six mètres de haut est caressée par les vagues de la marée montante. Elle finit par obéir à Roudoni, choisissant le moins mauvais. Comme au collège, quand, face à un professeur à principes, on devait opter entre une baffe et deux heures de colle. On choisissait les baffes… Elle remonte donc, toujours tenue en joue par Roudoni, goguenard :

— Viens par ici, ma jolie, viens me rejoindre.

Il se dirige vers une étroite plateforme en béton, bordé d'une rambarde métallique, attenante à un carrelet. Ensuite, il l'oblige à mettre un genou en terre, ce qu'il fait également. Puis il la contraint à lever les mains afin de l'attacher, mais il suspend son geste, pour lui caresser le bras, du canon de son automatique.

— Je vais te lier les mains, et je m'en réjouis à l'avance, mais, un seul mot de toi et je te laisse libre. Tu sais lequel.

— Je n'ai pas besoin de toi, j'ai déjà suffisamment d'hommes dans ma vie.

Ils roucoulent, maintenant. Moment idéal pour intervenir, mais ils se trouvent trop loin : vingt-cinq mètres à découvert. Roudoni aurait tout le temps de nous truffer de plomb. Val murmure :

— J'ai apporté des pétards à mèche courte. Je les allume,

je les jette et vous profitez de sa distraction pour foncer, d'accord ?

Il joint le geste à la parole, et, sous nos yeux hallucinés il enflamme ses gros pétards rouges à mèche grise, et d'un mouvement ample les lance au loin… C'est-à-dire à mi-chemin de Roudoni, en contrebas. Je retiens Lucille qui avait esquissé le geste de s'élancer. Un suicide, dans ces conditions. Cependant, ça fait réagir Roudoni : il tire à tout va en direction des pétards qui éclatent en une série retentissante. Clara ne reste pas inactive, elle ramasse à deux mains un morceau de rocher et le propulse, de ses bras musclés, en direction de la tête de Roudoni, qui, de dos, ne la sent venir qu'au dernier moment. Il se retourne, mais trop tard. Il prend l'énorme caillou de plein fouet sur le front et s'écroule, à moitié inconscient. À la seconde, Clara s'empare de son arme et s'amuse, ironique :

— Tu veux que j'appelle ta mère, Roudoni ? Je vais lui dire que tu t'es fait bobo en jouant dans les rochers.

— Bravo Clara !

Je me lève en agitant le bras. Par réflexe, elle manque me flinguer en tirant la dernière balle du pistolet, qui va se perdre Dieu sait où. Maladroite !

— Youri, mon sauveur ! Quelle idée de génie de jeter ces pétards ! Je reconnais bien là ton intelligence.

— En fait, c'est une idée de Val, mais passons. Ce ramdam va attirer du peuple et les flics. Il est temps de fuir cet endroit, maintenant.

Après avoir essuyé l'arme et l'avoir replacée dans la main de Roudoni évanoui, nous remontons au pas de course. Nous constatons au passage que la balle tirée par Clara n'a pas été perdue pour tout le monde, puisqu'un touriste curieux, modèle standard, l'a prise en pleine tête. Dégât collatéral, d'accord, mais c'est quand même gênant. Je dois avertir immédiatement Riviéri. Je donne les clés de la Range à Lucille, et, dès que nous démarrons je lui téléphone sur un numéro privé, où je sais qu'il me répondra. Ce qu'il fait. Je lui raconte le film en détail, sans l'informer du motif de la fâcherie, cependant.

— Mon salaud, il va falloir qu'on se parle. Tu me caches des choses, c'est certain. Là, je ne vais pas pouvoir arranger le coup à 100 %. Si Roudoni est vraiment amoché, le témoignage de Clara la Suédoise deviendra nécessaire : elle est connue pour travailler avec lui. Et surtout, la mort de ce touriste va faire du bruit : les journalistes vont se repaître de la nouvelle et lui donner de l'ampleur. Avec trois grammes de savon, ils rempliraient une baignoire de mousse, ces cons-là. Sur le coup, il est probable que la PJ s'empare de l'affaire. Je t'invite à la circonspection et à l'intelligence. Tu évolues dans d'étroites limites, je pense que tu t'en rends compte, non ?

Là-dessus, énervé, il raccroche et va accomplir son destin. Lucille roule nettement trop vite, mais nous quittons le quartier de Vallières sans encombre. Elle connaît une foule de raccourcis et de routes discrètes que nous parcourons à tombeau ouvert en direction de Nauzan, dans le crépuscule de cette nuit d'été.

Jenny, véritable fée du logis, a prévu le dîner, que nous prenons ensemble vers 22 h 30. Une question me traverse :

— Clara, Roudoni prétendait que tu avais volé quelque chose. De quoi s'agit-il ?

— De mes cassettes ! Il affirme qu'elles lui appartiennent. Mais le pire, c'est que je les ai perdues ! Elles ont disparu de la voiture où je les avais rangées à Saujon. Il ne me croyait pas, mais c'est la vérité.

— Non, tu ne les as pas perdues, intervient Lucille. Je les ai mises à l'abri pour toi. Tu peux me dire merci.

— Tu me les as volées !

— Oui, car je prévoyais qu'on allait te les reprendre et que tu serais incapable de l'empêcher, évidemment. Et j'ai eu raison. Elles se trouvent à votre disposition, à Youri et à toi, pour les écouter en ma compagnie. Ce n'est pas de la curiosité mal placée, mais la nécessité de comprendre pourquoi Roudoni y tient tant. Je veux savoir pourquoi je me bats pour toi.

— Je ne t'ai rien demandé. Je n'ai d'ailleurs rien demandé à personne. Youri s'est proposé et j'ai accepté, mais tu ne fais pas partie de l'accord que j'ai passé avec lui, et tu le sais. Je ne supporte pas qu'on manigance derrière mon dos, ce qui semble être ta spécialité.

Clara montre un visage dur, aux yeux revolver. Il en faudrait nettement plus pour impressionner Lucille et son regard de cobra fasciste. Elle crache :

— Comme disait ma tante Suzy : « Je ne plais pas à tout le monde, mais quand je vois à qui je déplais, j'en suis fière ».

Je siffle la fin du match avant l'irréparable :

— J'ai une question en tête depuis la visite de la masure du Polonais. Pourquoi nous a-t-on attirés là-bas ? L'adresse et la description de la maison que Franck nous a transmises nous étaient destinées, c'est clair. Et dès qu'« on » a su que Lucille et moi nous y rendions, les appels anonymes ont été envoyés. Tu en as reçu un, Clara et Riviéri également, sur sa ligne directe. Au bout du compte, on a trouvé le Polonais assassiné, mais aussi les cassettes et un flic, mais un ami. Qui se cachait derrière cette manœuvre ?

Val intervient :

— Quelqu'un qui vous veut du bien et qui savait où se trouvaient les cassettes. Donc, une relation proche de Roudoni. Clara, ça te dit quelque chose ?

— Le tour est vite fait : il a trois mecs qui bossent pour lui, des individus capables de tout. Je les connais à peine, et c'est mieux ainsi. Et puis, il y a Guy Yarres, qui prospecte dans l'orbite des mairies, à la recherche de pigeons. Il est sympa avec moi, mais ça ne veut pas dire grand-chose, je plais aux hommes.

Amusante Clara. Elle aime à souligner cette évidence – revanche sur un traumatisme d'enfance ? « Guy Yarres », c'est la deuxième fois que j'entends ce nom. Du coup *ring a bell*, comme ils disent au pays de Trump et d'Obama.

— Il est comment, ce Guy Yarres ?

— Pas tout jeune, peintre amateur, il vit avec une copine scandinave.

— Tiens donc ! Tu la connais ?

— Non. C'est vaste, la Scandinavie.

— Et si c'était elle ton ange gardien ? Une connaissance de ton ancienne vie ?

— Ah ! Je n'y avais jamais pensé. Je ne l'ai jamais vue, cette fille. Il m'en a seulement parlé. Il m'en disait monts et merveilles. Une véritable beauté, selon lui. Je ne sais même pas son nom.

— Demain, nous chercherons à la voir. Si elle existe, nous devons la retrouver. Je veux bien que des coïncidences se produisent, mais les Vikings sont peu répandus, dans nos contrées. Deux d'un coup dans une affaire cheloue, ça attire l'attention. Deux femmes, seconde coïncidence. Nous devons en avoir le cœur net. Et pendant ce temps, Lucille, tu chercheras l'amant de Franck. Ainsi, nous avancerons sur tous les fronts. D'accord ?

Lucille semble décidée à rester calme et arrangeante, faute de pouvoir désintégrer Clara séance tenante.

— Ok Youri, pas de problème. J'irai voir José Kelly. Un homme galant, lui.

Clara retrouve « sa » chambre, moi, la mienne et Lucille va dormir je ne sais où…

## 13 - Été 1985 - Chacun fait c'qui lui plaît

Évidemment, Rogiès est enthousiasmé par l'évocation d'un trésor. Patrice Dorsel vient de lui raconter l'histoire de Valérie, qui n'a pas dit non à une aide pour le trouver. Par contre, il tombe des nues en découvrant qu'il s'agit de bénévolat.

— Pas pour moi. Si tu veux jouer les grands seigneurs, vas-y, mais pas moi !

— Alors, va négocier avec elle. Mais tu négocieras du vent. Je doute qu'on déterre quoi que ce soit d'autre que des illusions perdues si on est guidé par l'argent. Tandis que, si on fait la chasse au trésor pour s'amuser, on ne peut pas être déçu. Et si en plus tu peux ramasser du fric pour ton aide, tant mieux pour toi. Tant que tu te montreras raisonnable, je serai d'accord. Mais il n'est pas du tout certain que nous trouvions ce trésor, et encore moins seuls. Deux, face au maire et à sa mafia, l'équilibre des forces ne penche pas en notre faveur.

— Je connais des collègues costauds, dans les travaux publics, je peux les recruter.

— Et mettre deux personnes de plus dans la confidence ? C'est risqué. En revanche, s'allier avec Cora et Valérie pourrait se révéler une bonne idée.

— Dans les batailles au corps à corps, elles ne se débrouilleront pas aussi bien que mes copains balaises.

— Chacun ses goûts. Mais je sens du potentiel chez Cora, une femme de caractère. Et nous poursuivons le même but, autant nous unir.

— L'union fait la force, c'est exact. La mafia a dû commencer comme ça.

— Comme tu es sentimental ! Une vraie midinette !

— Faut pas la chercher, la midinette. il ricane.

— Il ne nous reste plus qu'à aller voir Cora et lui mettre le marché en main. Valérie m'a donné carte blanche, allons-y.

*

*   *

Sauf que, démarche de rapprochement effectuée et approuvée par Cora, Valérie n'est pas d'accord :

— Non ! Je n'ai jamais accepté de recruter des mercenaires. Pour moi, c'était un jeu, pas un pacte avec le diable.

Tu m'as trahie, Patrice, toi aussi tu cours après le fric ! Tu me déçois, je me faisais une autre idée de toi. D'abord, tu t'associes avec ce gorille et maintenant Cora ! Tu constitues un gang, mais, je refuse d'en faire partie !

— Tu as accepté que je cherche le trésor, et comme ton amie fait de même, j'ai pensé qu'on pouvait en parler avec elle.

— Tu confirmes que vous montez un gang. Mais, si tu crois que Cora sera une partenaire facile, tu te trompes. Tu ne la connais pas et tu risques d'avoir des surprises, et des mauvaises. Quoi qu'il en soit, je refuse de participer à votre safari. Vous allez vous opposer à la mairie et aux truands du SAC. Tu ne vois pas de quoi ces malfrats sont capables ? Assassinats, enlèvements, « suicides » se multiplient depuis qu'ils ont la main sur la ville, grâce au maire qui les couvre au plus haut niveau de l'État en tant qu'ancien ministre. Vous allez déclencher une guerre contre eux et vous pensez en sortir intacts ? Et tout ça pour une chimère ! Je me tire, je ne veux plus vous voir. Vous vous comportez plus stupidement les uns que les autres. Adieu.

Valérie, fâchée, quitte le bistro de bord de mer où Patrice l'avait invitée, et dans la foulée, rentre dans sa villa, d'où elle vire sa copine illico. Cora a beau se voir dotée d'un fort caractère, Valérie se trouve chez elle, dans ses murs, et bien décidée à se débarrasser de cette histoire déplaisante et de cette maîtresse encombrante et dangereuse.

Cora, par contre, est parfaitement d'accord pour une

association dont elle considère tout l'intérêt. Elle peut ainsi jouer sur deux tableaux : d'un côté le maire, Jean-Pascal Osier du Pousseau, pourvu de sa légitimité d'élu et de la puissance de son réseau occulte. De l'autre Patrice Dorsel, son argent et ses relations : que le meilleur gagne. Quel qu'il soit, elle compte bien s'attribuer une part importante de ce fameux magot, et pourquoi pas la totalité, si l'occasion se présente.

Virée de la villa de Valérie, elle s'installe chez Patrice et y aménage un coin atelier temporaire dans le garage, bricolé par Jules, son commis. Son matériel de travail discret est ainsi rangé à l'abri pour l'été, personne n'aura l'idée d'aller y mettre le nez. Une partie des objets rares et chers qu'elle revend clandestinement en espèce provient de son activité occulte effectuée dans les belles villas des Royan et d'Arcachon, sans oublier les riches maisons bourgeoises de Bordeaux. Une manne sans fin quand on sait où se trouvent les cibles, ce qui est son cas, grâce à ses relations. Ensuite, ses talents et son expérience rendent la « récolte » aisée et presque amusante. Rompue à l'escalade, elle a appris jeune les techniques de serrurerie et systèmes d'alarme auprès de son père, un monte-en-l'air chevronné.

Évidemment, elle n'a rien dit de ça à Patrice qui n'a pas même jeté un œil dans le coin du garage qu'elle a annexé avec son autorisation.

*

*     *

Patrice, lui, est troublé par Valérie. Leur fâcherie le peine et elle lui manque. Lui, l'homme à femmes, le libertin à succès, est touché par cette fille à la beauté moyenne, lesbienne de surcroît… Pour la revoir, il fait à nouveau appel à Natalia, la jeune animatrice de Radio Foncillon FM 92. Il la retrouve dans les locaux de la station où elle prépare une émission en écoutant des 45 tours : Les Rita Mitsouko et *Marcia baila*, Alphaville et *Forever Young*, Indochine et *Canary Bay*…

— Encore toi, Patrice, et pour la même raison ! Tu n'as pas eu le temps de lui parler, l'autre soir ?

— Si, mais depuis il y a eu un malentendu entre nous.

— C'est bizarre… Elle a été étonnée, quand je lui ai dit que tu étais amoureux d'elle, et moi aussi. Je croyais que tu étais venu pour lui faire ta déclaration…

— Oui, mais non. Finalement, j'ai reculé. Mais maintenant, je veux vraiment la voir, elle me manque.

— Vous êtes bizarres, les mecs, quelquefois. Bon, d'accord, viens ce soir, de toute façon, j'ai une émission à finir de préparer. Arrive à 21 h 30, pas plus, après je rentre chez moi.

— Merci, Natalia, tu es adorable. Tu sais, j'organise des réceptions dans ma villa de Nauzan et j'engage souvent un DJ pour programmer la musique. Ça te dirait d'animer une soirée, payée, bien entendu ?

— Si on ne me voit pas, d'accord.

— Comme tu veux. Mais pourquoi ?

— Je préfère ainsi, point.

— Marché conclu !

*

*   *

Le soir venu, il se sent fébrile comme un adolescent guettant sa belle. Valérie arrive enfin, longue silhouette aux cheveux blond-roux coiffés à la diable. Elle pose ses yeux noisette sur lui, interrogateurs.

— Tiens, Patrice ! Je ne m'attendais pas à te voir.

— Je m'en doute. Je me suis conduit comme un idiot avec toi. Ça me prend, à l'occasion.

— C'est déjà bien que tu t'en aperçoives. Alors, tu renonces à tes manigances débiles ?

— Oui, mais Rogiès et Cora sont à fond dedans. D'ailleurs, j'héberge ton ex, elle ne savait où aller.

— Tu as tort. Elle est dangereuse.

— Elle était encombrée d'objets et d'outillage à ranger, je lui ai prêté une place, c'est immense chez moi.

Valérie ouvre de grands yeux :

— Elle t'a fait ça, cette garce ! Je n'en ai jamais voulu chez moi, elle avait dû trouver une cachette. C'est grave, Patrice, tu pourrais te voir accusé de complicité ! Cora est une voleuse de haut niveau. Spécialiste du marché, elle ne vole que ce qu'elle sait pouvoir revendre facilement et discrètement. Ses outils sont ceux d'une cambrioleuse ! Débarrasse-t'en rapidement !

— Je te remercie pour ta confiance, Valérie. Je m'en occuperai dès demain. Je voulais aussi te dire autre chose : depuis que tu es partie fâchée, j'erre comme une âme en peine… Je suis désolé de t'avoir déçue et je serais triste de ne plus te voir.

— Je sais ce que tu as dit à Natalia sur tes sentiments. Je ne m'y attendais pas. Je suis flattée : un homme de ton âge et de ta situation, s'intéresser à moi, ça donne confiance en soi ! elle rit. C'est vrai que je t'aime beaucoup, mais comme un copain, un ami peut-être. Pour le reste, tu connais mes goûts actuels.

— Actuels ?

— Souvent femme varie.

— Alors, soyons amis. J'attendrai ta prochaine variation.

Elle rit :

— Sois patient. Elle n'arrivera peut-être jamais.

Cependant, ils finissent la soirée ensemble, et dans la chambre de Patrice. En amis, peut-être. Sans conséquences… ou pas.

## 14 - Vendredi 9 août 2019 (matin) - Destinée

Au matin, je retrouve Clara pour partager du Ricoré et des mots aimables avant d'attaquer notre journée. J'aimerais écouter les cassettes, mais il y a plus urgent : Yarres, le complice de Roudoni. En attendant, je les dépose dans mon coffre, à l'abri.

En bas, Val a progressé sur le piratage des ordinateurs de Roudoni. Je lui demande s'il a trouvé des infos sur Guy Yarres. Peu d'éléments, son nom n'est cité qu'en regard des affaires qu'il a rapportées. Mais rien de personnel n'émerge, pas même son adresse : ce mec reste un mystère pour l'instant. Par contre, je vois apparaître à plusieurs reprises le mot « Val ».

— C'est toi, Valentin qui a signé ton intrusion ?

— Pas du tout. Il semble que ce soit relatif à une femme. Mais les dossiers correspondants sont particulièrement bien cryptés. Je n'ai pu en ouvrir que deux qui étaient vides. En revanche, j'ai découvert une adresse dans un fichier tagué « Val ». Il s'agit d'une facture d'Amazon au nom d'Véronique Martin. Pour un frigo.

— Et c'est ?

— Dans un hameau, du côté de Saint-Fort-sur-Gironde, au Luzereau.

— As-tu autre chose sur cette Véronique Martin ?

— Rien pour l'instant. Trop de personnes portent ce nom pour réussir à trouver la bonne. Mais, avec l'adresse, tu peux la retrouver facilement.

— C'est ce que je ferai. À part ça, quoi d'amusant dans les ordinateurs de Roudoni ?

— La comptabilité réelle de ses arnaques et l'officielle. Mais, c'est tout juste débloqué, je n'ai pas eu le temps d'explorer.

— Y a-t-il quelqu'un dans son bureau ?

Val connecte les caméras des ordis, qui montrent du vide.

— Personne. J'ai envie d'aller y faire un tour. Tu as les clés, Clara ?

— Pas exactement. Il s'agit d'une application sur mon smartphone. Roudoni a certainement bloqué mon accès.

Val s'amuse :

— Alors, considère la porte comme déjà ouverte, c'est

enfantin. De plus, je maîtrise les caméras de la police municipale qui donnent sur l'immeuble. Je t'avertirai si quelqu'un arrive.

*

* *

En effet, la porte s'ouvre à notre approche : Valentin est un magicien. Un instant plus tôt, il nous a confirmé par message que la voie était libre, dixit les caméras.

Nous déboulons au siège de la SFEM (Société Française d'Expansion et de Modernisation) à 8 heures. Une entrée, également salle d'attente et secrétariat ; un vaste bureau de ministre – celui de Roudoni, et un plus modeste, dévolu à Clara. Elle s'y précipite et récupère des objets auxquels elle tient.

Moi, j'enfile des gants chirurgicaux, et j'entreprends de visiter la pièce de Roudoni. En évidence sur le plateau, un cadre photo représente une femme d'une bonne cinquantaine d'années dont l'apparence me rappelle quelqu'un... Mais qui ? Je la photographie en évitant les reflets. Puis, je fouille les tiroirs et armoires, remplis de dossiers dont l'examen prendrait des jours. J'en cherche un qui aurait une allure différente des projets d'éléphants blancs. Une mince chemise à couverture verte attire mon attention. Elle renferme quelques feuilles de papier jauni datant des années 80, des fiches de paye de Radio Foncillon FM 92 au nom de Valérie Roudon... Val... Valérie, ça colle avec le contenu de l'ordinateur. Et, de Roudon à Roudoni, y a pas des kilomètres... Elle était manifestement animatrice de radio : elle ne peut être que la femme que mon père fréquentait... Je regarde attentivement la photo du bureau. C'est elle ! Avec plus de 30 ans supplémentaires par rapport à celle que j'ai connue. Elle n'avait donc disparu qu'en surface. Se pourrait-il que mes parents soient encore en vie, cachés je ne sais où, comme elle ? Qui est cette femme pour Roudoni ? Elle a l'âge d'être sa mère...

Mon téléphone sonne à 8 h 40. C'est Valentin. La secrétaire vient d'arriver, et va entrer dans l'immeuble. Je hèle Clara et nous sortons en refermant soigneusement la porte, avant de grimper un étage pour laisser passer l'employée. Une fois fait, nous prenons la route pour Le Luzereau.

*

*   *

L'adresse de la facture mène au bout d'une impasse herbue, en pleine campagne. Là se dresse une vaste maison d'un étage à l'allure de villa des années 50, incongrue en ce lieu. Elle est parfaitement entretenue. La boîte aux lettres comporte un nom : Véronique Martin. Il est 9 heures et quart, un peu matinal pour une visite. Je sonne quand même. Une femme sort sur le balcon. C'est elle :

— Oui, vous désirez ?

— Vous voir, Valérie. Je suis le fils de Patrice Dorsel, Youri.

Elle porte la main à sa tête.

— Ah ! Mon Dieu !

Elle est indécise, mais comprend vite qu'elle ne peut me zapper. Elle rentre dans la maison et le portail s'ouvre.

Nous gravissons l'escalier. Valérie-Véronique réapparaît. Elle a eu le temps de changer de vêtement, troquant un tee-shirt informe contre un chemisier fleuri. J'ai mille questions… Nous nous considérons avec curiosité, nous efforçant de retrouver dans l'autre les traits d'hier. Elle a bien vieilli. Nos yeux se cherchent pour y lire nos sentiments. Je vois de la crainte dans les siens.

— Ne vous inquiétez pas, Valérie, je ne vous veux aucun mal. J'ai seulement quelques questions à vous poser sur le passé. Rien de méchant.

Elle sourit.

— Tu étais un gentil garçon, Youri. Tu l'es certainement encore, on ne change pas. Elle nous entraîne vers un salon. Asseyez-vous. Je t'écoute, Youri.

— Valérie, savez-vous ce que sont devenus mes parents ?

— Non, ils ont disparu, mais j'ignore comment.

— Et pour vous que s'est-il passé ?

— J'ai eu peur de la bataille autour de ce maudit trésor… Tu vois ce que je veux dire ? J'acquiesce d'un signe de tête. Jean-Pascal Osier du Pousseau, le maire de l'époque, était aussi le patron d'une bande de truands qui mettait la ville à sac. Il m'a un jour convoquée pour me faire dire où se trouvait ce magot, ce dont j'étais incapable, évidemment.

Les malfrats de son entourage se montraient particulièrement menaçants. J'ai eu peur, connaissant les nombreux crimes qu'ils avaient commis, affichés en tant que tels ou déguisés en suicide. Je me suis cachée à Saujon, une masure dans les marais, ensuite à Bordeaux où je suis allée accoucher…

— De Maurice Roudoni ?

Elle soupire profondément.

— Oui. Je l'ai sans doute mal élevé pour qu'il devienne l'homme qu'il est.

— J'en ai vu des échantillons.

— Toi, tu ne risques rien avec lui. Il ne te touchera jamais.

— Tiens donc ! Et pour quelle raison ?

— C'est ton demi-frère. Vous avez le même père.

Un silence tombe. Je m'y attendais un peu… et ça me semble inimaginable. Contradictions… Valérie reprend :

— Un soir de l'été 1985, il est venu dans la station de radio où je travaillais. Il s'est montré charmeur et j'ai craqué. Je l'ai suivi chez lui et j'y ai passé la nuit. Et voilà. Pour répondre à la question que tu vas te poser, je suis certaine qu'il est le père. À l'époque, et depuis longtemps, je n'avais de relations qu'avec des femmes…

— Vous lui avez dit ?

— Non, je n'en ai pas eu le temps. Ce n'est que quelques jours plus tard que Jean-Pascal Osier du Pousseau m'a menacée et que j'ai quitté Royan.

— Et par la suite ? Il a disparu en janvier 1987, vous

auriez eu l'occasion de l'informer.

— À quoi bon? Pour qu'il m'aide financièrement? Inutile, mes parents, qui n'étaient pas pauvres, me soutenaient. Et puis, ça aurait été compliqué : il était marié et moi en cavale. Tu vois les problèmes.

— Il aurait peut-être aimé savoir qu'il avait un fils, non? Il en avait le droit. Y avez-vous pensé? Ou bien étiez-vous empêchée par quelque chose ou quelqu'un?

— J'y ai pensé, mais il était marié avec une femme d'une beauté sublime, ta mère. Et pas commode, je peux le dire aujourd'hui, même si ça n'a rien de coupable. En fait, j'avais peur d'elle et je redoutais plus que tout qu'elle l'apprenne. J'avais déjà les truands sur le dos, je ne tenais pas à ce que ta mère me pourchasse également, tu me comprends?

— Sous cet éclairage, je m'explique mieux votre choix.

— J'en ai jamais eu, de choix. Ils se sont faits tout seuls, j'ai juste réagi. Il est quelquefois difficile de faire face à l'adversité. Le mauvais côté peut finir par vaincre, je ne suis pas assez forte pour l'affronter sans crainte.

— Je saisis, vous avez eu peur. Ce n'est pas déshonorant. Ce que j'aimerais élucider, c'est comment une femme comme vous a pu devenir la mère d'un truand?

— D'abord, merci de me comprendre. Il est rare que ça arrive. Tu es même le premier. Il faut dire que je n'en parle plus à personne, ma famille a pris de la distance avec moi… Pour en venir à mon fils, c'était un enfant adorable et bien élevé, j'en étais fière. Quand il a eu 16 ans, je lui ai raconté l'histoire du trésor. Il avait le droit de connaître le passé de sa famille. J'aurais pourtant mieux fait de m'en abstenir, car, à partir de ce moment-là, il s'est passionné pour cette chasse au trésor à laquelle il a voulu participer. Il s'est mis à mener l'enquête, à fouiller partout, interroger des gens et, finalement, il a retrouvé le plan perdu. Malheureusement, ça ne l'a pas aidé à mettre la main sur ce maudit trésor. Le mirage de l'argent facile s'évanouissait soudain, mais il y avait tellement cru qu'il s'est enferré dans des combines pour en obtenir beaucoup et rapidement. Tu connais la suite.

— Je comprends. Mais, pardonnez-moi de revenir au plan. À quel endroit se trouvait-il ? Dans la maison de la rue des Chétis ?

— Dans celle qui lui tourne le dos, presque identique. Caché dans un élément décoratif de l'ancienne véranda. Une tige métallique creuse achevée par un capuchon en forme de fleur de lys. En fait, ce n'était pas exactement un plan, mais une énigme : « sous le têtu l'Anglais ». Et un croquis représentant un rectangle était dessiné avec une croix sur le côté gauche. Personne n'a décodé cette phrase. Ma grand-mère en avait connu la clé et l'avait aussitôt oubliée avec les traumatismes dus aux bombardements et à la mort de mon grand-père. Voilà, tu sais tout et tu en sais autant que mon fils, c'est-à-dire : rien. Alors, laisse tomber, sinon, vous risquez de vous entretuer pour du vent. Depuis plus de 70 ans, tout le monde fouine et personne n'a découvert ce trésor. Pour le déterrer, on a rasé le Casino municipal, puis le Portique et finalement la poste. Les engins de travaux publics ont creusé à n'en plus finir. En pure perte. Personne ne sait où il se trouve, ni même s'il existe. Cette histoire est maudite.

Clara intervient :

— À combien de personnes votre fils a-t-il parlé de l'énigme ?

— À personne. Il mène ses recherches seul. Vous devez être Clara. Les jours derniers, il était fou de rage contre vous.

— Il m'a kidnappée et tenue en joue avec son pistolet. Je me suis défendue.

— Mon fils est à l'hôpital, avec un traumatisme crânien. Vous avez tapé fort. Et le touriste, descendu gratuitement ?

— Je ne suis pas au courant, affirme Clara avec aplomb.

— Je vois. Qui se ressemble s'assemble.

— Oh non ! Je me suis protégée de votre fils, c'est tout.

— Vous n'en êtes pas à votre coup d'essai, semble-t-il.

— J'ignore ce qu'il a pu vous dire, mais je n'ai rien de commun avec Roudoni. Il m'a obligée, par un ignoble chantage, à travailler avec lui et il en a payé les conséquences. Point.

— D'accord, je vous en laisse le crédit. C'est un voyou, malheureusement. Mais il n'est pas dépourvu de quelques bons principes. Il est gentil avec moi et avec Youri, qu'il épargne.

Une idée me vient :

— C'est lui qui a tué le Polonais dans la maison abandonnée de Saujon ?

— Celle dans laquelle je m'étais réfugiée en 1985... J'en doute, son arme préférée est son pistolet.

— Il me reste une question : Cora. Qu'est-elle devenue ?

Son visage se ferme. Elle croise les bras.

— Je l'ignore. Elle a disparu à l'automne 85. Quelques mois avant la destruction du casino par la mafia du maire pour chercher le trésor. Elle qui rêvait de voir ce massacre a raté le spectacle. J'ai eu une bonne intuition de m'éloigner de ce marigot.

— Je le crois aussi. Nous n'allons pas nous imposer plus longtemps. À moins que vous n'ayez encore une confidence à partager ?

— Une supplique. Ne perdez pas votre temps, ne cherchez pas le trésor, c'est inutile. Et ne parlez pas de cette conversation avec mon fils, il en deviendrait fou.

— Nous garderons le secret, soyez tranquille. Un ultime détail : pourquoi votre fils a-t-il ajouté un « i » à son nom ?

— Pour qu'on ne découvre pas de lien avec moi afin de me protéger. Et puis... une consonance italienne évoque la Mafia, ça pose un homme de son milieu.

Elle rit tristement. Nous échangeons les mots d'usage et quittons Valérie, ex-mondaine. À peine sommes-nous revenus à la voiture que mon téléphone sonne : c'est Aldo Riviéri. Je bascule sur le haut-parleur :

— La PJ a pris les rênes et Clara la Suédoise est attendue d'urgence. Pour les calmer, je leur ai dit qu'elle était une informatrice à moi et que je me portais garant de sa venue pour témoignage.

— Merci, Riviéri, je te revaudrai ça. Elle est avec moi. Que devons-nous faire ?

— Rappliquer au commissariat immédiatement. Mais auparavant, je dois la briefer pour éviter les faux pas. Où êtes-vous ?

— À une trentaine de kilomètres de Royan

— Sans autre précision : toujours méfiant, Youri ! Rendez-vous 10 h 30 sur le parking de la plage des Vergnes, côté Meschers. C'est proche et discret.

— C'est vendu. À tout de suite

*

* *

Les pins, la plage et la Peugeot gris métallisé de Riviéri nous attendent à l'heure dite.

Il déplie sa haute silhouette athlétique de la voiture à notre approche. Visage anguleux, noir d'yeux, de poils et de cheveux, il montre son amabilité de flic :

— Tu t'es encore foutu dans la merde Youri, et ta copine aussi.

— Excuse-la, Aldo ! Dans les 30 secondes précédentes, elle était au bout du calibre de Roudoni. Légitime défense.

— Je peux l'admettre, mais flinguer le touriste, ça fait tache.

— Il a été tué avec l'arme de Roudoni.

— Vous en avez fait quoi ?

— Nous l'avons essuyée et replacée dans sa main, vide.

— Un bon point pour toi. Avez-vous laissé des traces ?

Je lui parle des pétards de Val.

— Clairement, ça va leur poser question, à mes collègues de la PJ. Ils vont rapidement supposer que Clara était accompagnée d'amis ingénieux et intrépides. L'étau se resserre, Youri !

— Et alors ? Nous n'avons rien commis d'illégal, si le touriste bascule sur le compte de Roudoni.

— Ils risquent de s'intéresser à ton passé, qui n'est pas blanc-bleu, et à nos liens. Il faut l'éviter. Mais je crains que ce soit impossible : ils vont éplucher les appels téléphoniques de Clara.

— Sauf, qu'elle m'a appelé au secours avec une application cryptée, intraçable, prévue pour cette situation. Et nous n'avons échangé en clair précédemment qu'une seule fois.

— Tu aurais fait un bon truand Youri. D'ailleurs, je me pose des questions à ton sujet… Quoi qu'il en soit, l'interrogatoire de Clara ne ressemblera pas à une partie de plaisir. La PJ connaît le passé de Roudoni, sans posséder de preuves, mais il se trouve clairement dans le viseur.

La blonde intervient :

— Roudoni est un malin et ses activités en France sont légales, j'y ai veillé. La PJ peut bien fouiller, elle ne trouvera rien.

— Si vous le dites. Cependant, si mes souvenirs sont bons, vous vous étiez engagée à me servir la tête de Roudoni sur un plateau. Aujourd'hui, vous affirmez qu'il est inattaquable grâce à vos soins. Vous m'avez pipeauté, n'est-ce pas ? la blonde prend un air songeur. Peu importe, je ne vous en tiens pas rigueur. Cette affaire va déclencher une enquête en profondeur, c'est ce que je voulais. J'espère seulement ne pas finir par y être inclus. Mais comment allez-vous expliquer la situation d'hier soir, Clara ?

— Je sais qu'il ne parlera pas et si je me tais, personne ne découvrira que nous étions ensemble. Voilà !

— Hé si ! Votre téléphone vous trahira et montrera que vous étiez présente à Vallières au moment des coups de feu entendus par les riverains.

— Ah ! il faut inventer un scénario, alors. Et si je disais la vérité, à l'exception du touriste tombé au champ d'honneur des vacances ?

— Quel était le motif de votre conflit ?

— Heu… il voulait avoir une relation avec moi et je refusais. Voilà !

— Dommage, mais je n'y crois pas une seconde. Quel est le vrai motif ? Maintenant, on peut tout se dire. Donc, c'est en relation avec votre passé ?

— Oui. Il détenait des enregistrements effectués à mon insu qui, mal interprétés, pourraient m'être préjudiciables.

— Je vois. Sous quelle forme ?

— D'anciennes cassettes. Nous les avons récupérées et il

en était fou de rage.

— En effet, il faut trouver autre chose. Vous lui plaisez, vraiment ?

— Oui.

— Pourquoi vous a-t-il amenée à Vallières ?

— Je l'ignore. J'ai seulement découvert qu'il y va souvent. Peut-être y possède-t-il une maison, ou que sais-je…

— Nous n'aurons pas le temps de creuser cette piste avant votre interrogatoire.

Qui sait ? J'envoie un mot à Val par messagerie sécurisée noté « URGENT ». Je lui demande de chercher si Roudoni ou sa mère détiennent un bien dans le secteur. Riviéri reprend :

— Bon, le seul motif plausible est finalement le harcèlement sexuel de Roudoni à votre encontre. C'est un thème qui a le vent en poupe. Mais, attention, mes collègues vont exiger des détails, et il faudra répondre sans hésitation.

— C'est facile pour moi, je sais mentir tout en restant crédible. Et je me souviens de mes mensonges. Voilà !

Riviéri hausse les sourcils, fait la grimace et me décoche un coup d'œil.

— Vous êtes dotée de nombreux talents. Je ne suis pas étonné de vos bonnes relations avec Youri. Je dois même dire que je l'avais prévu. Mais, second souci, les pétards. Qui les a lancés ?

— Le touriste décédé.

— Impossible. La police scientifique prouvera le contraire. Alors, qui ?

— Je ne vois pas…

— On a un problème, là. Youri, une idée ?

— Un drone ?

— C'est idiot, évidemment. Cherchons quel genre de personne, compliquée à retrouver, aurait pu se trouver présente sur ces rochers.

Je participe à nouveau, en espérant montrer plus de vivacité d'esprit qu'un conducteur découvrant tardivement l'existence de la marche arrière :

— Un gamin. Ce sont eux qui utilisent prioritairement les pétards. Il aurait pu se cacher à l'endroit où nous nous étions dissimulés et s'enfuir aussitôt après les avoir lancés. De nature chevaleresque, il aurait eu ce geste pour sauver la belle blonde.

Clara lève le pouce :

— Oui, je me souviens maintenant d'avoir aperçu une silhouette de gamin s'enfuir avant le bruit des pétards. Roudoni ne pouvait pas le voir puisqu'il me faisait face. C'est parfait.

Riviéri persifle :

— Vous allez bien ensemble tous les deux… Si vous y mettez de la conviction, ça pourrait passer. À propos de vous deux, vous avez évoqué un appel téléphonique tout à l'heure. Mettez-vous d'accord maintenant sur le sujet au cas où ils souhaiteraient creuser.

— Youri m'a téléphoné pour un conseil en matière de photo.

— C'est exact, j'ai retrouvé un ancien reflex à la villa et je voudrais la remettre en service. Comme Clara est experte dans ce domaine, je me suis adressé à elle.

— C'est ça. Et j'ai même proposé de venir chez toi pour l'examiner. Voilà !

— Je t'ai accueillie mercredi soir, il était tard et tu as passé la nuit à la maison. Je crois qu'on est bons, maintenant non ?

— Oui, vous êtes bons tous les deux, des criminels bien assortis. Dernier point, comment et avec qui vous êtes-vous échappée, Clara ? Quoi que vous inventiez, ils sauront que vous êtes arrivée à Nauzan, grâce à votre téléphone.

— Hé non, monsieur le commissaire. Je l'ai éteint dès que nous sommes montés dans la voiture. Blonde, mais pas idiote. Officiellement, je me suis enfuie à pied pour regagner mon domicile, au Chay. Ce n'est pas un problème pour moi : je cours régulièrement. Quelquefois jusqu'à l'accrobranche de Suzac depuis le Chay. C'est donc vraisemblable.

— Alors, c'est parfait, nous avons fait le tour. N'oubliez pas qu'ils vous poseront les mêmes questions, sans se lasser et à tour de rôle pendant des heures. Peut-être jusque dans la nuit. Et il faudra toujours donner les mêmes réponses, sans variations. Restez sobre et parlez le moins possible.

— Ça ne me fait pas peur : je suis dans la main du Seigneur. La PJ, ce sont des hommes, j'espère : je sais les manœuvrer et je déteste les femmes.

— Je ne peux rien vous promettre. Bon, voulez-vous

monter dans mon carrosse, maintenant ?

Clara me lance son regard bleu, interrogatif. Je lui fais signe que tout ira bien. Elle grimpe dans la Peugeot de Riviéri, qui démarre sur les chapeaux de roues.

Pensif, je retourne à ma voiture. Un message en profite pour arriver dans mon téléphone. C'est Val. *J'ai trouvé une propriété au nom de Valérie Roudon. 25 rue Deliroquoi, quartier de Vallières.* C'est parfait pour me redonner la pêche.

## 15 - Vendredi 9 août 2019 (après-midi) - J'veux pas rentrer chez moi seule

Le 25 rue Deliroquoi correspond à un chemin privé, barré d'un portail métallique rongé de rouille, cependant défendu par une solide chaîne fermée par un cadenas. Une belle propriété se montre à demi, au bout d'une allée bordée d'arbres. L'ensemble sent l'abandon. Je la photographie. Derrière moi, une voix féminine susurre, avec la tendresse d'une serveuse de KFC annonçant les numéros :

— Vous cherchez quelqu'un en particulier ou je peux faire l'affaire ?

Je me retourne pour découvrir une femme rikiki au visage de caoutchouc grossièrement façonné, percé d'yeux exprimant autant de jugeote qu'une gaufrette tombée sous un meuble. Elle m'apostrophe depuis le jardinet d'une modeste villa entourée de parterres de fleurs ornés de nains et autres décorations avenantes.

— Je suis agent immobilier et je cherche des biens de ce type. Connaîtriez-vous le propriétaire ?

Elle fait élégamment « prout » avec la bouche.

— Pas vraiment. On le voit rarement ici. Il se contente de faire entretenir le jardin et la maison au minimum.

— Connaîtriez-vous ses coordonnées ? je demande pour me crédibiliser dans mon rôle.

— Ah ça, non mon pauvre monsieur. On dit qu'il est Italien. Je l'ai vu une fois, c'est un bel homme, mais il vous regarde d'un œil de loup qui donne le frisson. Je ne sais rien de plus, mais demandez donc à la mairie pour plus de détails.

— Je m'y rends de ce pas, merci, Madame.

Je lève la main vers un chapeau imaginaire pour la saluer et remonte dans ma voiture. Je contourne le pâté de maisons et me gare hors de vue de la vilaine. Je dégaine mon Goggle maps pour étudier la propriété de Valérie Roudon depuis le ciel. Un modeste parc boisé se trouve sur l'arrière, attenant à un vaste terrain en friche se prolongeant jusqu'à la corniche. Parfait pour accéder discrètement à la bâtisse. Une visite s'impose cet après-midi avec du matériel.

*

* *

Retour à la villa Maboul où Valentin dort. Jenny, ses yeux gris pétillants, toute fière, m'informe qu'il a bien avancé et que je serai content. J'en accepte l'augure. Lucille arrive de chez notre ami musicien, José Kelly.

— Il t'envoie le bonjour et te rappelle que tu t'es engagé à chanter sur scène avec lui.

— Il exagère. Il me l'a demandé et je n'ai pas confirmé encore.

— Moi si. Dans son prochain spectacle, c'est décidé. Une seule chanson.

— Laquelle ?

— Sous la torture, je ne te le dirai pas. Tu te montres trop désinvolte avec moi. Comme disait tante Suzy : « Le silence est un ami qui ne trahit jamais. »

— Bien que tu lances des accusations sans fondement, je vais me montrer magnanime. Voici quelques nouvelles dont certaines t'amuseront et d'autres te plairont.

Je lui offre le résumé des épisodes précédents. Elle apprécie celui où Clara part chez les flics, et se réjouit finalement d'avoir à explorer une maison. En déjeunant, elle me raconte sa visite à José :

— Toujours aussi charmeur et chaleureux, le monsieur. Il connaît en effet Brice, l'amant de Franck, mais de loin. Le type est un intermittent du spectacle qui coure le cachet ici et là pour réunir le nombre d'heures nécessaires à offrir Pôle emploi contre une indemnisation minable. Il l'a engagé un soir en remplacement d'un de ses musiciens et ne l'a pas trouvé sympa. Il va fouiller dans ses papiers pour essayer de retrouver ses coordonnées, mais sans certitude, car les cachets sont payés par l'organisateur du gala, qui réalise aussi les déclarations administratives. De mémoire, le type habiterait du côté de Saint-Palais-sur-Mer.

— Vu la manière dont José te regarde, je suppose qu'il donnera son maximum pour se montrer agréable à tes yeux.

En effet, comment ne pas craquer pour Lucille ? Une beauté qui s'impose comme une évidence. Un corps à couper la respiration et à faire accélérer le pouls au premier regard. Un visage apte à transformer chaque homme en loup de Tex Avery, animé d'yeux noisette pailletés de vert qui vous atteignent instantanément le fond de l'âme. C'est la femme de ma vie. Mais pas seulement pour ça.

Le déjeuner achevé, nous partons à Vallières, déguisés en touristes, reflex et sac photo en bandoulière. Dans le mien, j'ai emporté mon Glock, une pince multiprise, du fil de fer épais, un aérosol de dégrippant et quelques crochets prélevés dans le matériel de cambriolage de Cora. Qu'est-elle devenue, celle-ci ? Les disparus sont-ils cachés quelque part comme Valérie ?

Je gare la Range dans l'herbe. Par bonheur, il subsiste sur la pointe de Vallières un vaste terrain qui n'a pas subi l'urbanisation des pavillons et villas plus ou moins heureux ayant envahi le moindre mètre carré par ailleurs. Jadis, les chemins, haies et recoins de campagne ayant jusque-là résisté au temps accueillaient les enfants construisant des plateformes dans les arbres, les amoureux en quête d'un refuge discret et de nombreux papillons. Les fleurs émergeaient d'une haute végétation laissée à elle-même ou seuls les passages fréquents permettaient d'entretenir les sentiers. Très odorante, cette flore mélangeait ses effluves avec ceux de la côte rocheuse couverte d'algues et de toute une vie marine au fumet enivrant. Le parfum de Vallières constituait un trésor unique, car on ne retrouvait pas cette végétation dans les mêmes proportions ailleurs le long de la Côte de beauté. Insensiblement, la gangrène maçonnée a presque entièrement dévoré la pointe en une vingtaine d'années. Seul un terrain subsiste, convoité par plusieurs projets immobiliers successifs, n'ayant échappé que par miracle aux fossoyeurs de l'harmonie naturelle.

Nous y suivons un large chemin qui se rétrécit comme un espoir face à la réalité et finit par se diviser en plusieurs sentiers malcommodes. Celui qui semble vouloir nous rapprocher de notre objectif ne mène nulle part. Finalement, en longeant les clôtures nous rencontrons une végétation moins dense, clairement arrosée de Roundup dans certains endroits. Ce n'est pas le moment de s'en plaindre. Nous parvenons enfin à l'arrière du parc de la villa, défendu par des panneaux d'épais treillages métalliques fichés dans des poteaux de béton. L'ensemble est vétuste, rouillé et tombe en ruine. Il me suffit de pousser un peu fort sur un panneau pour le plier et mettre un pied dans le jardin. L'air n'est pas différent, une fois passée la clôture, mais on a l'impression de se trouver dans un autre lieu.

Une douzaine de charmes d'assez haute taille forment une espèce d'allée vers la maison dans ce sous-bois dominé par de vieux platanes. On aperçoit partiellement une construction aux murs blancs souillés de traînées noires, aux volets de bois gris en cours de décomposition. Par contre, la végétation n'est pas élevée, visiblement entretenue de ce côté du jardin aussi, et nous progressons rapidement vers la bâtisse.

Nous découvrons une maison en pierres de taille du XIXe siècle, au début de la mode des bains de mer. Austère, elle comporte un étage et un large belvédère dont le toit plat peut servir d'observatoire. Six volets à l'étage, deux seulement au rez-de-chaussée, plus une porte, probablement de cuisine. Au ras du sol, des soupiraux dénoncent la présence d'une cave. L'ensemble baigne dans une lumière tamisée par les feuilles des hauts platanes, verdâtre, qui, généralement, colle bien à l'ambiance de lieux effrayants, voire carrément flippants. Il suffirait d'accompagner la visite d'une musique façon Bernard Herrmann, comme dans les films d'Alfred Hitchcock, pour s'angoisser. Nous avançons pourtant sans hésitation vers la porte, précédée de trois marches. Lucille a sorti son flingue, moi, j'entreprends la serrure du volet. Un bout de fil de fer et une pince la déverrouillent en un instant. J'empoigne mon Glock et tire le battant. Il dévoile une porte vitrée à l'ancienne. Je l'ouvre avec plus de difficulté en raison de la rouille, mais j'y parviens après quelques pulvérisations de dégrippant. Nous pénétrons dans une cuisine meublée de placards aux grandes portes peintes en jaune lumineux, à la mode des années 50. La plupart sont entrouverts et vides. Une table de cuisine d'époque complète le mobilier de cette vaste pièce à l'abandon. Une odeur aigre de moisi et de renfermé y règne. Une porte de bois massif dessert la cave. Je l'éclaire de ma lampe torche puissante sans rien voir d'autre que l'escalier. À visiter plus tard. Un double battant conduit au reste de la maison. Nous le poussons, armes en avant, pour découvrir un large couloir, au sol de parquet verni, percé par plusieurs portes que nous ouvrons successivement pour tomber sur des salles vides qui furent des grands et petits salons, bureau, bibliothèques… Les traces des meubles et tableaux permettent d'imaginer l'usage des pièces, d'y voir les fantômes des bourgeois de la Belle Époque installés dans leurs meubles. Pas un objet ne traîne. C'est relativement propre, entretenu au minimum, comme le jardin. Mais pourquoi conserver cette maison inoccupée, qui chaque jour coûtera plus cher à rénover ? La réponse se trouve peut-être à l'étage. Un large escalier de pierre à rampe métallique y mène. Nous l'escaladons, avec prudence. Il s'achève, à l'étage, en un spacieux couloir qui conduit à des chambres vides. Sauf une, dont la porte est verrouillée. L'ambiance est curieuse ici, une impression de menace latente plane. Comme dans un film où l'on devine que la gentille petite fille est en réalité habitée par un monstre sanguinaire venu de l'espace pour détruire l'humanité. On le voit dans ses yeux, d'un coup, on comprend tout. Mais trop tard.

Lucille, son colt en main attend de pouvoir faire feu si

l'occasion se présente. J'attaque la serrure, plus rétive que les autres. À force de patience, elle finit par céder, comme un gouvernement français face aux grèves dures. J'empoigne mon arme et, de la main gauche, j'ouvre la porte. Le battant s'écarte sur une pièce plongée dans le noir, mais meublée. Des reflets, ici et là, dessinent des formes, des volumes. J'allume ma torche. La lumière crue dévoile un bureau d'allure vieillotte. Nous y entrons, aux aguets, mais rien ne bouge. Lucille tourne un antique interrupteur qui remplit son office et réveille un plafonnier et quelques appliques. Nous découvrons un décor des années 40, arrivé à notre époque sans escale. Préservation ou reconstitution, impossible à trancher. D'aspect sévère, avec des murs lambrissés de chêne, une large bibliothèque chargée de livres anciens et une table bureau surmontée d'une lampe de banquier jaune. Quelques dossiers et papiers y traînent dans un désordre organisé, écrits en allemand et relatifs à l'Occupation. Tout cela évoque le cabinet d'un officier allemand de la Seconde Guerre, d'autant qu'un uniforme de la Kriegsmarine habille un mannequin qui veille sur la pièce. Un ancien pistolet Luger Parabellum est négligemment posé sur le bureau, en presse-papiers. Il maintient une feuille ressemblant fort au « plan » du grand-père allemand de Valérie. Il s'agit d'une photocopie. Je la montre à Lucille, avec qui nous n'avons pas encore échangé un mot, tout à notre surprise.

— Le croquis et le fameux indice, n'est-ce pas ? elle s'empare de la feuille et lit l'énigme : « sous le têtu l'Anglais ».

Personne n'en a compris le sens depuis tout ce temps, mais je suis certaine que nous y arriverons ! Pourquoi cette mise en scène à ton avis ?

— Va savoir ! Nostalgie, racines familiales, jeu… Certains construisent un réseau de chemin de fer miniature, d'autres marinent dans le cambouis pour redonner vie à de vieilles voitures, certains vont même jusqu'à reconstituer des batailles napoléoniennes. Roudoni a peut-être la marotte de l'Occupation. Je vais essayer d'en découvrir plus en fouillant.

J'examine les papiers posés sur le bureau. Il s'agit de rapports d'observation rédigée ici même, semble-t-il. Mais je comprends mal l'allemand. Le signataire est un certain Altenbach. J'inspecte les tiroirs, sans rien y découvrir d'intéressant. Pendant ce temps, Lucille frappe le lambris, à la recherche d'un passage secret, j'imagine. Elle est encore très jeune d'esprit.

J'examine la bibliothèque : des poèmes, des romans, des essais. Tous écrits en allemand et pourvus des belles couvertures de cuir. J'en feuillette quelques-uns, espérant qu'un billet caché jaillisse des pages, mais rien. La base du meuble comprend des portes et des tiroirs, emplis de dossiers et de cahiers relatifs à l'Occupation, ainsi que des objets habituels dans un bureau. Enfin, dans le dernier tiroir, je tombe sur un carnet et une enveloppe à l'adresse de mon père, probablement volés par le Polonais dans la Range. Le carnet ne contient rien d'extraordinaire, essentiellement des mémos : le titre d'une chanson entendue à la radio, des idées pour son travail, ce genre de choses dont je suis également coutumier. La lettre, écrite à l'encre bleue sur du papier de même couleur, est de Valérie, datée du 3 septembre 1985. Elle lui expose les menaces reçues de Jean-Pascal Osier du Pousseau et ses truands ayant déclenché sa fuite et lui conseille de s'éloigner de ces gens. Elle lui rappelle avec émotion la nuit passée avec lui et ses regrets de ne pouvoir poursuivre une relation prometteuse dans l'immédiat, mais laisse la porte entrouverte pour le futur, si toutefois il abandonnait ses recherches du « trésor »... Cette missive touchante a certainement été lue et relue au vu de son usure et ses plis marqués. Ainsi, il aurait vraiment nourri un sentiment amoureux pour elle ?

Perdu dans mes pensées, je ne prête pas attention à Lucille qui me parle. Elle finit par taper dans ses mains pour que tourne enfin la tête vers elle :

— « Savoir écouter, c'est utiliser le cerveau des autres » disait tante Suzy. Alors, écoute-moi : ça sonne creux ici et une planche bouge.

— Si tu découvres un passage secret conduisant à un cheval noir, ce sera la preuve que nous visitons la maison de Don Diego de la Véga.

— Viens voir, au lieu de raconter des conneries.

Je m'exécute. En effet, un panneau de la taille d'une porte étroite bouge quand on appuie. Reste à trouver le système d'ouverture, s'il existe. Après tout, ce n'est peut-être qu'un élément mal ajusté.

Il s'agit d'un lambris à l'ancienne, avec des moulures

épaisses ici et là, teinté au brou de noix et ciré. Je manipule tout ce qui me tombe sous la main, à la recherche d'une pièce pouvant tourner ou s'enfoncer, mais macache. Reste la bibliothèque, proche. J'essaye de la remuer, de la faire glisser : rien. Lucille examine attentivement les livres : elle en tire un qui bascule, entraînant un levier dont il est solidaire. Un déclic se produit et le panneau s'écarte légèrement… Je le tire, il pivote telle une porte et dévoile une cache d'environ deux mètres de haut, un mètre de large et 50 cm de profondeur. Vide, à l'exception d'une petite valise métallique. Je m'en empare et la pose sur la table-bureau. Elle est verrouillée, mais grâce aux crochets prélevés sur le matériel de cambriolage de Cora, je l'ouvre sans peine. Nous nous jetons sur son contenu comme des bêtes fauves dépeçant leurs proies près du point d'eau. Rien de mirifique n'apparaît cependant. Elle contient trois dossiers sur différents élus fortunés du coin : rapports, photos, courriers… De quoi les faire chanter, probablement. Deux épaisses liasses de billets de cinquante euros complètent la valise ainsi qu'une ancienne pochette de photos Kodak jaune et rouge. Je l'ouvre avec cette petite excitation habituelle de la découverte d'images développées, plaisir qui se fait rare depuis l'ère du numérique. Tous les clichés, une vingtaine, représentent mon père dans sa villa lors de soirées, dans les studios de Radio Foncillon FM 92, ou en bord de mer. Je les montre rapidement à Lucille avant de refermer le tout après y avoir ajouté la photocopie de l'énigme et son croquis.

— Voici un trophée à emporter.

— Tu as raison, il sera mieux entre nos mains. Mais les photos… Après tout, elles montrent son père aussi.

— Il s'agit d'épreuves d'amateur, elles m'intéressent d'autant plus. Jusqu'à présent, je n'avais vu de mon père que des images de photographes réputés ou de journalistes. Il prenait la pose, semblait naturel, il jouait bien, mais ce n'était pas vraiment lui. Ces photos ordinaires me plaisent. Je vais les copier et je les rendrai plus tard à Roudoni. C'est la seule chose positive que je puisse faire pour lui.

— On dirait que tu le regrettes, non ?

— C'est fou, cette situation ! Imagine : je pourchasse un truand et j'aide même la police à le coincer. D'un coup, je découvre un matin qu'il est mon frère. Essaye de te représenter le dilemme pour moi. Et si le public l'apprenait ? Tu vois le scandale ?

— Et alors ? Depuis quand te soucies-tu du qu'en-dira-t-on ? Et en quoi es-tu responsable des agissements d'un demi-frère dont tu ignorais tout jusqu'à maintenant ?

— Tu as raison, mais cette découverte est rude. Je ne suis pas réellement étonné de voir apparaître un demi-frère. Mon père était un play-boy, comme on disait, il a peut-être encore ensemencé ici et là et j'ai possiblement d'autres frères et sœurs inconnus. Mais Valérie m'a touché et Roudoni est un truand et un assassin, forcément un ennemi. Pas simple… Bref, je peaufinerai mes états d'âme ultérieurement, pour l'instant, terminons ici. Les hommes de main de Roudoni risquent de surgir sans prévenir, restons vigilants.

Nous continuons à fouiller le bureau, sans rien trouver d'intéressant pour notre enquête. Enfin, nous quittons la pièce précautionneusement. Le corridor est toujours vide de présence, mais une impression de menace y plane encore, comme un pressentiment. En son centre, un escalier métallique en colimaçon s'élève, probablement en direction du belvédère. Sa peinture noire s'écaille, montrant la rouille qui, patiente, a entrepris de le ronger. Nous l'empruntons. Il se balance tel un cul de Carioca au Carnaval de Rio. Nous parvenons cependant à une porte, fermée à clé. Fil de fer, pince et dégrippant en viennent à bout en un claquement. La porte grince misérablement en tournant sur ses gonds. Le belvédère circulaire est immense. Il offre une vue panoramique sur un paysage de rêve en cette journée ensoleillée, ponctuée par les phares de La Coubre, Cordouan et Vallières ; les forêts de pins et la beauté de la Côte alternant falaises et conches de sable fin baignées par l'estuaire de la Gironde et l'Atlantique infini.

Le belvédère est vide, ses vitres sont miraculeusement intactes, mais sales. Un autre escalier, proche du bord, nous appelle. Il conduit vers le toit-terrasse où nous retrouvons le paysage en direct, sans l'écran des vitres, un plaisir sans préservatif. Nous nous laissons séduire par le bonheur de l'instant en nous enlaçant et nous embrassant dans ce décor de rêve.

C'est là que la solution de l'énigme m'apparaît évidente… C'est là aussi que le sinistre hoquet d'un pistolet-mitrailleur résonne brièvement, suivi d'une bordée de jurons. Nous nous jetons au sol.

— C'est quoi, ce bordel ?

— Par les cornes de Satan ! Cet abruti a certainement tiré une rafale involontaire.

— Tu as probablement raison : la bévue, hantise du tueur consciencieux, le doigt qui glisse, l'accident bête.

— Au lieu de faire des phrases, comme à ton habitude, décidons de la suite.

— Sortir de là vivant me semble un objectif raisonnable.

— La situation n'est peut-être pas si grave : rien ne dit que nous sommes repérés. Mais nous ignorons s'il est seul et pourquoi il se trouve ici.

— Je vais approcher du bord pour jeter un coup d'œil.

Je rampe jusqu'au garde-fou en acier rouillé. Personne à l'horizon, en apparence du moins, car les arbres sont nombreux. Des voix, au loin, parlant fort, probablement des quidams alertés par les coups de feu.

— Nous devons partir, les gens vont appeler les flics. Le flingueur a dû se débiner.

— À moins qu'il ne nous attende dans la maison !

— Il faut courir le risque maintenant. Avec un truand – au moins – d'un côté et les flics de l'autre, l'endroit est trop périlleux pour y envisager une villégiature. Nous devons fuir. Allez, viens, nous n'avons pas le choix. Tu vas pouvoir sortir ton Colt. Au fait, as-tu appris à t'en servir depuis la dernière fois ?

Elle me foudroie du regard.

— Je comprends ta manœuvre : tu veux m'énerver pour

me mettre en condition. OK, allons affronter nos peurs.

Nous devons descendre l'escalier en colimaçon chacun à notre tour, et le plus vite possible. Il est visible de l'extérieur et si un tireur se trouve à l'affût au couvert des arbres, il peut facilement faire un carton sur nous. Lucille veut entamer un débat sur ce qui est le plus dangereux : passer en premier ou en second ? Et une fois que ce point sera établi, décider qui sera le premier à tenter l'aventure. La conversation pourrait se révéler intéressante, voire amusante, mais je lui rappelle que nous sommes en train de fuir, pas d'organiser une table ronde et je descends avant qu'elle ne puisse répliquer. J'arrive sans encombre dans le belvédère dont je gagne fissa le centre, invisible du parc. Lucille n'a patienté qu'une pincée de secondes pour me suivre. Nous devons maintenant rejoindre le rez-de-chaussée. Là, c'est aussi flippant. Si une fine gâchette ennemie nous attend tapie dans l'ombre, notre compte est bon.

Nous descendons le second escalier en colimaçon sans souci, pour nous retrouver au milieu du corridor. Cet endroit transpire l'angoisse, je ne sais pourquoi j'y ressens un danger. Un sentiment d'urgence me saisit. Je prends la main de Lucille et je l'entraîne en courant vers le rez-de-chaussée. Nous dévalons les marches et nous ruons vers la cuisine pour nous catapulter dans le parc. Toujours en courant, nous fuyons vers notre sortie.

L'impression de chaleur arrive en premier, le bruit ensuite, sourd et puissant, dans les basses. Celui d'une énorme explosion qui nous projette au sol, suivis de dizaines de débris de la villa, petits ou gros, en une pluie potentiellement mortelle si on reçoit, par exemple, un moellon sur la tête ou paratonnerre n'importe où.

Quand le silence s'établit enfin, je me découvre abasourdi, mais indemne, hormis quelques coupures et contusions. La maison n'est plus qu'une ruine fumante, dont la partie gauche n'existe plus. La droite est encore debout, éventrée, saccagée par l'explosion. Je me relève. Mais, Lucille ? Je ne la vois pas. Je finis par le repérer au pied d'un platanc. Sa tête a vraisemblablement heurté le tronc. Elle est étendue, évanouie, une plaie dans le cuir chevelu, mais peu profonde. En vie ! Je voudrais la ranimer, mais comment faire ? Tant pis, je vais la porter. Je devrais appeler les secours, mais avec un tueur qui rôde, et qui vient de prouver sa force de nuisance, il est prudent de s'éloigner.

Je la soulève sans peine, elle me serre le cœur, ainsi inerte. Je tiens à Lucille, j'y suis accro, amoureux. Une sourde inquiétude pour elle me gagne accompagnée d'une rage contre celui ou ceux qui nous ont fait ça. Ils paieront. Marchant sur les débris, je me dirige vers le passage que nous avons ménagé dans la clôture. Encombré de mon fardeau, j'ai du mal à le franchir. Ensuite, le retour par l'arrière des villas n'est pas toujours simple, et surtout pas discret. Regarder un mec fuir après une explosion en portant une femme évanouie, ça peut suffire à démarrer une conversation chez les riverains. Mais, je ne cherche pas à savoir si on me voit, l'important est de nous éloigner de là, puis de trouver un toubib pour Lucille.

J'ai la chance d'en connaître un, Marco Borat, il va se faire un plaisir de nous aider.

Nous parvenons, je ne sais trop comment, à la Range. J'assois Lucille sur le siège passager, lui passe la ceinture et incline le dossier. Avant de démarrer en direction de Royan, j'appelle mon toubib pour l'informer du souci et je lui dis que j'arrive. Il ne déborde pas d'enthousiasme, mais ne peut me refuser ce service, nous sommes en compte.

Cinq minutes plus tard, je parviens à son cabinet, situé près du Tiki. Il m'attend devant la porte pour m'indiquer d'entrer dans une ruelle qui longe l'arrière de son bâtiment. Je me gare face à une porte où il me rejoint.

— Elle est encore évanouie ! Bon, installe-la sur ce fauteuil roulant.

Je m'exécute. Il me signale la direction de l'étage, desservi par un ascenseur. Je redoute ce qu'il va me dire pour Lucille, mais il m'engueule pour fêter nos retrouvailles.

— Tu es complètement inconscient de la transporter ainsi ! Tu aurais dû appeler le Samu. On ne doit jamais déplacer un blessé sauf en cas d'urgence absolue.

— C'est le cas. Nous avons des tueurs au cul ! Nous venons de réchapper à l'explosion d'une bombe. De justesse comme tu le vois.

— Je vois, une routine pour toi.

— Hé, Marco, ne me cherche pas. Je ne voudrais pas avoir à te rappeler ton passé.

— Tu as de bons côtés, Youri, mais en même temps tu es

une ordure. Je te présenterai un exposé plus tard.

Nous venons d'entrer dans une salle de son cabinet. Il enfile des gants et examine Lucille avec les gestes habituels. Il grimace.

— Elle a un traumatisme important. Il est impératif qu'elle passe un scanner 6 heures après avoir subi le choc. Dans l'immédiat, elle doit partir aux urgences.

Il joint le geste à la parole et appelle ses collègues du Samu. Ils arriveront dans les cinq minutes. Il va pour reprendre, mais je l'interromps.

— D'abord, explique-moi exactement ce qu'elle a ?

— Je te l'ai dit, un traumatisme. Mais pour découvrir l'étendue de ses blessures, on doit l'examiner attentivement et sur tout le corps. Et bien entendu, pratiquer des examens d'imagerie.

— Quels sont les risques ? Et combien de temps va-t-elle rester dans les vapes ?

— Même réponse que précédemment ! Il faut l'examiner. Après le scanner, nous en saurons plus. Autre chose : ils me poseront des questions, mes collègues. Je dois leur dire la vérité.

— Négatif, Marco. Je te l'interdis. Trouve autre chose.

— T'es un marrant, toi. Qu'est-ce que je peux leur dire ? Ils ne sont pas stupides.

— Dis-leur qu'elle a été prise dans une bagarre avec des surfeurs.

— Pourquoi des surfeurs ?

— Parce que ce sont souvent des idiots. Autant en faire des coupables. Et puis, ils voyagent de spot en spot. Ceux qui l'auraient agressée peuvent déjà se trouver loin avec leurs pick-up, leurs planches et leur fart. Donc difficiles à retrouver.

— Je suppose que je ne dois pas parler de toi ?

— En effet. Je dois garder ma liberté pour éliminer les méchants.

— Seul ?

— Non, j'ai Riviéri. Nous travaillons ensemble sur le coup, mais la PJ est contre nous. Elle interroge Clara qui m'aide sur l'affaire.

— Quel genre ?

— Lutte contre les méchants. Et je gagne un article qui devrait avoir un certain retentissement. Maintenant, excuse-moi, mais je dois partir. Merci pour tout. Ah ! au fait : quand elle reprendra connaissance, passe-lui le message : elle a été agressée par des surfeurs. Je compte sur toi.

Souligné d'un coup d'œil incisif destiné à lui montrer qu'il n'a pas le choix. Je l'ai, dans le passé, tiré d'une situation qui lui aurait valu la prison et le déshonneur. Un autre que moi, avec un meilleur esprit civique, l'aurait dénoncé. Ça ne m'a pas traversé l'esprit. Cependant, il ne peut rien me refuser.

Je regarde encore une fois Lucille évanouie avec chagrin et je déguerpis.

## 16 - Vendredi 9 (après-midi) et samedi 10 août 2019 (matin) - Y'a bon Banania

Je saute dans ma Range et m'extrais rapidement de l'impasse en marche arrière. Je ne tiens pas à traîner ici et à m'y faire repérer. Je m'éloigne, à vitesse normale, tout en appelant Riviéri en Bluetooth, évidemment.

— Il faut qu'on se voie, et vite.

— Tiens! Un ordre de ta part. Je n'avais pas encore apprécié cette situation.

— C'est urgent et important.

— D'accord. Où et quand?

— Maintenant, sur le parking situé derrière le Palais des Congrès.

— C'est assez discret, ça ?

— Tu as peur qu'on parle sur nous ? On irait imaginer des trucs mal vus, chez les flics ?

— Justement. Mais j'arrive, je te fais confiance.

Je n'attends qu'un instant la Peugeot gris métallisé de Riviéri. Il n'est pas seul, Clara l'accompagne.

— Je te rends ta copine, il t'en faut une de rechange.

La blonde prend son air de Gestapo et me lance :

— Casse-lui la gueule Youri, tu me feras plaisir.

— Tu me tentes, cependant, il peut encore servir, ne l'abîmons pas tout de suite. Mais ne restons pas ici, à trois, nous y sommes trop repérables.

Je les entraîne dans un coin du jardin du Palais dissimulé aux regards et leur raconte par le menu les événements récents. J'en omets quelques détails, comme la valise que nous avons récupérée, l'énigme ou ma parenté avec Roudoni. Le flic n'a pas besoin de tout savoir. Copains, jusqu'à un certain point. Voilà qu'il me vanne encore :

— Le métier de journaliste est dangereux. Il y a déjà eu des précédents fâcheux, avec des mecs sérieux.

— Je te remercie pour tes encouragements. Mais, une évidence se fait jour en moi : tu me dissimules des informations importantes, des bouts manquent à l'histoire que tu m'as racontée. Tes omissions sont périlleuses pour nous et pas correctes de ta part. Tu as dû oublier de me parler d'une ou plusieurs personnes. Tu vois, Roudoni se trouvant à l'hôpital, ce n'est pas lui qui a fait sauter une bombe dans sa propre villa. Quant au tireur au pistolet-mitrailleur, nous ignorons tout de lui. Mais quelque chose me dit que tu dois en avoir une idée. Est-ce que je me trompe ?

— Peut-être. Ça ressemblerait à un ancien associé de Roudoni, un Bordelais qu'on a vu en ville ces jours-ci. Il est en affaires avec un vieux brocanteur moitié truand, Jules, qui possède une villa à Saint-Palais. Ils se conduisent comme des rivaux de Roudoni, mais j'ignore quel est leur enjeu.

— Quel âge il a ton Jules ?

— Dans les 60 ans. Tu le connais ?

— Peut-être. Ça m'évoque quelque chose.

— Il a longtemps travaillé avec une voleuse que personne n'a jamais pu arrêter ni condamner. Sonia. Officiellement, elle était antiquaire à Bordeaux.

— Longtemps ? Je croyais qu'elle avait disparu dans les années 80 à la même époque que mes parents. C'est chez eux que je l'ai connue, elle les fréquentait, et Jules aussi, je m'en souviens maintenant.

— Oui, elle a disparu, puis elle a réapparu dans les années 90. Et disparu à nouveau en 2005. Il semble qu'elle soit partie en Afrique après avoir réussi un gros coup. En retraite, en quelque sorte. Et elle a laissé son affaire bordelaise à Jules, j'ignore dans quelles conditions. Jules, il n'a pas inventé l'eau tiède : je le verrais bien avec un pistolet-mitrailleur tirer involontairement une rafale parce que son doigt a glissé. Mais, poser une bombe, non, certainement pas. Ce serait trop compliqué pour lui et aussi pour son associé, un abruti à son image.

— Mais tu vas me présenter un second ami qui rêve de me pulvériser, n'est-ce pas ?

— Je n'ai pas la moindre preuve, mais un soupçon. Les seuls qui pourraient employer ce genre de moyens ne sont pas une personne en particulier, mais une nébuleuse de gens qui fréquentent Royan depuis des dizaines d'années. Des Allemands, des Anglais, des Américains... Des espions de tous les bords, en retraite ou en activité, qui séjournent à Royan pour quelques jours ou quelques semaines avant de repartir sans bruit. On a l'impression qu'ils viennent ici en pèlerinage, mais en réalité personne n'a jamais compris ce qui les attirait à Royan. Le coup de la bombe, ce serait plus dans leur style, façon James Bond. Et on a justement un Anglais en ville...

— On n'en a jamais arrêté ?

— Si, une fois, au début des années 80, un Allemand de l'Est. Mais par erreur, on l'avait pris pour un terroriste de la « bande à Baader ». L'affaire a été étouffée.

— Il vivait dans le quartier Saint-Pierre ?

— Je l'ignore. Mais tu sembles bien informé.

— Ça fait partie de mon job, comme toi.

— Cela dit, si ces espions sont, par définition, capables de tout, rien ne dit qu'ils sont mêlés à l'explosion.

— Et si, justement, ils venaient de donner un indice par cette action ?

— Ce qu'il faudrait connaître, c'est le motif.

— Le motif, c'est souvent le fric.

Mais je ne lui dirai pas sous quelle forme, ni dans quelle quantité supposée, aujourd'hui équivalente à « beaucoup », s'agissant d'un trésor nazi. Je reprends :

— Et maintenant, quelle est la suite des réjouissances prévues pour nous par les flics ?

— La PJ savoure la situation. Elle vient pour la mort d'un touriste et l'agression d'un truand notoire. Et on lui offre en bonus l'explosion d'une villa du XIX^e sur un fond sonore de pistolet-mitrailleur. Ils se régalent. Par conséquent, leur attention s'est détournée de Clara, qui ne pouvait être mêlée à ces événements. Elle a été interrogée et te le racontera : elle s'est montrée convaincante. Mais attention, ils sont méfiants, elle se trouve dans leur collimateur à présent. Redoublez de prudence.

— Et Lucille ?

— Inconnue pour la PJ. L'agression par des surfeurs n'étonnera personne et ne relèvera pas de leur service. Bien joué. Mais maintenant, tenez-vous tranquilles, ne donnez pas l'occasion à ces cow-boys de fouiller dans votre passé, ça risquerait de mal finir pour nous tous. Je reste à l'affût, je les écoute et surveille, mais je ne pourrai rien empêcher s'ils enquêtent sur vous.

— Je le savais déjà et je n'ai pas l'intention de leur laisser ce plaisir. Bon, on s'est tout dit, je pense. Séparons-nous.

La blonde et moi grimpons dans la Range. Mon téléphone sonne, c'est Morgan l'archiviste, son nom s'affiche, du coup je lui dis :

— Salut Morgan.

Et il me répond, comme une personne sur deux rétorque :

— Ah ! Tu as mon numéro dans ton téléphone.

— Non, mais j'ai un don de prémonition. J'avais un oncle radiesthésiste, ça a dû jouer.

— Tu te fous de moi alors que je t'apporte des informations qui me semblent importantes. Quand tu auras appris les bonnes manières, tu pourras te présenter chez moi.

— C'est fait, je viens de suivre un stage express, j'ai appris les bonnes manières, écoute plutôt : je suis navré de t'avoir froissé avec un humour de mauvais aloi. Je te prie d'accepter ma présence en ta demeure. J'arrive.

*

*     *

Nous traversons la maison de Morgan à l'intérieur calqué sur celui de Spirou et Fantasio dans les années 50, sous le crayon de Franquin.

— Je parie que vous vous intéressez à la villa qui a explosé ce matin.

— Ce n'est pas impossible.

— Si ce n'est pas le cas, vous devriez, car son histoire pourrait peut-être susciter des réflexions intelligentes de ta part. L'espoir fait vivre. Écoutez donc : cette villa était la propriété d'un étranger qui l'avait achetée quelles années avant la Seconde Guerre, Lothar Altenbach. Il se prétendait australien et scientifique. Il avait fait réaliser des travaux pour édifier un belvédère afin d'observer les oiseaux marins le jour, et les étoiles, la nuit. Il n'était pas sympathique, mais ne faisait pas de vague. Mais lorsque les occupants allemands sont arrivés, on a découvert qu'il avait menti. Il n'était ni Australien ni scientifique, mais Allemand et espion. Il avait fait construire ce belvédère pour épier jour et nuit le trafic maritime. Mais ce n'est pas tout, car nous avons déjà évoqué cet homme dans une conversation antérieure. Il n'était autre que le supérieur du grand-père de Valérie. Celui qu'il a assassiné et jeté dans le port.

— Saperlipopette ! Que sait-on sur ce mec ?

— Pas grand-chose, à part ce que je t'ai dit précédemment. Mais il existe probablement des informations sur lui dans les archives de l'armée allemande.

Là-dessus, nous prenons congé, direction, fissa, la Villa Maboul. Il est bientôt 19 heures et j'ai besoin de repos. Jenny me prépare un repas rapide et je me couche.

*

* *

— Elle s'appelle Spaghetti, annonce Jenny de sa belle voix grave, quasiment rauque.

Elle parle de la souris blanche que j'ai découverte dans la cuisine, pas du tout impressionnée. Après s'être dressée pour inventorier le contenu de mon bol, elle entreprend de dévorer ma tranche de pain de mie. Je me demandais comment pulvériser cet animal quand Jenny est arrivée, seulement vêtue d'un tee-shirt. Elle est attirante ainsi, nue sous le tissu blanc, plus excitante que si elle ne le portait pas. Elle remarque mon trouble et rit de son rire curieux, en escalier.

— C'est un tee-shirt de Val, il te plaît ?

— Il prend tout son intérêt sur toi.

— Je le vois dans ton regard. Tu veux du Banania ?

— Merci, mais je carbure au Ricoré. Le Banania n'est pas politiquement correct.

— Pour quelle raison ? Et d'abord, depuis quand apprécies-tu le politiquement correct ? Je croyais que dans cette maison on vomissait cette castration de la pensée voulue par des moralisateurs prompts à réclamer bûchers, potences et guillotines.

Ses yeux gris sont rivés dans les miens.

— C'est vrai, mais c'est une façon de te raconter un bout d'histoire ironique. Pendant des décennies, la publicité de cette marque représentait un homme noir proclamant : *Y'a bon Banania*. Tout le monde connaissait ce slogan, on le trouvait sympa, on le citait gaiement dans les conversations comme une plaisanterie courante. Avec le temps, il est devenu déplacé, voire susceptible d'excommunication dans mon cercle de relation. Mais, quand même, chaque fois qu'on évoque cette marque, ce slogan me vient automatiquement en mémoire avec amusement. Et honte. Comme c'est mal !

— Et ?

— Et rien. Je te raconte ce qui me passe par la tête. Ce n'est ni bien ni mal en fait. Mais beaucoup de gens moraliseraient sur le sujet.

— Pas dans cette maison, heureusement. Elle va rester longtemps dans la villa, Clara ?

— Elle ne voulait pas rentrer chez elle seule. Pourquoi ?

— Je ne l'aime pas. Elle est dure, fausse et agressive. Et catholique en plus. Une vraie peste.

— Elle t'a fait quelque chose pour que tu la détestes ?

— Je m'en méfie. Elle n'est pas dans notre camp. Ou si elle s'y trouve, elle peut trahir n'importe quand, il suffit qu'une lubie lui passe en tête ou qu'un mec flashant lui dise trois mots touchants pour son petit cœur de blonde. Fais attention à cette femme, elle se sert de toi, mais elle peut te lâcher d'une seconde à l'autre et tu ne le verras pas venir.

— D'accord, je serai prudent. Mais je la crois sincère et honnête. Il est réveillé Val ?

— Non, il n'est que huit heures, pas avant midi. Il a travaillé tard, hier soir.

— Il exagère ! Voilà combien de jours, voilà combien de nuits, voilà combien de temps qu'il me fait attendre ?

— Du calme. Détends-toi. Tu veux que je t'y aide ?

— Merci, Jenny. Je retiens ta proposition pour un autre moment. Mais je dois sérieusement parler à Val maintenant. J'aimerais que tu le réveilles après le petit-déj, à moins que je ne puisse voir Lucille ce matin, mais j'en doute. Les hôpitaux l'interdisent souvent.

Elle acquiesce sans enthousiasme. Après le Ricoré, j'appelle Marco en basculant sur haut-parleur pour que Jenny entende.

— C'est plutôt des bonnes nouvelles.

— « Plutôt » ? Il y a un problème ?

— Un souci temporaire probablement. Elle est amnésique.

— Saperlipopette ! Elle aussi ! Ça risque de durer ?

— C'est imprévisible. Mais pour le reste, tout est parfait. Elle n'a qu'une plaie sans gravité au cuir chevelu et rien d'autre d'important. Elle devrait pouvoir sorti rapidement, l'hôpital décidera quand. Après, elle sera vite en pleine forme, mais elle devra se rendre à de nombreuses consultations pour l'amnésie.

Je remercie Marco. Il me confirme que je ne pourrai voir Lucille que « c'tantôt » – comme on dit ici, en Saintonge – et raccroche. Jenny est en larmes, le visage dans les mains, ses cheveux roux frisés formant rideau, comme par pudeur, pour dissimuler son chagrin.

— Je vais m'occuper d'elle comme une mère, je te le promets. Elle va se remettre, tu vas voir.

Elle sanglote encore plus fort, en signe de confiance envers sa prédiction, et vient se jeter dans mes bras consolateurs en trempant ma chemise de ses larmes. Combien de fois ai-je connu ce genre de situation ?

*

* *

Val est encore nébuleux, il est pourtant maintenant 10 h 47. Il ranime son fourbi d'ordinateurs et machines diverses en buvant son troisième café, sa longue silhouette vautrée sur son fauteuil de bureau. Je m'installe près de lui.

— Alors, raconte ?

— Béé… J'ai pas beaucoup dormi, mais ça va, et toi ?

Il bâille et fourrage dans sa tignasse bouclée.

— Je vais bien, mais, si tu m'informais de tes recherches ?

— T'es vachement amical, toi, dès le matin ! Jenny m'a parlé pour Lucille. Ça m'a fait un choc. Elle est ma copine depuis plus longtemps que toi, ne l'oublie pas.

— Je le sais. Maintenant, sans vouloir te bousculer, pouvons-nous faire un point sur tes découvertes ?

— OK, on n'est pas chez les bisounours, comme disent les cyniques… Donc, pour commencer : Guy Yarres, le complice de Roudoni. J'ai l'impression qu'il a senti le vent tourner et s'est exilé chez les Vikings, du côté de la mer baltique, mais impossible à situer où exactement, il est bien trop malin pour avoir laissé des traces.

— Alors, oublions-le pour l'instant et concentrons-nous sur Roudoni et Rogiès.

— Là, c'est plus positif, grâce à une amie, j'ai réussi à entrer dans les deux systèmes. Pour Roudoni, le plus gros morceau est constitué d'archives complètes et commentées.

Elles sont toutes relatives à ses dossiers d'éléphant blanc montés pour les communes clientes. On y retrouve un mélange de séduction, de pots-de-vin, de chantage et de menaces, voire d'agression physique. Les deux hommes de main sont en ce cas à la manœuvre. Tout ce qui peut barrer la route aux projets est éliminé, relativement en douceur.

— Les dossiers contiennent des preuves ?

— Oui, autant que tu veux. Photos, enregistrements sonores ou vidéo, noms et adresses, reconnaissances de dette signées, et j'en passe.

— Des éléments en béton pour mon article ! C'est génial.

— Sauf que tu ne pourras jamais dire comment tu as obtenu ces informations.

— Je trouverai une solution, ne t'inquiète pas, tu n'y seras pas mêlé. Quoi d'autre ?

— La recherche du trésor, avec une enquête minutieuse. Nous en savons presque autant que lui, à part un détail : la maison de Saint-Georges qui a explosé appartenait à l'officier tué par le grand-père de Valérie, Lothar Altenbach.

— Ça, je viens de le découvrir grâce à Morgan.

— Oui, mais ce que tu ne sais pas, c'est qu'Altenbach était un espion et probablement un agent double. Travaillant à la fois pour l'Allemagne et pour une structure inconnue. J'ai gratté dans cette direction. Sans que rien n'ait jamais été prouvé, des bruits courent sur l'existence d'une organisation criminelle dont les complices étaient recrutés dans la hiérarchie des différentes armées, y compris antagonistes. Cette organisation serait encore active aujourd'hui. On a quelques éléments dans les archives de Roudoni là-dessus, des documents trouvés dans la villa de Saint-Georges et scannés, mais rien de vraiment tangible.

— On sait comment ces documents étaient restés là ?

— Oui, on a tout l'historique de la villa. Roudoni est un homme méticuleux et organisé. Après la Libération, elle est restée dans son jus, préservée par un gardien qui y a demeuré jusqu'à sa retraite en 1985, payée par l'armée allemande, à qui appartenait cette maison, probablement oubliée des décideurs. Pendant les trente années suivantes, elle a été entretenue au minimum par différentes entreprises, jusqu'à ce que Roudoni fasse des pieds et des mains pour l'acheter. Le plus compliqué pour lui a été de découvrir l'administrateur de ces biens. Une fois fait, le convaincre de vendre semble avoir été simple. Roudoni a signé le contrat au nom de sa mère, par procuration. Voilà ce que j'ai de plus saillant sur le sujet. J'ai réalisé pour toi une copie de tous les dossiers sur un disque dur externe. Tu as de quoi explorer.

— Parfait ! Et pour Rogiès ?

— Là, c'est autre chose. Avec Roudoni, on jongle avec les millions alors qu'avec Rogiès c'est avec les milliards. Il constitue un maillon important d'une chaîne de blanchiment d'argent. Les bénéfices illicites de truands ou de particuliers voulant échapper au fisc sont transformés, via une cascade de comptes et de sociétés bidon en actions légitimes d'entreprises cotées en Bourse.

— Je n'imaginais pas Rogiès dans ce genre de plan. Pour moi, il est un peu balourd et loin de montages qui nécessitent des connaissances pointues dans différents domaines.

— Ce n'est pas lui qui réalise le job en personne, mais un individu sous le pseudo de Tania Orloff. Elle effectue les mouvements sous cette signature ou ses initiales « TO ».

— Une femme qui a des lettres, bien que maniant les chiffres. Je comprends que Rogiès répugne à nous voir approcher de ses affaires. Mais, je n'observe là rien qui nous intéresse directement.

— Attends une seconde, tu vas te sentir concerné. Je suis allé au-delà de ces dossiers de blanchiment, et je suis tombé sur une espèce de journal que tient Rogiès, dans lequel il indique clairement vouloir t'éliminer, son moyen choisi étant une bombe.

— Il ne pouvait pas savoir que j'irai perquisitionner la villa de Roudoni. J'ai découvert son existence le jour où je l'ai visitée.

— Il a collé un traqueur GPS dans ta voiture. C'est noté noir sur blanc. Il peut te suivre en temps réel.

— Le salaud ! En même temps, voir un journaliste d'investigation tourner autour d'affaires de ce gabarit à de quoi l'inquiéter. Hé bien ! Il ne va pas être déçu, celui-là. J'ai des collègues spécialisés dans ce genre de dossiers qui vont adorer que je leur apporte ce cadeau sur un plateau. Et pour le mettre rapidement hors d'état de nous nuire je vais faire exception à mes habitudes et en offrir une copie à Aldo Riviéri. Attends une seconde…

Je déverrouille mon téléphone pour appeler mon flic :

— Salut Aldo ! Donne-moi ton mail, tu ne vas pas être déçu.

— Ah ! Enfin un geste de ta part, j'espère.

— Pas de bavardage, ça urge. Je t'envoie de quoi faire tomber le mec qui a posé la bombe et qui n'est pas un espion. Avec un gros bonus. En plus, tu vas passer pour un bon flic. Merci qui ?

Il maugrée un truc indistinct, à la sonorité de « va te faire foutre » de sa voix métallique, et me dicte son mail. J'ai connecté le haut-parleur pour que Val puisse transmettre les fichiers immédiatement. Une fois fait, je raccroche pour renouveler l'opération vers les adresses de journalistes spécialisés en délits financiers, en France et dans plusieurs pays d'Europe et d'Amérique. Il ne va pas être déçu, cette ordure de Rogiès qui a touché gravement Lucille et tenté de nous tuer. Mais, tant qu'il n'est pas arrêté, il peut encore essayer de nous descendre, j'ai intérêt à user de vigilance. Et à protéger Lucille, discrètement, par rapport à la PJ.

Clara rentre d'une course à pied jusqu'à Suzac, depuis Nauzan. C'est une athlète entraînée, son corps harmonieusement musclé en fait foi.

— J'ai été suivie par deux mecs en gros SUV noir depuis Pontaillac jusqu'ici. Probablement des flics.

— Je crains que non. À quoi ressemblaient-ils ?

Elle me dresse le portrait des hommes de main de Rogiès

qui étaient venus m'enlever à domicile.

— Ce sont des tueurs, vraisemblablement les mêmes qui ont posé la bombe qui a failli nous envoyer ad patres Lucille et moi. Nous devons les mettre hors d'état de nuire.

— Les mettre hors d'état de nuire, y compris définitivement ?

— Au besoin, oui, en état de légitime défense. Rappel : ce sont des tueurs. Nous n'avons aucun scrupule à avoir.

— Ils se sont garés dans la rue derrière, mais je ne me suis pas retournée pour voir s'ils sortaient de la voiture. Que vas-tu faire ?

— Prendre mon flingue, et je vais t'en prêter un. Je ne te demande pas si tu sais t'en servir ?

— Très spirituel, tu devrais animer des noces et des banquets. Oui, je sais m'en servir, j'espère pour toi que tu n'auras pas à le regretter un jour.

— Franchement, le coup de l'amnésie, c'est réel ou simulé dans ton cas ?

— Remercie Saint Maurice, le patron des fantassins que je n'ai pas déjà un révolver en main. C'est exactement la question à ne pas me poser. Voilà !

— Tu es gênée d'y répondre, je pourrais en tirer des conclusions.

— Tu parles comme un flic. Tu ne les aimes pas, mais tu te conduis à leur image. Et tu oublies que nous avons deux tueurs à mettre hors d'état de nuire.

Elle a raison, je dois en convenir. Je l'entraîne dans mon

bureau pour lui prêter mon Glock. Le Colt va me revenir, en l'absence de Lucille. Nous les dissimulons sous des serviettes de bain et nous sortons, l'air naturel et détendu.

Il n'y a pas foule dehors à l'heure du repas. À la suite de Clara, je découvre le SUV de Rogiès garé en poubelle boulevard de la Côte de beauté, sur un trottoir, au ras d'un arbre, bloquant le passage. Soudain, je comprends qu'il s'agit d'un piège, je me retourne, mais trop tard. Le gorille de Roudoni, au sourire à l'aspect d'une casse automobile, me coince déjà contre la porte du tas de ferraille en brandissant un poignard. Je ne sais pas où se trouve le second truand, mais je vois Clara avec mon pistolet qu'elle tient dans la position du tireur, sûre d'elle. L'arme tressaute, deux coups rapides, parfaitement ajustés… le malfrat paraît pris de stupeur et s'écroule. Mort, semble-t-il.

— Merci Clara. Et l'autre, où est-il ?

— Pas loin, probable.

Les coups de feu n'ont pas attiré les foules pour l'instant, mais je doute que ça dure, il vaut mieux nous éloigner… J'entends la détonation en même temps que je sens la déchirure dans le bras gauche, touché par une balle. Clara comprend à la seconde et nous entraîne derrière le SUV. L'autre tueur est planqué dans l'entrée d'une ruelle aboutissant à la plage. Nous attendons qu'il ressorte à nouveau pour le truffer de plomb, mais il ne bouge plus. Je parie qu'il est en train de faire le tour par l'une des allées menant à la conche pour nous prendre à revers… Mon bras me fait souffrir, mais ce n'est pas grave. Probablement le truand visait-il le cœur… Devinant sa manœuvre, je vais me diriger à sa rencontre, j'en avertis Clara. Elle me suit pour couvrir mes arrières.

Je l'aperçois, traversant à longues enjambées un parking, en même temps qu'il me repère. Il se précipite derrière l'édicule des toilettes publiques automatiques. Je n'ai pas le temps d'ajuster mon tir qu'il disparaît. De nombreuses voitures forment un écran entre nous. Avec Clara, nous décidons de nous séparer pour contourner les sanitaires. Marchant baissé, je progresse à l'abri des carrosseries, prudemment. Enfin, je parviens à une grosse voiture allemande qui me sert de paravent. Le tueur ne se trouve qu'à quelques mètres. Je ne sais pas où se situe Clara. Tant pis, je tente ma chance, le doigt sur la détente du Colt, prêt à offrir un voyage sans retour au méchant, invisible pour le moment. Je me coule le long de l'édicule, le contourne… L'affreux me tourne le dos, occupé à surveiller Clara qu'il a repérée.

— Jette ton arme !

Il sursaute, mais saisit que la mort l'attend s'il n'obéit pas et obtempère.

— Enlève ta ceinture !

Clara a compris la situation et s'approche en le tenant en joue.

— Tu l'épargnes ?

— On n'est pas dans *Breaking Bad.* je m'adresse au truand : et toi, couche-toi sur le ventre, mains dans le dos.

J'utilise la ceinture pour lui lier les mains. Une fois fait, je m'éloigne : il reste dangereux. Pendant que Clara le surveille, j'appelle Riviéri.

— J'ai encore des cadeaux pour toi. Deux tueurs, dont l'un est décédé et l'autre prisonnier, ça te fait plaisir ?

— Je t'avais recommandé de te tenir à carreau.

— Tu le notifieras au survivant des affreux qui ont essayé de me descendre à l'instant. Je suis blessé, par chance sans gravité.

— C'est bon, j'arrive.

Je lui donne le lieu de rendez-vous. En l'attendant, j'échange le Colt contre mon Glock et conseille à Clara de rentrer à la villa. Autant lui éviter un nouvel interrogatoire. J'espère que personne ne l'aura repérée, mais on dirait que nos petits jeux n'ont pas attiré l'attention des foules.

Dans un rigodon de sirènes et gyrophares bleus, Riviéri accourt en compagnie de ses collègues de différents échelons. Il me prend à part et je lui raconte le déroulement non expurgé des faits, en précisant que j'aimerais puissamment que Clara reste en dehors de cette enquête.

— Tu crois pouvoir me demander ça ?

— Ben oui, puisque je le fais.

— C'est totalement inconscient de ta part. On vous a certainement vus et tu auras du mal à expliquer dans quelle position tu as pu flinguer le tueur si tu étais seul. C'est d'autant plus idiot qu'il s'agit de légitime défense, et que Clara ne risque pas grand-chose. Je t'accorde, qu'elle revient ainsi sous le feu des projecteurs et toi aussi, ce qui n'est pas réjouissant. Heureusement, avec les documents que tu m'as envoyés, ils ont de l'occupation. Quoi qu'il en soit, nous ne pouvons dissimuler les faits, mes collègues ne sont pas idiots, contrairement à toi. Maintenant, demande à Clara de venir nous rejoindre, et vite. Vous allez me montrer comment ça s'est passé ici, et à côté de leur voiture.

Je m'exécute, et commence à lui expliquer en détail la traque du second tueur. Quelques minutes plus tard, Clara arrive, en mode « bimbo », selon son expression imagée. Habillée d'une manière classe, chic et irrésistible, incitant l'imagination à vagabonder. Parfumée de *Dior j'adore* et discrètement maquillée, elle est prête à séduire les enquêteurs, sans ostentation, mais efficacement. Aldo apprécie, en me lançant un œil égrillard et envieux, genre « t'es un sacré veinard d'avoir une pareille copine », le même regard qu'envoient beaucoup de mecs à leurs congénères, en pareille circonstance. J'aime bien, ça me réjouit. J'en tire une certaine fierté, je l'avoue avec amusement. C'est l'un des rares moments où je ressens une communauté de pensée avec les hommes, auxquels je préfère les femmes, sous tous leurs aspects, professionnels ou personnels.

Bref, je joue au coq, mais je souffre du bras et je l'exprime. Il faut que je voie un toubib. Riviéri rechigne, mais appelle le Samu. En attendant leur venue, il nous demande une reconstitution, sous l'œil de plusieurs flics, dont certains se montrent admiratifs de notre efficacité à neutraliser les truands. L'un d'entre eux affirme que je ferais un bon flic.

C'est la deuxième et, je l'espère, seconde fois qu'on me le dit dans la même journée, après Clara tout à l'heure. De quoi réfléchir…

Là-dessus, le Samu arrive. Une aimable toubib m'examine et décrète que je dois la suivre illico dans son ambulance et à l'hôpital, j'obéis avec joie. Elle ordonne aussi à Clara de nous accompagner pour un suivi post-traumatique. Nous échappons aux flics pour l'instant… Direction l'hôpital où j'espère pouvoir visiter et peut-être emmener Lucille après les soins.

## 17 - Samedi 10 et dimanche 11 août 2019 - Non je n'ai rien oublié

Il faut extraire la balle. Immédiatement, j'imagine la scène de western avec le vieux toubib alcoolique qui va tenter l'exploit, la belle héroïne auprès de moi pour m'éponger le front pendant l'opération, précédée d'une longue rasade bourbon bu au goulot. Au lieu de ça, je bénéficie d'une infirmière anesthésiste, Audrey, jolie, vive et pleine d'humour. Bien plus enivrante que l'alcool, elle me raconte comment on va me soigner, en toute franchise, mais avec tellement de désinvolture et de sourire qu'on en minimise ce qui semblerait redoutable sans sa présence. Bref, grâce à elle on me charcute sans que je m'en aperçoive vraiment. Quand je sors des limbes, le soir est tombé et l'on m'annonce que j'ai obtenu le privilège de séjourner une nuit à l'hôpital. Clara entre dans ma chambre, positive et dynamique comme toujours.

— Ah ! Tu as une bonne mine. On m'a dit que l'intervention s'était bien passée. Tu sais, j'ai prié pour toi.

— Je ne suis pas croyant, mais j'apprécie ton geste. Je comprends qu'il est important pour toi et représente une attention qui me touche. Et toi, comment vas-tu ?

— Bien, j'ai vu un psy. François, jeune sympa, persuasif, beau mec. C'était très instructif. Sinon, ça va, mais je suis une émotive secondaire, j'accuserai le choc plus tard. Mais ça ira, Dieu m'accompagne. Voilà ! L'important, c'est que nous allons pouvoir reprendre le combat et chercher le trésor, en commençant par l'énigme. Je n'imagine pas comment on peut en découvrir la solution. Tu n'aurais pas une idée, par bonheur ?

— Si. Je l'ai trouvée !

— Et c'est ?

— Ah ah ! Je réserve cette révélation pour le moment où nous serons tous ensemble, avec Val, Jenny, et Lucille.

— Ainsi, tu as découvert l'énigme ! Mais tu es génial, comme d'habitude !

— Tu es gentille.

— Non, c'est vrai, tu as toujours de bonnes idées, je t'admire.

— C'est trop pour moi ! Et Lucille ? Quelles nouvelles ?

— Elle se trouve encore ici, mais elle sortira demain en même temps que toi. Je suis passée la voir.

— Alors, comment va-t-elle ?

— Physiquement, elle est bien, malgré quelques douleurs. Mais elle ne m'a pas reconnue. Elle m'a prise pour sa tante.

— Ça promet !

Une infirmière toque deux fois et entre, suivie d'une assistante qui m'apporte mon repas. Clara en profite pour s'éclipser. Mon menu ne vaut pas celui du Tiki, mais on n'est pas là pour faire ripaille. La soignante vérifie des trucs… Je dîne et m'endors dans la foulée.

*

*   *

Après le petit-déjeuner, le médecin me fait ses recommandations et je peux partir.

Il m'est agréable de recouvrer une allure normale dans les vêtements propres que Clara m'a apportés de la villa. Elle les a choisis avec goût, ce qui ne m'étonne pas de sa part. J'ai hâte de retrouver Lucille en même temps que je le crains. La savoir diminuée me chagrine et me blesse.

Après une ribambelle de couloirs et d'ascenseurs, nous arrivons à sa chambre. Je toque et pousse la porte.

La fille magnifique, la flingueuse, la reine n'est plus qu'une petite chose recroquevillée dans un fauteuil roulant. C'est encore pire que je le pensais. Quelle horreur ! Rogiès va le payer cher, il peut compter là-dessus.

— Bonjour Lucille. Je suis Youri. Nous rentrons à la maison.

— Celle de ma tante ? comme j'ai l'air ahuri, elle précise en montrant Clara du menton : la vieille dame.

La « vieille dame » doit apprécier.

— Non, la mienne. Je possède une villa où tu vis avec moi.

— Ah bon ? Tu es mon mec ? J'ai du mal à le croire, tu n'es pas mon genre. Je ne m'intéresse qu'aux hommes jeunes et à la virilité évidente, un peu machos.

Elle est morte de rire. Je n'imaginais pas que mon calvaire allait revêtir cette tournure. La prochaine fois, je me déguiserai en orang-outang. Soudainement, elle se replie sur elle-même, prostrée, et ferme les yeux. Un médecin entre dans la chambre et m'offre un résumé de la situation : Lucille apparaît parfaitement remise physiquement, mais amnésique suite au choc, un état probablement temporaire… Il me refile une brassée d'ordonnances et de formulaires à remplir pour la suite. Nous pouvons partir. Lucille finit par accepter de se lever et nous sortons pour rejoindre le SUV rouge de Clara.

Pendant le trajet, Lucille est restée silencieuse et renfermée sur elle-même. À l'arrivée à la villa Maboul, elle se jette sur son lit en s'étirant comme une chatte.

Elle s'assoit en tailleur et plante ses yeux noisette pailletés de vert dans les miens, alors qu'elle avait fui mon regard jusqu'à présent. Elle sourit.

— L'ai-je bien joué ?

— Non ! Tu simulais ?

— Hé oui mon gars ! Même toi tu m'as crue.

Comment a-t-elle osé ? Je me jette sur elle pour la corriger d'une bonne fessée pour toute l'inquiétude qu'elle m'a causée, mais elle se défend comme une tigresse et, diminué par ma douleur au bras, je me retrouve sur le dos, elle juchée à califourchon sur moi, victorieuse.

— Alors ? J'attends des félicitations ! J'ai réussi à tromper tout le monde, toi compris, pour éviter les questions gênantes.

— Bravo Lucille !

Nous fêtons sa prouesse à notre manière habituelle.

*

* *

En fin de matinée, Lucille et moi rejoignons la cuisine où nous attendent Val, Jenny et Clara, assis sur les hauts tabourets bordant le long plan-snack, une sorte de table. Tout est immense dans cette maison et pratiquement d'origine, sauf cette pièce, refaite à neuf selon les désirs de Lucille.

La table est jonchée de bouteilles de champagne, de mégots artisanaux et de nourriture variée comme aux grandes heures des années 70-80. Juchée sur une étagère, Spaghetti découvre l'ambiance, qui s'apparentant plus à celle d'une taverne que d'un confessionnal, n'est pas à la tristesse. Val entonne du Charles Trenet, Jenny l'accompagne en tapant des mains et en reprenant le refrain de sa voix grave, tout en secouant sa crinière rousse et frisée. C'est approximatif, mais mignon. Clara, toujours maîtresse d'elle-même, déguste en silence des petits-suisses arrosés de Veuve Clicquot. Quand ils jugent que Trenet s'est suffisamment retourné dans sa tombe, les chanteurs se taisent pour s'empiffrer de friandises gorgées de graisses saturées et d'additifs sournois. Soudain, Jenny, du fond de son ivresse, prend conscience de ma présence :

— Hé ! Youri est arrivé !

Val me contemple avec ébahissement, comme si j'étais un Martien descendant de sa soucoupe.

— Tu es là ! Alors, on va enfin savoir où se trouve le trésor !

Jenny scande : « Le trésor ! Le trésor ! » en tapant des mains et tous l'imitent, y compris Lucille, le regard cependant moqueur, voire sarcastique. Ils sont chauffés à rouge – c'est ce qui a dû leur donner soif. Clara en est la cause : elle ne cesse d'annoncer depuis notre retour que j'ai découvert la clé de l'énigme et que je suis génial. Elle a si efficacement fait monter le suspens que – maintenant qu'ils se sont aperçus de ma présence – je suis le roi de la fête, le DJ star juste avant d'appuyer sur le bouton « start » de sa Technics. Je lève mon verre.

— À nous, qui passons toujours entre les gouttes !

— À nous !

Reprennent-ils en chœur, hilares par l'effet de l'alcool. Un ennemi de la santé, cependant. Tout ce qui est bon fait du mal. Quelle démarche de pensée le Créateur, s'il existe, a-t-il eu en instituant cette règle ? Quel était son motif ? Bref, ça ne m'empêche donc pas de lever ma coupe de champagne, à l'imitation de Clara qui proclame :

— Et au trésor !

Nous répondons à pleine voix, dans le désordre, en riant niaisement pour ceux qui ont déjà éclusé quelques verres, en choquant le cristal, en applaudissant, en faisant tomber à grand bruit une boîte métallique de biscuits pour l'un d'entre nous (moi, en la circonstance). Bref, un tintamarre digne d'une répétition de Carmina Burana par une fanfare municipale.

Soudain, Jenny s'énerve en élevant le ton. La picole la rend vulgaire.

— Fermez vos gueules, Youri va parler !

Le silence s'établit. Du coup, je m'apprête à m'exécuter quand mon téléphone sonne. La voix grave de José Kelly résonne dans l'appareil, l'ex-star yé-yé du 45 tours reconverti dans l'ambiance musicale de casino façon crooner. Il retrouve depuis quelque temps les faveurs du public grâce à la nostalgie des jours heureux, occupation à la mode d'une époque grave, à l'avenir inquiétant. Lucille l'a contacté récemment à propos du sbire de Roudoni, amant de Franck Mithois, également musicien.

— Youri, je suis dans la merde.

— Dans quel genre ?

— Genre un flingue sur la tempe et c'est pas une image. Un monsieur souhaite te parler.

— Passe-le-moi.

— Non, de vive voix, chez moi, maintenant. le volume

de sa voix s'élève soudain : Ne viens pas… Hou !

Un bruit de coup. Il a dû déguster. Une autre voix :

— Évidemment seul, sans arme et sans flic. Sinon, couic.

La conversation se coupe. Le mec parlait avec un accent chantant, reconnaissable entre mille : l'accent bordelais, unique, à l'image de leur vin. Comme ils disent par plaisanterie : « Nous, on prononce tout, on a les moyens ». Autour de la table, ils me regardent tous sans comprendre, mais se doutent d'un truc pas ordinaire. Je leur explique. Évidemment, tous veulent venir, y compris Val et Jenny, tellement imprégnés d'alcool que s'ils arrivent à tenir debout, c'est vraisemblablement grâce à une intervention divine. Je leur interdis formellement. Clara, par contre, supporte remarquablement le champagne, Lucille et moi n'avons pas bu, du coup. Nous allons partir en mission tous les trois, mais comment aborder la situation ? Qui allons-nous trouver ? Je parierais sur Jules, déjà pour l'accent bordelais, et puis, c'est le seul qui reste en course, une fois Roudoni et Rogiès éliminés. En outsider, on évoquera les espions désignés par Riviéri, mon flic domestiqué. Mais jusqu'à maintenant, on n'en a pas vu la queue d'un. Peut-être parce que ce sont des pros dissimulés dans l'ombre…

— Je pense que nous allons tomber sur Jules, le vieux broc et son complice. Selon Riviéri, il s'agit de bras cassés minables. Mais armés d'un pistolet-mitrailleur ils peuvent faire du dégât. Et ils tiennent José en otage. Nous devons faire preuve de doigté, de prudence et de décision. Ils sont deux.

L'un doit surveiller les abords et l'autre se trouver avec José, mais où ? Il nous faudrait un drone.

— J'en ai un, affirme Clara en levant la main.

— Et tu sais t'en servir ?

— Oui, Roudoni m'avait formé, il espérait pouvoir m'utiliser pour une occasion que j'ignore. Il est encore rangé dans mon coffre.

— C'est silencieux ?

— Oui, souviens-toi de la rue des Chétis, nous ne l'avions pas entendu. Et surtout, on ne s'attend pas à voir un drone surgir. Dans le futur, ça risque de devenir banal, mais nous n'en sommes pas là.

— Parfait, tu l'as bien vendu. Un détail, quelle est sa portée ?

— Je ne sais pas exactement, mais il faut être rapide, on ne dispose que de trente minutes d'autonomie.

— Je pense qu'on peut s'approcher en restant à couvert. José Kelly vit au milieu des pins, à Saint-Augustin, dans un coin isolé. Malheureusement, un seul chemin de sable y mène, facile à surveiller.

— Alors, il faut emprunter une autre voie. Les bois de pins sont rarement inextricables, on devrait y trouver un passage.

Clara n'a pas tort.

— En effet. La meilleure tactique consiste à former deux équipes. Vous deux, Clara et Lucille, vous traversez les bois et quand vous êtes prêtes à opérer, j'arrive par le chemin normal avec la Range, sans me cacher. À partir de là, vous observez la situation avec le drone. Eux, ils me voient approcher et me surveillent : je monopolise leur attention. C'est là que vous intervenez par surprise pour les neutraliser.

— Je remarque deux problèmes à ton plan. Primo, je ne souhaite pas travailler avec Clara et secondo, en y allant à visage découvert, tu vas te faire massacrer, d'autant que tu es handicapé par ton bras.

— Pas du tout, puisque vous allez vous interposer, vous deux, mes drôles de dames. J'attendrai votre signal pour parcourir la dernière partie du trajet. Mais assez perdu de temps, avançons. Et examinons la carte satellite pour nous faire une idée de la première approche.

Lucille grimace de dépit, mais n'insiste pas. Clara la considère d'un œil ironique que la flingueuse fait mine d'ignorer.

L'écran nous montre une amorce de chemin à l'arrière du ranch de José Kelly. Il reste encore trois cents mètres à parcourir, mais on devine la présence de sentiers entre les pins. Lucille examine sérieusement les abords.

— Ça n'a pas l'air sorcier, nous avancerons au maximum avec ma Méhari, qui se trouvera aussi à l'aise sur le sable qu'un poisson dans l'eau.

— Vous partirez donc les premières et j'attendrai dans un chemin discret que vous soyez en place. Vous m'envoyez alors le feu vert par téléphone. J'y vais et je maintiens la communication établie pour vous offrir le reportage jusqu'à mon arrivée au ranch, car, ensuite, je crains qu'ils ne me le confisquent. Si je peux, je donne un coup de Klaxon à mon entrée dans la cour. Après, nous devrons improviser.

Lucille avance, sans y croire :

— Et si on laissait ce travail à Riviéri ?

— Nous devons éviter que les flics de la PJ entendent encore parler de nous. Ce n'est que si notre opération tournait mal qu'il faudrait appeler Aldo. elles opinent. Clara, tu utiliseras mon Glock, je ne peux l'emporter, ils le repéreraient aussitôt. N'oublions pas les munitions, Lucille, c'est ta partie.

— Je gère. Tu crois qu'il sera inévitable de les flinguer ?

— Mieux vaut l'éviter, mais en cas de nécessité, n'hésitez pas à recourir à la légitime défense.

— Comme disait tante Suzy : « Tu te baigneras quand tu sauras nager. »

— Je ne vois pas le rapport. Et cette phrase est de José Artur.

— Je m'en fiche, c'est par tante Suzy que je la connais.

Nous prenons la route avec les outils. Pour moi, c'est restreint, à part un Beretta 6.35 caché sous mon siège. Une arme de poche qui, selon l'adage, « sert uniquement à rassurer son possesseur, mais n'a qu'une utilité réduite, voire une efficacité inexistante ». À la base pourtant, je me revendique pacifiste et non-violent. Mais on rencontre tellement de mauvaises gens qu'il faut bien se défendre.

*

*   *

Une longue ligne droite plus ou moins à découvert précède deux virages dans un bois de pins dense. Ma voiture apprécie ce chemin de sable, un avantage en cas de repli urgent. J'arrive dans la cour du ranch de José en réalisant le reportage pour les filles. Personne en vue. Je klaxonne trois fois. Rien ne bouge.

— Où vous êtes, les drôles de dames ?

— À l'arrière, prêtes à accourir.

— Vous apercevez quelqu'un ?

— À part toi, pas un chat. Ni en direct ni avec le drone.

— Ici non plus. Je vais aller voir.

— Nous arrivons vers toi. Le temps de contourner le ranch.

Je prends mon 6.35, et je descends de l'auto. Pas un mouvement, pas un bruit. Le ranch comprend un vaste hangar en bois sur la gauche, la maison au centre et quelques box pour chevaux sur la droite. Le danger peut venir de n'importe où. Je marche vers la résidence. Trois baies vitrées obscures sur la gauche, une porte d'entrée et deux portes-fenêtres aux volets fermés sur la droite. Je me dirige vers l'entrée principale, j'y arrive quand les filles me rejoignent, à découvert, elles aussi. Pourvu qu'un tireur ne se tienne pas en embuscade, le carton serait facile. La porte pivote sur ses gonds sans se faire prier, je pénètre dans le ranch, les filles sur les talons. Tout est lambrissé et le sol parqueté de bois. Rustique, façon maison de trappeur, on s'attend à voir une carabine 22 long rifle accrochée au mur. Mais ce n'est pas le genre de José, un mec pacifique et anti-chasse, de posséder un flingue. Quoi qu'il en soit, une arme, au moins par destination, est passée par là pour refroidir Jules. Je reconnais facilement le brocanteur, malgré les années, et bien qu'il ait l'arrière du crâne enfoncé, comme le Polonais dans les marais de Saujon. Son pistolet-mitrailleur, tombé à ses pieds, ne lui a été d'aucune utilité.

Nous fouillons la maison sans rencontrer personne. Il reste le hangar dont une partie est transformée en studio de répétition. Nous avançons prudemment. Je pousse la large porte et nous pénétrons dans le vaste bâtiment où le studio, boîte dans la boîte, est installé. Personne en vue. Quelques pas et nous y entrons. Sans fenêtre, il est aussi noir que le cœur d'un huissier. Alors que ma main rencontre l'interrupteur, je perçois un bruit, en alerte rouge, mon 6.35 prêt à cracher sa balle-jouet vers l'origine du son. L'éclairage dévoile José, attaché sur un fauteuil et bâillonné avec du scotch large.

Il roule de grands yeux en nous découvrant. Clara se précipite la première pour le délivrer et nous la suivons. Il a été saucissonné avec du câble de micro que je dénoue sans trop de peine. Les filles s'occupent du scotch, autrement plus délicat à ôter sans blesser José. Elles lui arrachent des grognements de douleur et d'indignement ainsi que quelques cheveux dans l'opération, longue et épineuse, qui s'achève sur un dernier grondement.

José se lève avec difficulté, ankylosé par l'immobilité, s'ébroue et s'étire. Personnage chaleureux, aux coups de blues fréquents, il a 72 ans, mais il ne les fait pas. Balaise, presque aussi grand que moi, il porte beau. Il lui reste des cheveux grisonnants sur les côtés, prolongés par d'imposantes rouflaquettes à la mode des années 70, indissociables de son image publique. Un visage plutôt rond, un nez fort et des yeux noirs, perçants, mais sans hostilité, genre « à qui on ne raconte pas de salades ».

— J'avais beau savoir que vous alliez arriver, je commençais à trouver le temps long, les amis. Au fait : merci !

Il embrasse les filles et moi aussi, je n'en réclamais pas tant de sa personnalité chaleureuse. Il passe à un autre exercice et marche de long en large en bougeant les bras en tous sens pour se débarrasser de son ankylose, tel un moulin à vent ayant reniflé de la poudre blanche.

— José, combien étaient-ils ?

— Un seul, mais le doigt sur la détente d'un pistolet-mitrailleur. Un mec dans la soixantaine, à l'accent bordelais.

— Jules.

— Ah ! Tu le connais ?

— Je le connaissais.

— Tu parles de lui au passé : tu l'as buté ?

— Non, mais quelqu'un l'a fait pour nous. Qui ?

— Comment veux-tu que je le sache ? Tu as observé ma position.

— Qui as-tu vu en dehors de Jules ?

— Mais personne, je viens de te le dire ! Il a débarqué avec son flingue, m'a obligé à te téléphoner, m'a attaché et il est parti. Fin de l'épisode pour moi. Quelle est la suite ?

— Il est mort, l'arrière du crâne défoncé comme un

autre malfaisant de notre entourage et dans des circonstances similaires.

José ricane :

— Vous avez un ange gardien, les amis ! Mais j'ignore qui. Et je ne comprends rien à ce micmac. Pourquoi ce mec s'en est-il pris à moi ? Est-ce à cause de vous, encore embarqués dans des histoires louches ?

— Des méchants en ont après nous et ils s'attaquent à toi. Je cherche la logique.

— Vous les avez volés, ces méchants ?

— Au contraire, ce sont eux qui veulent nous voler.

— Ho ho ! L'enjeu doit être d'importance.

— On le suppose, mais sans certitude.

— On s'entretue autour de vous pour du vent ? J'ai du mal à le croire. Raconte-moi donc l'histoire.

— Je m'interrogeais sur la logique tout à l'heure, je présume l'avoir trouvée. Le lien, c'est probablement le musicos, amant sur commande de Franck, le restaurateur de voitures anciennes.

— Brice. Justement, j'ai eu de ses nouvelles hier. Il m'a téléphoné pour savoir si je préparais une tournée avec un engagement pour lui. J'ai répondu que je le recontacterai et il m'a donné son mail et son 06. Je l'ai senti tendu, sa demande sonnait faux.

— C'est du pipeau qu'il te jouait. Il voulait s'assurer de ta présence chez toi, probablement, affirme Clara. C'est le genre de voyous que Roudoni fréquentait, mais j'ignore dans quel camp il se trouvait. Voilà !

Lucille réplique :

— Nous avions une short list d'ennemis, on les a tous éliminés, d'une manière ou d'une autre. Roudoni a fini à l'hôpital pour un séjour prolongé, Rogiès est peut-être déjà en tôle, Jules et le Polonais sont morts. Qui reste-t-il ?

— Vous avez fait tout ça ? José arrête sa déambulation, du coup. Mais c'est Chicago à Royan ! Le retour des belles heures du passé glorieux de la ville, celles qui lui ont valu cinq étoiles dans le bulletin mensuel du grand banditisme, accompagnées de la mention « On s'y sent chez soi » !

— Non, loin de là, il s'agissait de légitime défense, et dans deux cas seulement : les morts ne nous appartiennent pas. Mais à qui sont-ils ? Tu parlais d'un ange gardien, il utilise des moyens efficaces, mais sévères pour un ange. À moins que ce ne soit un démon qui attende son heure.

Clara lève la main :

— Ne prononce pas ce mot !

Lucille siffle :

— Reste calme, Lilith ! Ou je t'envoie chez Belzébuth et Lucifer.

José lève les bras au ciel :

— Stop, les amies, gardez votre énergie, car vous allez en avoir besoin pour me débarrasser du cadavre.

Lucille se fige, comme foudroyée en plein vol, telle la tourterelle assassinée par les plombs d'un gentil chasseur qui aime la nature et les extrêmes.

— Mais, on t'a dit qu'il n'était pas à nous, c'est ton problème. On est juste venus te détacher, point.

— Il est plus à vous qu'à moi, reconnais-le !

Lucille allume son œil mauvais, plus froid qu'un baiser de sorcière. J'interviens avant que José ne regrette le truand au PM par comparaison avec elle.

— Tout doux. José ne peut solliciter de la main-d'œuvre extérieure pour assurer le job. Nous devons l'aider.

Clara se montre pragmatique :

— Comment procédons-nous ? Je suppose que nous n'allons pas appeler Riviéri.

Après l'intervention « sauvetage », nous voici transformés en croque-mort. Ce n'est pas le rêve de ma vie, mais la tâche s'avère nécessaire.

— En effet, ce ne serait pas prudent vis-à-vis de la PJ. Étudions la situation. José, aurais-tu un endroit favorable au repos éternel de ton visiteur ?

— La forêt, je ne vois rien d'autre. Il faudrait l'enterrer profondément pour que les chiens de chasseurs et des promeneurs ne le retrouvent pas.

— Je ne suis pas chaud. J'imagine d'ici que le préposé au creusement de la fosse ce sera moi. Impossible avec mon bras blessé. Trouve une meilleure idée.

— Je ne suis pas qualifié pour la dissimulation de macchabées ! Je suis chanteur moi. Les seuls cadavres que j'accepte sont ceux que j'ai dans le placard. Les autres, c'est pas mon rayon.

— Hum… Il y a quelques années, j'ai réalisé un reportage sur les « Crevettes Bigeard ». Il s'agit d'une invention française, reprise par plusieurs dictatures. Autant dire qu'il n'y a pas de quoi être fiers. Le jeu consistait à jeter des gens depuis un hélicoptère en mer, les pieds coulés dans une bassine de ciment, lors de la guerre d'Algérie. Vue sous l'éclairage du jour, la technique me semble intéressante pour nous débarrasser de ce pauvre Jules.

José, qui a repris son agitation post saucissonnage, ironise :

— Parfait, fais chauffer le moteur de ton hélico et allons-y. On dira à la tour de contrôle que nous partons perpétuer les traditions françaises, ça devrait leur plaire.

Lucille a compris, elle jette un nom :

— Charlie Moret.

José s'esclaffe :

— Charlie Moret ! Ce prétentieux fini. Sous prétexte qu'il pilote un hélicoptère, il se prend pour Neil Armstrong. Il n'acceptera jamais de trimbaler ton cadavre.

— Pas le mien, celui de Jules pour le moment. Et je crois qu'il acceptera, mais il ne faudra jamais qu'il sache que quelqu'un d'autre que moi est au courant. D'ailleurs, dans notre intérêt commun, tout ce qui se passe ici doit rester entre nous. D'accord ? ils opinent. Je l'appelle, alors, silence !

Je compose le numéro. Une sonnerie… chance, il décroche !

— Salut, Charlie, c'est Youri.

— Ah ! Youri, quelle bonne surprise ! Qu'est-ce qui t'amène ?

— Un truc dans tes cordes. Tu te souviens de l'abbaye ? J'ai la même chose à faire maintenant.

— Ah… Maintenant ?

— Ou tout de suite, si ça t'arrange mieux.

— Je vois. Où dois-je te rejoindre ?

Je lui donne l'adresse et lui précise que je l'attendrai avec ma Range Rover bleue métallisée, à toit blanc au point le plus favorable à son atterrissage, à l'endroit déboisé du chemin. Il arrivera dans quarante-cinq minutes.

D'ici là, il faut charger le colis et l'emballer avec son arme. Je ne veux pas de l'ADN de Jules dans ma voiture.

Un vieux drap fait l'affaire et j'ai déposé une bâche en plastique dans mon coffre. Mais, trimbaler un macchabée n'est pas une entreprise aisée alors que je suis diminué. Bref, on y arrive. La tâche se révèle infiniment désagréable et nous aurons mérité notre trésor, s'il existe vraiment. Car, cette devinette fait peut-être partie d'un jeu mystificateur, qui sait ?

*

*   *

La chaleur est étouffante en cette fin d'après-midi que l'on pressent orageuse pour la nuit prochaine. J'ai arrêté la Range au milieu du chemin à l'endroit propice pour l'hélico, dans la longue ligne droite à découvert. J'ouvre toutes les portes de l'auto et j'attends Charlie, assis sur une butte de sable, sous un groupe de pins dispensateurs d'ombre bienvenue, en buvant du Perrier, volé dans le frigo de José. Le chanteur est sonné par sa mésaventure : il a cru sa dernière heure arrivée, d'abord avec l'arme sur la tempe, ensuite attaché, ayant tout le temps pour se faire du souci en imaginant le pire. Il n'est pas habitué à ça, l'idole des jeunes d'hier. Pour décompresser, il a accepté de séjourner à la Villa Maboul plutôt que de rester seul dans sa maison isolée. En espérant ne pas découvrir de tueurs ou de flics dans nos placards ou notre jardin. Il y a de quoi devenir dingo.

Je suis arrivé largement en avance, mais avec Charlie il faut prévoir de la marge dans les deux sens, c'est un rapide. J'ai fait sa connaissance lors d'un reportage sur un conflit en Afrique, il y a une dizaine d'années. Nous avions loué, avec quatre autres journalistes, un hélico et son pilote pour quelques jours afin de nous rendre au plus près possible des combats. Ce pilote était Charlie. Malheureusement pour lui, l'un de mes confrères, un Anglais, le connaissait comme le Français qui lui avait piqué sa femme et qu'il avait juré de massacrer, entamant une traque de plusieurs mois enfin aboutie. On sentait que ce serment n'était pas qu'une parole en l'air de la part de cet individu déplaisant. Le bougre était un Anglais de modèle courant, sûr de lui et arrogant, considérant le reste de la planète comme bétail à son service. Blond roux, la mâchoire carrée, le poil grisonnant, la cinquantaine. Une mauvaise personne, ça se comprenait au premier regard. Pour l'instant, il se contenait, tant que le reportage n'était pas achevé. Charlie, lui, se montrait d'emblée sympa, bien que conscient de sa valeur. La quarantaine, brun, avec une épaisse touffe de cheveux assemblés en larges boucles, il était d'un contact facile et chaleureux. Genre bon copain, toujours prêt à offrir un verre et à raconter des anecdotes, vraies ou fantasmées. Balaise, sportif, mais pas un guerrier : un doux. Une complicité était née entre nous au cours de ces quelques jours, en opposition à l'Anglais que nous avions surnommé « l'Abbaye », son nom étant Westminster. Un jeu de mots à nous.

Un soir, j'étais arrivé le premier pour le rejoindre à l'hélico avant de rentrer à l'arrière pour la dernière fois, les reportages étant achevés. Nous bavardions, quand le Britiche avait surgi, mauvais comme un huissier avec un miséreux. Abject, l'insulte à la bouche, il était énervé par l'alcool dont il empestait. Charlie s'est levé avec un poignard dont il s'était muni, craignant justement une confrontation avec le rosbif, au gabarit nettement supérieur au sien et bien plus méchant que lui. Je me trouvais entre les deux, debout également. L'Anglais approchait à pas rapides, l'air mauvais du sale con buté affiché sur le visage. Pour le neutraliser, j'ai tendu la jambe au bon moment et l'autre est parti en vol plané. En même temps, Charlie s'est avancé avec son poignard, en geste de défense, mais il a rencontré le cœur de l'anglais. Un instant plus tard, on aurait eu du mal à trouver quelqu'un qui soit davantage mort que lui.

Charlie était affolé, persuadé que les autres journalistes allaient le dénoncer et que l'histoire finirait mal pour lui, spécialement dans ce pays où la vie valait moins cher qu'une montre. Je l'ai calmé et lui ai suggéré de charger le défunt dans l'hélico et d'aller le balancer dans la mer, dont la côte se trouvait à moins d'un kilomètre. Pas de corps, pas de preuve. C'est ce que nous avons fait, car je l'ai aidé. Au retour du largage, nous avons essuyé des rafales d'armes automatiques, mais trop lointaines pour nous inquiéter. Mes trois collègues journalistes nous attendaient au lieu de rendez-vous. À l'atterrissage, nous avons affirmé que Charlie avait eu besoin de vérifier le bon fonctionnement d'une turbine sur un court vol d'essai. Ils nous ont crus. Comme ils avaient entendu les rafales d'armes contre nous, il a été aisé de prétendre que nous ne pouvions attendre l'Anglais face à la progression des combats dans notre direction. Chacun s'est accordé à dire qu'il arriverait bien à rentrer par ses propres moyens.

Le vol retour s'est effectué sans soucis, on s'est dit au revoir à l'arrivée et on s'est dispersés sans trop s'inquiéter du sort de l'Anglais que personne n'appréciait. Auparavant, Charlie m'avait retenu pour me remercier et me promettre n'importe quel service quand j'en aurai besoin. Il m'avait aussi annoncé qu'il quittait l'Afrique, l'ennemi devant qui il fuyait étant mort il n'avait plus de raison de se cacher. Il espérait un avenir dans la promenade en hélico au cœur d'une région touristique. Je lui ai suggéré Royan et c'est ce qu'il a choisi.

Je perçois le sifflement de l'appareil avant de le voir. On ne peut le manquer : noir, orné de larges bandes jaune et orange comme celui de « TC » dans la série seventies Magnum, une fantaisie de Charlie.

Il se pose sans problème et s'extrait de sa cabine, tout sourire :

— Salut mon Youri ! Ça me fait plaisir de te voir et de te rendre service, et aussi de te payer ma dette, enfin ! Alors ? C'est un mari jaloux que tu as dans ton coffre ?

— Pire. C'est un mec qui a collé le canon d'un pistolet-mitrailleur sur la tempe d'un ami pour me faire tomber dans un piège.

— Et c'est toi qui l'as flingué ?

— Je n'ai pas eu ce plaisir, mais quelqu'un lui a explosé le crâne, j'ignore qui. Et c'est la deuxième fois que ça arrive.

— Tu vis dangereusement, toi ! Bon, on y va ? Je ne voudrais pas rester au sol trop longtemps.

Je lui montre le colis. Il ne voit pas de problème.

— Manœuvre ta voiture pour amener le coffre près de la porte de l'hélico. Après, on le charge sur le plancher, entre les sièges avant et arrière, et roulez jeunesse, je m'en occupe.

— Tu ne veux pas que je t'accompagne ?

— Non, inutile. Les portes coulissantes s'ouvrent électriquement. Lorsque j'atteindrai l'endroit idéal, je les ouvrirai, j'opérerai un virage serré, et plouf. Adieu le gêneur. Voici une spécialité que je pourrais développer. Il faut que j'en parle autour de moi pour découvrir si le marché existe.

Il me lance un clin d'œil, j'avais deviné son humour. Nous procédons comme il a dit et moins de dix minutes plus tard il décolle.

Je rentre au ranch et récupère José qui a fini sa valise. Les drôles de dames sont déjà parties avec la Méhari jaune de Lucille. Le chanteur verrouille soigneusement ses portes et nous cinglons vers la villa Maboul. À Vaux-sur-Mer, je repère, dans un coin tranquille, un conteneur à ordures dans lequel je jette la bâche plastique qui protégeait mon coffre.

À la villa, Jenny a l'esprit étonnamment plus clair que tout à l'heure, mais Val ronfle, cuvant l'alcool et la fumée qu'il a ingurgités en quantité déraisonnable, contrairement à son habitude, entraîné par sa copine. Les filles et José sont partis sur la plage de Nauzan pour s'aérer les idées et se rafraîchir dans les vagues. Moi, j'ai préféré prendre une douche, me changer et laver mes vêtements à 60 degrés pour en éliminer l'ADN du mort qui pourrait s'y trouver. À la sortie, Jenny m'attend, charmeuse et tendre, ses yeux gris incandescents… Je résiste à tout sauf à la tentation d'une femme. Elle s'ingénie à me faire parler du trésor en s'aidant d'arguments qu'elle maîtrise subtilement. Je me tais, n'étant pas né de la dernière pluie.

*

*     *

Nous dînons tous dans le jardin, autour du barbecue installé entre les pilotis qui soutiennent la villa. Jenny avait prévu des merguez à faire griller. Depuis son arrivée chez moi, elle a su s'imposer, se rendre indispensable en remplaçant la vieille gouvernante, Roseline Mithois, qui reste cependant à mon service, vivant dans une maison construite dans le vaste parc.

Le rosé coule à flots et l'ambiance devient agréable, José se détend et retrouve son allant et son bagout d'animateur. Évidemment, nous évoquons les événements de l'après-midi. Un peu plus tôt, Charlie m'a envoyé un message d'un seul mot : « fait ». Nous cherchons un sens à tout ce micmac en remuant des idées à n'en plus finir jusqu'à ce que José, lassé, se lève en proclamant, un verre en main :

— Mes amis, comme l'a dit l'immense Daniel Prévost : « Avant de refaire le monde, on va refaire des merguez ! »

Sa proposition est accueillie par des applaudissements et nous buvons en grillant les saucisses dont le fumet ouvrira l'appétit des voisins à des centaines de mètres à la ronde, y compris des végétariens fraîchement convertis à la cause qui se donnent bonne conscience en ne dévorant pas d'animaux. Ils le regrettent cependant en de pareils instants. Quant aux végétariens convaincus, genre cycliste client de Biocoop, ils trouvent dans cet effluve de quoi s'indigner, ce qui leur passe le temps et renforce leur cohésion. Au final, tout le monde y gagne, sauf le mouton.

Le rosé produit son effet et, pendant que le reste de la bande fume des substances illicites, mais courantes en s'extasiant sur les chansons d'Hervé Vilard ou de Jane Manson, José m'entraîne à l'écart.

Comme d'habitude, après quelques verres, le crooner se laisse reprendre par ses chers et douloureux souvenirs. Il les débite de sa belle voix grave au ton désabusé, comme s'il avait tout connu, tout vu et tout bu et en était revenu. Il parle en tirant machinalement les poils de ses rouflaquettes :

— Avec le retour du succès j'ai retrouvé mes fans du passé… Des mecs chauves, et des vieilles dames à cheveux frisottés se définissant comme des mamies. Tu te rends compte ! L'image qu'elles ont d'elles-mêmes n'est plus celle d'une femme, mais d'une grand-mère… Les mêmes avec qui j'avais dansé le slow avant de consommer avec gourmandise leur chair fraîche, jeune et désirable… C'est là que j'ai pris conscience avec effroi de la vitesse du temps qui s'emballe. Un matin au réveil, j'ai décidé qu'avant d'arriver au terminus de la ligne, j'allais profiter de tous les arrêts, de toutes les gares pour m'offrir une parenthèse touristique, jouir des merveilles de la nature. La mer, les paysages vallonnés de la Saintonge, les falaises de Vallières, la magie renouvelée de la campagne vert tendre au printemps. L'effluve des pins de Suzac ou de la Palmyre, qui m'enfonce dans l'âme une douloureuse nostalgie, aussi puissante que l'odeur des feuilles mortes brûlées à l'automne par les jardiniers du temps d'avant. Et les couchers du soleil sur l'estuaire de la Gironde offrant au phare de Cordouan le plus grandiose des shows lumière. Et j'allais oublier (mais où avais-je la tête ?) la douceur des femmes, leur parfum, la pointe dure et tendre de leurs seins, leur goût, leurs soupirs, leurs caresses, leurs yeux, leur sourire… Pourquoi se priver des plaisirs éternels, les seuls qui vaillent qu'on leur consacre le temps qui nous a été distribué ? Le bonheur est dans le pré. Cours-y vite. Il va filer !

Et il pleure sur mon épaule. Me voilà à consoler un mec. Quel rôle de composition ! Heureusement, Lucille me voyant en détresse vient prendre le relais et je peux rejoindre les autres pour m'extasier sur l'œuvre musicale de Stéphanie de Monaco et de Peter et Sloane.

## 18 - Lundi 12 août 2019 - L'histoire du loup dans la bergerie

Décidément, on se retrouve souvent autour du Ricoré avec Clara. Elle me branche sur Jenny.

— Elle me déteste et je la déteste aussi. Nous sommes à égalité.

— Que se passe-t-il avec elle ?

— Elle me déteste parce qu'elle a compris que je voyais clair dans son jeu. Tu sais, j'ai un don de prémonition. Je vois des scènes et des gens en rêve et le lendemain l'évènement dont j'ai rêvé se produit. D'autres fois, je rêve de personnes et le jour venu je les rencontre et il leur arrive quelque chose. Je pourrais te citer des dizaines d'exemples et comme je suis bavarde ça durerait des heures, voire des jours. Jenny, j'ai découvert qu'elle était fausse et elle l'a compris. Il faut se méfier d'elle au même degré que de Judas, un traître. Voilà !

— Tu n'en fais pas un peu trop ? As-tu une autre raison de lui en vouloir ?

— Mais non. Ça n'a rien de personnel. En plus de ma faculté de prémonition, je possède aussi un sixième sens, comme toutes les femmes, mais le mien est particulièrement développé, je dois en convenir. Je sens que Jenny est fausse. Ses gestes, ses attitudes le montrent. J'ai appris le langage du corps et depuis j'observe les gens pour découvrir s'ils mentent, s'ils sont attirés et tous les autres sentiments. Jenny nous trompe tout le temps, je le vois. Voilà !

— D'accord, on ne la met plus dans la confidence tant que nous la soupçonnerons.

— Parfait, je vais aller le dire à Val…

— Pardon, je vais aller lui annoncer. Si tu es certaine de ton idée, va plutôt essayer de convaincre Lucille. Mais attention, je ne veux pas de chasse aux sorcières. Tu ne possèdes pas l'ombre d'une preuve de ce que tu avances. Il faut que tu en découvres. Ce ne devrait pas être trop compliqué si elle est tellement compromise dans une histoire louche.

— Donne-moi carte blanche et je mène l'enquête.

— D'accord, à la condition d'une discrétion absolue. Si elle se trouve finalement innocentée, je ne veux pas qu'elle sache qu'on l'a soupçonnée. De même, si elle est coupable, on ne doit pas l'alerter.

— Je crois que j'aurais pu être une bonne espionne, j'ai

des prédispositions.

— Je l'espère pour toi. Je ne m'oppose pas à ce que tu mènes l'enquête, mais il faut qu'il soit clair entre nous que je ne la sollicite pas. Nous sommes d'accord là-dessus, n'est-ce pas ?

— Évidemment, tu peux avoir confiance en moi.

Je laisse Clara, ses prémonitions et son sens de l'observation pour retrouver Val, miraculeusement levé avant midi. Il évolue dans son antre en agitant sa crinière bouclée, occupé à jongler avec des informations qui m'échappent. Je n'ai jamais compris ce qu'il magouillait avec les réseaux de données, c'est probablement mieux ainsi.

— Salut Val. J'ai besoin de tous les renseignements possibles sur Brice, le musicien qui joue à l'occasion les Mata Hari gay. Je ne possède pour tout indice qu'un numéro de téléphone et une adresse mail dont j'ignore s'ils sont authentiques.

— On va partir là-dessus. Nous allons vite le savoir.

Je lui donne les infos qu'il offre en pâture à ses machines. En effet, le résultat ne se fait pas attendre.

— Les coordonnées appartiennent bien à Brice Zarek.

— Une adresse ?

— Oui, à Paris dans le 16e, rue Rémusat. Mais rien ici. Pour en savoir plus, il faudrait que je fouille encore.

— Ce sera long ?

— C'est la loterie. Cinq minutes ou une heure.

— Je vais me montrer optimiste et patienter cinq minutes.

En l'attendant, je fais du ménage dans mes mails. J'en détruis les deux tiers sans les lire et range la plupart de ceux qui restent dans le dossier « à lire » que j'ouvre seulement les jours de désœuvrement pour y découvrir des missives obsolètes que je jette illico. Je ne conserve que les plus détestables : impôts, assurances, factures, avis d'échéances et autres messages n'aidant pas à l'extase. Mais aussi les plus agréables : mots de lecteurs admiratifs et de femmes amoureuses essentiellement. Dans un nombre inférieur, hélas alors que ce sont les seuls qui justifient l'existence des messageries, tellement inutiles, pénibles et chronophages par ailleurs.

Ne percevant plus de mouvement du côté de Val, je soulève le nez de mon écran, pour découvrir qu'il s'est endormi, sa longue carcasse affalée sur la table. Je me lève pour le secouer.

— Tu ne te fatigues pas, toi !

— Et pourquoi je me fatiguerais ? Pour te ressembler ? Comme tu étais occupé, je n'ai pas voulu te déranger, et voilà comment tu me traites !

— Désolé Val, mais je suis pressé. Les morts s'accumulent et je ne souhaite pas rejoindre la file d'attente pour le paradis ou l'enfer. Alors, qu'as-tu découvert ?

— Brice Zarek se trouve à la Grande Côte. C'est tout ce que je sais. Je peux le pister, mais rien de plus, son appareil est un modèle basique, téléphone et SMS seulement. C'est malin, on ne peut pas le pirater s'il n'utilise pas d'informatique.

— Tu l'as retrouvé, c'est déjà bien. Je préviens Lucille et

nous partons, prépare ce dont tu as besoin. Ah! Un truc, n'en parle pas à Jenny.

— Pourquoi?

— Une idée de Clara.

Un cri de rage et Jenny émerge d'un lit que je découvre, à peine caché derrière un bureau. Ça ressemble bien à Val d'avoir installé un lit dans son antre! Jenny est nue et fâchée, ses cheveux roux frisés en bataille:

— J'en étais sûre! Cette sorcière me déteste. En plus, elle est jalouse, cette folle, et elle raconte n'importe quoi. Tu savais que c'était une adepte de la théorie du complot? Tu juges du niveau. Qu'est-ce qu'elle t'a dit sur moi?

— Elle m'a parlé de rêves prémonitoires qui te rendraient suspecte à ses yeux.

— J'espère que tu comprends ce que ça signifie: elle est bonne pour l'asile. Mais toi, tu lui fais confiance, alors là, je ne me l'explique pas! Tu n'es pas idiot quand même. À moins qu'elle te plaise? C'est ça! D'ailleurs, la preuve: tu n'as jamais revu Christian pour qui tu as recherché et retrouvé cette femme. C'est quand même son mec et le père de Lucille!

— Écoute, je suis désolé de ce climat entre vous et je déteste jouer les arbitres. À propos de Christian, je l'ai prévenu de la « libération » de Clara. Qui fait ce qu'elle veut de sa vie: je ne vais pas la prendre par la main pour l'emmener voir Christian. Assez parlé, bougeons maintenant. Préparons-nous et partons.

Je remonte à l'étage, où je croise Lucille qui rentre de la

plage après son bain matinal, ses cheveux bruns encore mouillés. D'une grâce éclatante dans son bikini rouge mettant en valeur sa peau bronzée, si tentante. Mais l'heure n'est pas à la volupté, hélas. La belle est ravie de partir au combat, ses yeux noisette pailletés de vert brillent de plaisir. Les armes, dont elle a pris la charge, sont nettoyées, entretenues, rangées dans un placard et prêtes à l'utilisation, on peut lui faire confiance.

Elle revient un quart d'heure plus tard, accompagnée de son parfum chic, en jean et tee-shirt noué sur le ventre, offrant l'image irrésistible de son nombril. Elle porte une sacoche de cuir, munie d'une large sangle, qui contient les armes et les munitions – pour lesquelles nous possédons les autorisations officielles. Elle la dépose dans la voiture que j'ai sortie dans l'allée. Val y a jeté aussi tout un barda qu'il déballe et connecte. Jenny insiste pour venir. C'est le moment ou José Kelly nous croise, remontant de la plage, en chemise hawaïenne rouge à larges fleurs de magnolias blanches et jaunes. Affable, comme toujours, il a le sourire aux lèvres.

— Salut les amis ! Quelle chaleur de bon matin ! Ah ! Je vois que vous partez en expédition avec armes et bagages. La routine, quoi ! Faites gaffe quand même.

Il nous considère avec un brin d'admiration et, comprenant qu'il dérange, s'éloigne avec la main levée et les doigts croisés. Je refuse à Jenny l'autorisation de nous suivre, c'est trop risqué pour elle. Ses yeux gris prennent une tonalité d'orage, mais, comme Lucille m'approuve, elle n'insiste pas. Après, nous attendons que Val soit opérationnel, ce qui me laisse le temps de réfléchir. À vrai dire, ce bain d'adrénaline continuel commence à me lasser et ma blessure me fait souffrir… Je m'en ouvre à Lucille :

— La routine, disait José ! C'est pas faux, mais j'en ai marre de vivre comme dans *Pulp Fiction*. Je suis un doux et je rêve de calme, de luxe et de volupté… Tu sais ce qui me ferait plaisir ? Une soirée paisible avec toi, à contempler la lune scintillant sur la mer, installés sur la terrasse d'un restaurant chaleureux, presque désert. Imagine : une température idéale, une odeur d'été le soir tard flotte dans l'air, le ressac nous offre sa chanson… Nous avons beaucoup bavardé et ri, maintenant nous allons rentrer pour nous caresser toute la nuit.

— J'approuve ton programme à cent pour cent. Mais pour le réaliser, nous devons retrouver un assassin. Avant qu'il ne nous retrouve.

— C'est pourquoi je suis prêt à partir. Mais je n'en pense pas moins.

Je remâche quelques idées négatives en m'installant au volant. Val a achevé ses bidouillages et nous mettons le cap sur Saint-Palais et sa Grande Côte, un endroit qui me plaît, ça me réchauffe le cœur. C'est l'une des plages les plus appréciées de la région depuis 140 ans. Jadis, c'est-à-dire jusqu'à la Seconde Guerre, de nombreux navires naufragés de toutes tailles finissaient posés sur le sable de grève, prêts à reprendre la mer à la prochaine grande marée, quand ils avaient de la chance. Les progrès techniques ont gâté le plaisir de ce spectacle original qui attirait – même en plein hiver – des centaines de badauds, voire des milliers pour une belle pièce comme un cargo.

Qui allons-nous découvrir à la Grande Côte ? Brice Zarek. Nous ne savons rien de lui, si ce n'est qu'il nous a espionnés, peut-être pour le compte de Roudoni. Ce mot d'espionnage revient encore. Et si, en fait, Brice Zarek était un espion ayant réussi à se rapprocher de nous via Roudoni, ce qui serait un comble ? J'annonce le résultat de mes cogitations à mes coreligionnaires en maboulie.

— Pas con, juge sobrement Val.

— Compliqué, ton scénario. Pour moi, c'est une légende urbaine, ce pèlerinage d'espions...

Lucille est interrompue par mon téléphone Bluetooth, concession à la modernité dans ma Range vintage. C'est Riviéri.

— Monsieur Aldo, que me vaut le plaisir de ton appel ?

— Une partie de pêche. Un mec retrouvé dans l'eau avec le crâne défoncé exactement comme le Polonais dans la masure des marais de Saujon. J'ai pensé que tu serais peut-être au courant de quelque chose.

— Tu parlais d'une partie de pêche, pourquoi ?

— On a jeté son corps en mer, alors qu'il était déjà mort. Peut-être d'un hélicoptère. Beaucoup volent dans ce secteur, ceux du pilotage de la Gironde, les hélicos de promenade et souvent des appareils de chaînes de télévision tournant autour du phare de Cordouan. Tu es informé de quelque chose ?

— Non, mais qui est ce mec, le sait-on ?

— Il n'est pas identifié encore. Autre chose : Youri, tu ne t'es pas montré franc avec moi. Tu as balancé toutes les infos sur Rogiès à tes copains journalistes, sans t'en vanter.

— De quoi te plains-tu ? Tu en as eu la primeur, et c'est un sacré morceau. Et le public a le droit d'être mis au courant de cette affaire, comme dans toute bonne démocratie qui se respecte. Je n'ai aucun doute sur le fait que tu tomberas d'accord avec moi.

— Siffle, beau merle. Je sais que tu me caches quelque chose. Je te sens franc comme un âne qui recule.

— Je n'ai rien à cacher, d'ailleurs je me promène avec des amis, au bord de la mer. Je te laisse.

Et je raccroche. Lucille s'insurge :

— Il est bien ton copain ! Lui non plus n'est pas honnête, car il a probablement identifié le broc retrouvé en mer… Ce n'est quand même pas de chance que sur une pareille étendue d'eau on ait récupéré son cadavre.

Elle nous montre le magnifique spectacle de l'océan, sur la gauche de l'avenue de la Grande Côte. Sa réflexion m'évoque une phrase de Patrice de Mac Mahon, ancien président de la République, un stradivarius de la pensée française :

— Et dire qu'on en voit que le dessus !

Val se manifeste :

— On approche de l'objectif.

Sur notre droite, face à l'Atlantique, défilent des commerces, des villas et des campings. Je roule au ralenti, ce qui agace prodigieusement les conducteurs qui me suivent et vont perdre au moins trois secondes pour arriver à la plage. Sur l'indication de Val, je me gare sur une place qui se libère miraculeusement, devant un magasin de vêtements comme on en rencontre des centaines sur la côte. Val reprend :

— Je ne peux pas donner de position plus précise. Il se trouve quelque part par ici, potentiellement dans le camping que nous venons de dépasser.

— Allons-y.

Munis de chapeaux, casquettes et lunettes de soleil pour nous dissimuler, nous pénétrons dans le camping implanté sous les pins, bondé de touristes en cette saison. Nous passons inaperçus dans cette foule de vacanciers déambulant en tenue décontractée ou en maillots de bain. Nous découvrons un établissement classique, à l'ancienne, pas comme ces complexes tenant plus du club Méditerranée que de la simple location d'un bout de sable pour y planter sa tente ou caler sa caravane. Il est cependant pourvu d'une épicerie-bazar proposant la classique bimbeloterie balnéaire : pelles, seaux, bateaux gonflables... Un bistro-resto-marchand de glaces est installé dans le même vaste bâtiment de bois, offrant une trentaine de tables posées sur un plancher à l'abri d'un auvent. En cette fin de matinée, les frites mélangent leur parfum à celui des huiles solaires répandues par les nombreux chalands de tous âges. Pas de Brice Zarek en vue.

Une serveuse au visage quelque peu ingrat, mais au corps intéressant, est omniprésente. Vive, le mot pour rire aux clients, mais avec un peu de distance. On a dû la choisir pour tout ça. Elle se trouve juste à l'endroit idéal pour elle. À sa place.

Un barbu replet, aux poils courts, à la peau sombre, luisante sous l'effet de la chaleur, fait office de cuistot et occasionnellement de serveur, ce doit être le patron. Lui, il n'est pas souriant, plutôt du genre renfrogné, mais il a quelque chose d'attirant, de rassurant. Ce doit être un copain sympa, celui des virées impromptues entre mecs, dont on sort vaguement honteux, après avoir beaucoup mangé, bu et ri bêtement en se tapant dans le dos. Il doit sentir cette odeur d'homme à la propreté intermittente. Un brave garçon. Je lui montre la photo de Zarek après avoir ôté mes lunettes de soleil, histoire d'avoir l'air honnête et convaincant.

— C'est un ami en vacances dans un camping du secteur, mais je ne sais pas lequel. Vous ne l'auriez pas vu ici, par hasard ?

Il considère mon écran et hausse les sourcils. Il crispe ses lèvres et je comprends à son œil qu'il le reconnaît.

— Jamais vu, c'est pas un de mes clients.

Lucille a également repéré son trouble. Nos regards se croisent. Elle a une idée en tête, je devine laquelle. Elle m'entraîne, pour souffler :

— Tu as vu ? Il retourne souvent dans son arrière-boutique. Je vais chercher une entrée par l'arrière et l'attendre à l'intérieur. Je lui poserai la même question que toi, mais d'une manière plus persuasive. Il aura peut-être moins de pudeur à se confier à une femme.

— Pendant ce temps, je vais occuper la serveuse.

— Je te fais confiance.

Elle vient d'encaisser le dernier client de la file d'attente et se tourne vers moi, le regard interrogateur. Je lui offre mon plus beau sourire, accompagné d'un œil appréciateur, mais poli, pas le genre dragueur, certaines s'en effarouchent. Pas le genre macho conquérant non plus, bien que d'aucunes goûtent ce style. Elle m'accorde en retour un sourire charmant, de la même intensité. Je lui montre la photo et lui sors le baratin du copain recherché. Elle s'écrie :

— Ah ! Mais c'est monsieur Zarek, le propriétaire du camping, il habite dans la grande villa, au fond du terrain. Mais il déteste être dérangé, je vous préviens.

— Ne vous inquiétez pas, je le connais. Merci beaucoup mademoiselle. je lui offre encore un sourire… Lucille est de retour, nous sortons et je lui annonce :

— C'est le patron du camping, on le trouve dans sa villa. La serveuse me l'a dit gentiment. Elle a ajouté qu'il n'est pas commode.

— Le bistrotier m'a appris la même chose, gentiment également, pour éviter une seconde estafilade de mon poignard.

Nous retrouvons Val, qui attendait à l'écart, assis dans le sable au pied d'un pin qu'il utilise comme dossier. Non-violent à l'excès, il craint nos comportements expansifs. Nous empruntons l'allée centrale du camping, ruban de macadam sur sable, slalomant entre les pins. Elle nous mène à un mur d'enceinte élevé, percé d'un portail métallique, imposant, haut et solide, recouvert de peinture grise brillante. Il est agrémenté de plusieurs caméras et d'un interphone. Nous passons au large, comme des habitués du lieu rejoignant leur combi aménagé en sweet home.

L'allée, après un virage à gauche, longe le mur d'enceinte de la villa Zarek et nous conduit à une sortie alternative du camping donnant sur une rue tranquille, bordée de maisons cossues. Dans le mur de celle de Brice Zarek, un second portail apparaît identique au premier, également bardé de caméras.

— Il possède une villa défendue comme une forteresse, notre Zarek. On ne s'attend pas à voir un musicos courant le cacheton vivre là-dedans.

— En tout cas, pour y entrer discrètement ça semble compliqué.

Lucille est déçue : elle se voyait déjà dégainer son Colt. Brusquement, elle se tourne vers Val :

— Tu pourrais ouvrir un portail ?

— Probablement. Mais il y a surtout le problème des caméras à désactiver. Ça risque de me prendre un bon moment.

— Par les cornes de Satan ! Je t'ai pourtant vu craquer les caméras municipales le temps de dire « supercalifragistique » !

— Parce qu'elles n'étaient pourvues que d'une protection minime. Ici, ce sera potentiellement plus compliqué.

— Je suis d'avis que tu entreprennes ce chantier maintenant. Mais, dans le même temps, Lucille et moi allons chercher des informations auprès des responsables de la boîte.

— Du coup, je dois récupérer du matériel à la villa. Il faudrait m'accompagner, je reviendrai avec ma Fuego.

— Allez-y, Lucille et toi. Moi, je vais retourner voir la serveuse pour récolter des infos.

— Ben voyons, siffle Lucille pendant que Val ricane. Tu vas joindre l'utile à l'agréable.

*

*  *

Elle a beaucoup de charme, de présence et une silhouette qui ne laisse pas indifférent à défaut d'un profil de top-modèle. La serveuse m'offre un sourire d'emblée en me voyant revenir. Elle a des yeux roux, assortis à ses cheveux, un visage carré, mince, avec un côté mystérieux, rêveur. J'ai le temps de la regarder, dans la file d'attente. Elle travaille dans la gaîté et met de l'animation dans la boutique tout en calmant les râleurs d'un mot. Genre, celui qui affirme être arrivé avant l'autre, l'ignoble spoliateur de place dans la file. Pour certains, se trouver en tête de quelque chose ne serait-ce que d'un troupeau d'humains au feu rouge ou dans un magasin constitue l'évènement de la journée, l'instant de fierté que l'on va revivre en boucle avec plaisir jusqu'au moment de s'endormir, bouffi d'orgueil par son exploit.

Je remarque que le barbu a disparu, remplacé par un jeune brun frisé, basané, l'air heureux de vivre.

Bref, mon tour arrive et je commande un panini. En payant, je peux demander discrètement un papier et un stylo à la fille. Quand elle me les propose, je lui dis :

— Non, c'est pour vous, donnez-moi votre numéro.

Je lui fais le mien, regard et sourire coordonnés. Elle griffonne son 06 et me tend le papier sans hésitation, avec une flamme moqueuse dans l'œil. Elle m'annonce, à voix basse :

— Je termine à 14 h 30.

Sur une dernière œillade, je m'échappe avec mon panini, en proie à une certaine mauvaise conscience. « Pas d'états d'âme », a affirmé Lucille. Mais que vais-je faire avec cette fille ? Je passerai volontiers un moment agréable avec elle, mais je vais devoir la questionner sur Brice Zarek, ce qui gâche tout.

Je sors du camping pour aller faire un sort au panini, assis sur un banc, en regardant la mer. Le paysage se révèle d'une splendeur qui me transporte de bonheur chaque fois que je viens ici. L'océan, sans limites, brillant sous le soleil, ponctué par le phare de Cordouan, planté sur son île de poche au sable jaune, les rochers, le parfum de la criste-marine froissée entre mes doigts… Si le paradis existait, il ressemblerait à ça. Sauf que là, je sens quelque chose de métallique qui s'appuie sans tendresse contre mon cou. Une arme de poing, vraisemblablement. Une voix d'homme, à l'amabilité menaçante :

— Tout va bien se passer si vous y mettez du vôtre. Debout !

Voici des problèmes prévisibles depuis longtemps qui se

présentent. Je me lève sans enthousiasme, essayant d'évaluer la situation. Le mec me tient en joue avec une chose planquée sous une serviette de bain. C'est un costaud bas sur pattes, dégarni au sommet d'une tête cherchant à paraître aimable sans y parvenir. Arrêté au ras du trottoir, un énorme SUV américain noir nous attend, un Cadillac Escalade. Sur la droite, le flot des voitures en provenance du centre s'écoule. Parmi elles, je repère la Renault Fuego rouge de Val qui revient avec son matos. J'ai la sensation qu'il me regarde à travers le reflet du soleil sur ses vitres. Je n'ai aucune marge de manœuvre avec mon porte-flingue, et l'impression assez nette d'être pris dans la nasse. La porte arrière de la voiture s'ouvre et un autre affreux m'offre un sourire grimaçant, la main tendue vers moi, pour me faire signe d'avancer en agitant ses doigts. Des coups d'avertisseurs résonnent sur accompagnement d'invectives. La Fuego vient se garer au cul du SUV en klaxonnant joyeusement et longuement. Jenny en sort comme un diable de sa boîte en criant :

— Hou hou ! Youri !

Elle s'élance vers moi en claironnant comme une folasse extravagante :

— Youri, mon chéri ! Quelle chance de te trouver ici !

Tous les promeneurs nous regardent ainsi que deux flics à vélo appartenant à la police municipale qui se dirigent vers nous. Le gorille me lâche le bras avec un geste d'humeur et s'engouffre dans le Cadillac qui démarre sur les chapeaux de roues en manquant estourbir les shérifs municipaux au passage. Ils nous oublient un instant pour relever la plaque des méchants. Nous en profitons pour grimper dans la Fuego. Val réalise à nouveau un magnifique demi-tour en déclenchant encore l'ire des automobilistes et les gesticulations des deux flics que nous feignons d'ignorer. Ce n'est pas leur jour.

Val s'amuse beaucoup au volant de son antiquité resplendissante comme si elle sortait d'usine. Finalement, il la stationne sur un étroit parking étalant son macadam entre deux maisons, proche de notre objectif. Jenny et moi sortons de la voiture pour laisser Val répartir son matériel sur les sièges. Un chemin de sable bordé de rares villas mène à la forêt, Jenny m'y emmène. Elle me raconte, de sa voix grave, que c'est elle qui m'a repéré en difficulté, qu'elle a ordonné à Val de faire demi-tour et de klaxonner.

— Tu as été parfaite, tu m'as sauvé de griffes de ces truands : je te remercie. Grâce à tes réflexes et ton intelligence, j'ai échappé à de vrais désagréments.

Il ne faut jamais hésiter à prononcer ce genre de mots, les gens adorent ça. Surtout quand c'est vrai et juste. Elle me regarde, ses yeux gris pétillants de plaisir, se jette à mon cou et m'embrasse. C'est le bonus d'une opération gagnant-gagnant, comme jargonnent les élites, l'un de leurs tics de langage à la mode en 2019. Mon iPhone nous laisse le temps de jouir de l'instant avant de sonner, c'est Val :

— Il vient de sortir, je piste grâce à son téléphone. Si tu veux le voir, ce sera plus simple à l'extérieur, probablement. Et je me doute de ce que tu fais avec Jenny. Et Lucille et Clara sont arrivées.

Il parle d'un trait, avec son habituelle nonchalance.

Nous rentrons vers l'auto pour les retrouver, tant pis pour mon rencard avec la serveuse attirante. Tous les trois nous attendant au débouché du chemin. Jenny, perverse, rit aux anges en sautillant près de moi, provoquant la danse de ses cheveux roux frisés, devant leurs trois paires d'yeux braquées sur nous. Comment avoir l'air naturel, décontracté et souriant en cet instant ? Ce sera le pitch de mon prochain article si je trouve la solution dans les quatre secondes qui viennent.

Bref, Lucille est arrivée avec la Range. Nous y prenons place avec Jenny et Val, qui ne peut conduire en manipulant ses appareils. Clara, qui joue les risque-tout en voiture, s'empare de la Fuego rouge avec entrain pour la rapporter à la villa Maboul. Elle va s'amuser à faire ronfler le moteur et hurler les pneus, le sourire aux lèvres et ses yeux bleus brillants de plaisir. Clara conduit comme si le Code de la route n'était qu'un livre de coloriage destiné aux enfants du CP… Quand cette affaire sera achevée, j'aimerais enquêter sur son passé. Je n'ai pas encore eu le temps d'écouter ses cassettes et je me demande quelle surprise elles me réservent.

Sous les renseignements de Val nous empruntons la direction du quartier chic de Pontaillac. Nos déambulations à la recherche du téléphone de Zarek nous amènent près d'une immense villa moderne construite sur la corniche. Il y a foule pour bambocher, on voit des gens s'agiter sur le balcon au rythme d'une musique des années 80 poussée à la limite de désintégration des enceintes acoustiques. Cette villa appartient à un magnat de l'immobilier, Patrice Bollinger, le mec incontournable de la ville et des environs. Celui qui connaît tout le monde et que tout le monde connaît par attrait ou par intérêt. Semblant mener une vie belle comme dans une publicité, il se montre amical, dynamique et curieux des autres ; aime faire la fête et réunir toutes sortes de gens. Notre arrivée chez lui ne lui déplaira probablement pas.

En effet, il nous accueille chaleureusement et je dois modérer son enthousiasme pour qu'il ne prononce pas une annonce au micro signalant notre venue. Je lui demande où se trouve Brice Zarek et il me désigne un coin de son vaste salon où des instruments de musique attendent qu'on les ranime. Le truand-musicien va jouer du saxo avec d'autres artistes. Il est intrigant, ce mec. Pour patienter, nous approchons d'un buffet chargé de bouteilles et de victuailles. Pour y accéder, il faut payer un écot destiné à une œuvre, beaucoup de monde vibrionne autour du lieu. On y retrouve les pique-assiette habituels qui ne s'en éloignent pas à plus de 20 centimètres pour se gaver à leur aise, formant bouchon, pendant que d'autres ont des difficultés à y parvenir. Alors que j'essaye d'approcher, une petite femme se matérialise devant moi, fermement décidée à me bloquer le passage. Des cheveux courts, châtains à mèches blondes, un joli visage aux yeux bleus directs.

— Bonjour. Vous êtes bien l'immense journaliste Youri Dorsel ?

— Oui, je suis bien Youri Dorsel, 1,81 m sous la toise. À qui ai-je l'honneur ?

— Tristelle Goûta et je désirerais vous voir à titre professionnel.

— Quel est donc votre métier ?

— Je suis la directrice du Centre National d'Éthique Politique (CNEP) à Royan.

— Ça sonne bien. Mais qu'est-ce ?

— Il s'agit d'un institut de formation des élus et du personnel politique en général. On leur apprend l'éthique et la morale en politique. Les créateurs de l'établissement ont démontré avec éclat les problèmes que l'on encourait lorsqu'on n'avait pas la moindre idée – ne serait-ce que livresque – des règles de conduite à respecter dans la vie publique.

— Qui sont-ils ?

— François Millon et Jérôme Cubzac. Ce sont nos maîtres. Après avoir eu l'idée de génie de fonder un tel établissement, ils ont racheté les bâtiments d'une ancienne école de langues qui dépérissait pour d'obscures raisons, près du stade ; et ils y ont installé leur institut. Le marché se révèle énorme, des milliers de personnes sont intéressées, nous avons des années de listes d'attente. Tous ces gens veulent apprendre l'éthique en politique, c'est impératif pour eux. Quel concept extraordinaire !

— En effet, c'est une bonne surprise. On était tentés de prêter une oreille aux populistes prétendant que tous les politiciens étaient corrompus et l'on découvre une preuve que leur moralité n'est pas si mauvaise puisqu'ils se passionnent pour l'éthique. Comme quoi, le pire n'est jamais sûr.

Elle me regarde une seconde de ses yeux bleus tels des rayons laser, avant d'éclater d'un rire à la malsaine tonalité cynique. Cette fille est moqueuse.

— Vous ne comprenez pas. S'ils veulent tous étudier l'éthique, c'est pour apprendre à la contourner, pas pour la respecter !

Elle rit à n'en plus finir.

— Ah ! Suis-je naïf ! Je voyais la situation à l'envers en l'imaginant à l'endroit, comme en découvrant un tableau abstrait. J'ai cru un instant en la moralité des politiciens ! Mais je discerne mal ce que vous attendez de moi. Car ce que vous venez de m'avouer pourrait créer un scandale.

— C'est ce que je cherche, j'adore me faire remarquer. Et surtout, si vous écrivez un article sur le CNEP, ça déliera les langues et m'aidera à trouver des investisseurs, c'est impératif pour notre développement.

Je vois que Lucille me fait un signe, les musiciens arrivent. Je prends congé de la jolie dame à l'impératif après qu'elle m'a noté ses coordonnées sur une feuille de bloc. J'y jette un œil : elle me suggère un déjeuner de travail.

Trois musicos surgissent sous les cris et les vivats, notre gibier – le saxo – en-tête. Il ressemble d'assez loin à la seule photo que je possède, je dois l'identifier avec certitude. Je lève mon smartphone comme plusieurs autres personnes et capture l'image de Zarek sous différents profils que j'expédie à José Kelly et Franck Mithois pour confirmation. Les deux me répondent aussitôt par l'affirmative, je communique l'info à mes petits camarades. Notre cible n'est pas aussi moche que sur la photo d'identité. C'est un blond, coiffé court, grand, mince, le visage en lame de couteau, mais souriant et d'allure plutôt sympathique malgré des yeux gris clair un peu flippants et une laideur qu'on pourrait qualifier d'intéressante.

Le concert privé démarre avec du tropical : bossa-nova, mambo, salsa. Percussions, basse, saxo, le bassiste chante aussi, façon crooner. Joli son, de bons professionnels. J'ai beau rester au loin et tenter de me dissimuler derrière des bambocheurs, Zarek finit par me repérer, entre deux morceaux, alors qu'il balaye le public du regard. Ses yeux se fixent sur moi, pendant qu'il esquisse un sourire narquois. Il se fout de moi. Je m'approche de lui, en souriant aussi.

— Bonjour Brice. Je suis heureux de pouvoir enfin vous féliciter pour votre talent ; pour vos différents talents, devrais-je dire. Bravo monsieur Zarek !

Patrice Bollinger qui assiste à l'échange croit au compliment sincère, applaudit et m'entraîne vers le micro :

— Notre ami Youri est un admirateur de Brice Zarek, le magnifique saxo, invité aujourd'hui. Youri, veux-tu répéter ce que tu viens de lui dire ?

Je m'exécute, avec un certain plaisir, ça m'amuse beaucoup et Zarek aussi ; nous sommes hilares et Patrice nous pousse l'un vers l'autre pour que nous nous serrions la main, ce que nous acceptons. Il a la poignée franche, je ne m'y attendais pas. Je me retire rapidement, craignant qu'on en arrive aux embrassades. Je n'appartiens pas à cette obédience. Je m'éloigne vers un coin plus tranquille, quand je me fais happer par des mains, à l'abri des regards, derrière une gigantesque plante verte. Je m'apprête à frapper, lorsque je reconnais la haute silhouette de Riviéri. Il est vénère.

— Il t'a amusé ton sketch avec Zarek, j'espère ?

— J'avoue que c'était cocasse. Tu as aimé ?

— Est-ce que tu as perdu la tête ? Sais-tu qui est ce mec ?

— Un tueur, je suppose. Avec deux morts au compteur à mon avis. Et possiblement d'autres. Pourquoi ? Tu veux que je te présente ? Il te plaît ?

— Tu es certainement le prochain sur sa liste et ça t'amuse ? Tu ne sais pas où tu mets les pieds. Ce type est un espion et un tueur qui peut te descendre impunément grâce à un passeport diplomatique. Il a en effet sans doute tué deux personnes. La première, pour te protéger. Pour la seconde, j'ignore les circonstances de l'exécution, mais tu dois les connaître, n'est-ce pas ?

— Possible. Mais, il veut me descendre et il me protège ? Elle est bizarre ton histoire.

— Tu possèdes une valeur à ses yeux. Il souhaite obtenir quelque chose de toi, une information, probablement. Alors il te protège. Mais, quand tu lui auras appris ce qu'il cherche, tu deviendras inutile et mort. De quoi s'agit-il, d'ailleurs ?

Lucille surgit à temps pour m'éviter de répondre.

— Bonsoir Aldo ! lui dit-elle avec son plus charmant sourire.

— Bonsoir Lucille. Tu as retrouvé la mémoire, déjà ! C'est incroyable !

— Ah ! Zut, j'avais oublié que j'étais amnésique. Tu vois à quel point j'en suis, c'est affreux !

Elle éclate de rire. L'œil noir de Riviéri s'assombrit encore, son regard évoluant vers une tonalité de scorpion schizophrène.

— Comment ? Tu as simulé et tu ne m'as rien dit ?

— Les femmes qui simulent avec toi te l'annoncent ? Non, et pourtant avec ta tronche, c'est certainement souvent. Tu crois que j'allais crier sur les toits mon état de santé ? Raconter mes états d'âme, à un flic ?

Il lève les yeux au ciel et soupire.

— Vous êtes enfoncés dans la merde tous les deux et vous jouez comme des gamins ! On ne joue pas avec des espions et des tueurs, ouvrez les yeux ! Prendre une balle ne t'as pas suffi Youri ? J'ignore dans quel trafic vous baignez, entre Roudoni, Zarek et Rogiès, mais êtes-vous prêts à le payer de votre vie ?

— Tu es gentil, mais les dés sont lancés, on ne peut plus les arrêter. Si Brice Zarek est nuisible, je le traiterai comme tel.

— Ça, c'est clair. Et sans hésitation, renchérit Lucille.

— Vous vous croyez au far-west ? Vous vous supposez invincibles ?

— Écoute Aldo, j'ai plus confiance en moi-même pour

me défendre qu'en la police. D'ailleurs, plus personne n'a confiance dans la police, vous pouvez commettre les pires bavures sans jamais rien risquer. Et vous ne vous en privez pas. Ce n'est pas le far-west avec vous, c'est de l'entraînement à de prochains pogroms, la Saint-Barthélemy, ou une nouvelle nuit de cristal. Vos mauvais instincts sont encouragés, vous pouvez traiter les gens comme animaux nuisibles, c'est votre job. La bavure est greffée dans votre ADN. Vous êtes pire que les délinquants que vous poursuivez. Et je devrais avoir confiance en vous ?

— Pourquoi a-t-il fallu que je tombe sur un mec comme toi ? Celui qui me sauve la vie est un anarchiste et moi, un flic. Mon Dieu ! Pourquoi m'as-tu fait ça ?

— Tu peux toujours attendre sa réponse, s'amuse Lucille. Et toi, Aldo, si tu nous racontais qui est exactement ce Zarek ? Ce serait plus constructif que les phrases stéréotypées que vous vous envoyez. L'un de vous est libertaire, et l'autre flic, vous n'allez pas parler boutique, alors attaquez-vous au problème au lieu de vous énerver comme des machos jouant à celui qui a la plus grosse.

— Mais, je ne fais que ça et j'attends que vous vous montriez réalistes ! Vous ne me confiez que le dixième de la vérité alors que c'est grâce à moi que vous n'êtes pas enfermés derrière les barreaux.

— Ah ! Vous voilà, on vous cherchait partout ! c'est Jenny, suivie de Val en approche. Tu me présentes, Youri ?

— Le commissaire Aldo Riviéri, Jenny et Val que tu as

dû croiser déjà.

— Bonjour, mademoiselle, et bravo, Youri, je m'aperçois que tu apprécies les belles femmes de caractère pour former ton commando, bien qu'on puisse plutôt évoquer une association de malfaiteurs à l'occasion.

— Pour quelqu'un qui vient en paix, tu te montres aimable, ça fait plaisir ! Mais passons et allons parler sur la plage, nous y serons plus tranquilles.

— J'croyais que tu voulais pas qu'on te voie en compagnie d'un flic, s'interroge Val de sa voix traînante.

Aldo se rembrunit, serre les lèvres et se dirige vers la sortie ; nous lui emboîtons le pas.

# 19 - Lundi 12 août 2019 après-midi - Sur un seul mot de toi

Finalement, nous trouvons un banc planté sur une pelouse à l'ombre d'un pin parasol, avec une vue panoramique sur la plage de Pontaillac. Val et Jenny s'assoient dans l'herbe, Lucille, Riviéri et moi sur le banc. Aldo démarre :

— Alors, raconte ton histoire.

— Pas si vite, intervient Lucille, parle-nous de Zarek. C'est lui qui représente encore un danger.

Riviéri ricane :

— Vous avez éliminé Roudoni et Rogiès, votre problème du moment est d'écarter Brice Zarek. Après quoi courrez-vous tous ? Le bruit d'un trésor nazi circule, mais je n'ose penser que toi, Youri, tu croies à cette fable, que tu t'imagines qu'il t'attend dans sa boîte depuis 74 ans ! Il s'agit d'une légende, une histoire pour les naïfs.

— C'est un peu plus que ça. J'estime que quelque chose existe et que je peux le découvrir. Un trésor, peut-être, oui, mais j'ignore de quoi il est composé. Le côté énigme historique me plaît et je n'aurais pas demandé mieux que de le chercher paisiblement, mais des méchants s'en sont mêlés, qu'y puis-je ? Je pensais me la jouer *Club des cinq en vacances* et me voici en transmutation vers un Walter White de Saintonge. Mais ça ne durera pas.

— Tu parles. Depuis que je te connais, tu passes le plus clair de ton temps à magouiller des trucs pas nets en accord, certes avec tes idées, mais pas avec la loi. Tu m'as rendu des services, d'accord…

— Rogiès, c'est plus qu'un service, intervient Val. C'est un coup énorme que vous n'auriez jamais réussi sans nous. Au lieu de nous dire merci, vous le zappez comme un grain de poussière sur votre chaussure. Ce n'est pas correct.

— Vous avez accompli votre devoir de citoyen et je vous en félicite, mais…

Lucille qui bavardait avec Jenny à propos d'un acteur les mettant en émoi prend conscience de nos propos :

— Assez ! Assez de baratins oiseux. Parle-nous de Zarek ! Je te le demande pour la deuxième fois et notre vie est en jeu, alors, parle !

La physionomie de Riviéri vaut le coup d'œil. Le macho baraqué reçoit un ordre, illicite qui plus est, d'une jeune femme au caractère d'acier. Il apprécie l'instant tel un croisiériste découvrant que sa cabine est située en dessous du niveau de flottaison du navire. Il prend sur lui, mais sans joie.

— Bon, disons que je vous fais confiance. Zarek appartient aux services de renseignement anglais. Comme je te l'ai déjà dit, des espions de différents pays séjournent à Royan depuis des années. Je n'arrive pas à croire qu'ils cherchent eux aussi ce trésor légendaire ! Ça me dépasse. Toujours est-il que Zarek dispose d'un passeport diplomatique, ce qui le rend intouchable. Par nature, on ne connaît rien de lui si ce n'est qu'il est dangereux et autorisé à tuer. Évidemment, je ne peux rien faire contre lui. C'est tout ce que je sais. À ton tour maintenant : qu'est-il arrivé au brocanteur retrouvé en mer ?

Je lui explique l'histoire, sans citer le nom de Charlie, mon pilote d'hélico.

— Je vois. Et tu n'as pas songé à m'appeler quand tu as trouvé ce mec allongé chez ton copain José, lui-même attaché à sa chaise ?

— J'ai préféré la discrétion, pour nous tous, toi compris.

— Tu n'as pas tort, mais tu aurais au moins pu m'informer. Qu'est-ce qui te fait présumer que ce trésor existe ?

— J'ignore s'il existe vraiment, mais il est possible que la disparition de mes parents soit liée à cette histoire. Alors, je suis les indices, et j'en possède un que je crois excellent. Si ce que tu me dis à propos de Zarek est exact, il me préserverait en sachant que je connais une indication déterminante. Comment peut-il le savoir ? Ou par qui ? Je n'en ai parlé à personne en dehors de notre groupe, sauf toi, maintenant.

En prononçant cette phrase, je me rappelle les paroles de Clara à propos de Jenny et, sans intention, tourne la tête vers elle. La fille comprend ce que je pense et m'envoie un regard aussi aimable que celui d'un flic découvrant un nom étranger sur une carte d'identité. Je lève les mains en signe d'apaisement. Riviéri surprend mon geste et toise Jenny qui, furieuse, se lève et descend à pas vifs et nerveux un sentier menant sur les rochers, sa crinière rousse rythmant ses pas. Lucille, pas au courant, me lance un regard étonné, de ses yeux noisette pailletés de vert. Aldo, souriant :

— Tu tiens une suspecte, j'ai l'impression. Veux-tu que je fouille son passé ?

D'une seule voix, Lucille et moi :

— Non !

— Je comprends. La confrérie des délinquants. Mais je dois ajouter que les espions utilisent des objets très efficaces pour écouter tes conversations et te filmer. Et aussi pour suivre ta voiture. Tu devrais creuser de ce côté.

Je regarde Val :

— Tu saurais nous en préserver ?

— C'est pas ma spécialité. J'ai des notions, mais insuffisantes pour nous prémunir d'un ennemi aguerri, décidé et avec des moyens. Mais, c'est quoi le problème avec Jenny ? Tu la soupçonnes vraiment ?

— Non, mon regard était involontaire. Tu ne connaîtrais pas quelqu'un qui saurait nous protéger ?

— Si, une copine, mais elle travaille dans une société de

sécurité informatique pour les grandes entreprises. Je doute qu'elle puisse prendre un congé… Je vais lui poser la question.

Il se lève et fouille dans son smartphone tout en s'éloignant pour téléphoner à son aise. Riviéri se lève à son tour :

— On s'est tout dit, enfin presque, puisque tu gardes des informations par-devers toi.

— C'est bien un langage de flic, mais j'ai connu pire que toi, je le reconnais. Tu n'as pas non plus à te plaindre de moi : Rogiès, ce n'est pas rien comme disait Val. Un scandale mondial en est sorti dont tu es officiellement à l'origine.

— Ce n'est pas moi que l'on félicite, mais la PJ qui en tire la gloire.

— Si ça te chagrine, d'ici quelques jours toute la presse annoncera que c'est toi qui as découvert cette organisation criminelle. Un commissaire de province travaillant dans une petite ville résout seul cette affaire grâce à des informateurs dont il ne peut évidemment pas dévoiler les noms. Les lecteurs vont adorer, d'autant plus qu'on va rappeler le passé criminel de la commune : le gendre de Jo Attia mettait alors la ville en coupe réglée. Ton prédécesseur, après une longue enquête, y a mis fin, dans le même commissariat minable.

— Oh ! Minable, tu exagères.

— C'est exactement ce dont tu te plains à tout un chacun.

— Pas faux, mais le publier est ennuyeux.

— Je ne prends pas mes ordres auprès de la police.

— Il est temps que je te laisse, ton amabilité grinçante va

devenir de moins en moins aimable et le côté grinçant de plus en plus sonore.

Il s'éloigne, et un clou chassant l'autre, Lucille qui était partie en vadrouille depuis un moment, revient avec Jenny, malheureuse et furieuse ; on voit qu'elle a pleuré. Ce qui ne constitue pas une preuve de bonne foi, mais hormis les accusations de Clara, je ne possède aucun élément tangible contre elle. Jenny ne me regarde pas, elle boude. Il est inutile que je tente une approche. D'un coup, elle se tourne vers moi, agressive, ses yeux gris emplis d'éclairs :

— J'ai dit à Lucille ce que nous avons fait ensemble, salaud !

— Peut-être as-tu raison et suis-je un salaud, c'est un point de vue, mais le moment n'est pas idéal pour les discussions personnelles, nous avons des problèmes graves à régler.

Val revient, sans se presser, traînant nonchalamment sa silhouette allongée et mince, d'un mètre quatre-vingt-dix, à l'allure gauche, achevée par des cheveux châtains un peu longs et bouclés. Il cherche ses grandes lunettes rectangulaires avant de les découvrir sur son nez. Jenny me regarde, craignant probablement que Val apprenne son écart. Je lui lance un clin d'œil suscitant de sa part une moue mi-figue mi-raisin. Lucille semble zen et quasi maternelle avec Jenny, mais je sais qu'elle la fera payer. Val lève l'index devant la bouche en signe de silence, m'emprunte mon stylo et griffonne sur un emballage de hamburger, qui se languissait à terre, avant de le passer à la ronde :

*C'est bon, elle est d'accord pour venir. Elle est justement en vacances et s'ennuie à Paris. Elle part immédiatement pour arriver dans la nuit. Il ne faut rien dire de confidentiel, par prudence.*

Lucille s'écrie :

— On va virer paranos si ça continue !

Val écarte les bras, en signe d'impuissance. Je m'approche de lui et lui murmure à l'oreille :

— Nous allons chez Franck – le mécano – pour qu'il recherche tout objet suspect dans la voiture et ses soubassements. Tu vas le noter sur un bloc en lui expliquant la situation et tu lui montreras à l'arrivée.

— Je le trouve où le bloc ?

— Chez le marchand.

Ayant envie de marcher, je me charge de l'emplette et m'y rends à pied pendant que les autres partent pour récupérer la voiture et me rejoindre au tabac-presse-loto de Pontaillac qui doit tenir l'article.

En entrant dans la boutique, je découvre un auteur dédicaçant son dernier ouvrage, *Sur un seul mot de toi*, accompagné d'une blonde ravissante figurant elle-même sur la couverture du livre. Il dédicace en compagnie de la pin-up de la couverture, c'est un malin, lui !

J'achète mon bloc et règle à des commerçants particulièrement accueillants et sympathiques, ce qui est original en bord de mer.

Ma Range vintage m'attend au milieu de la route garée sur des zébras, Lucille au volant. Efficace et sans gène. Elle conduit comme un coureur de stock-car, mais nous arrivons au garage sans avoir touché quoi que ce soit, ce qui tient du miracle. L'entreprise est implantée dans un coin isolé de la zone commerciale Royan 2, avec pour unique voisin, un entrepôt devant lequel un semi-remorque bulgare est stationné. Un camion porte-voiture rouge bordeaux est positionné devant le garage. « Vintage cars Mithois » en lettres anglaises dorées annonce la couleur sur la carrosserie. Lucille arrive comme un bolide et freine sec devant la large double porte grande ouverte. Nous descendons, tous les quatre pour foncer d'un pas décidé vers Franck. Il est en train d'examiner le moteur d'une Ford Mustang cabriolet rouge, appuyé sur une aile, discutant avec son ouvrier. La même voiture que dans le gendarme de Saint-Tropez, mais, s'il n'y a pas un tableau volé dans le coffre, Franck irait volontiers s'y cacher. Déjà qu'il tremble de terreur devant Lucille – et à juste raison – nous déboulons tel un commando en mission punitive, comme lors de notre dernière visite. Le malheureux voit déjà défiler toute sa vie. Lucille lui lance, avec son plus gracieux sourire, d'une voix aimable comme celle d'une hôtesse d'accueil dans un salon professionnel :

— Bonjour mon Franck chéri. Nous avons besoin d'un service, immédiatement. Tu veux bien nous aider ?

L'autre se demande où se trouve le piège, à quel moment il va en prendre plein la gueule, encore une fois. Il bredouille :

— Bonjour, Lucille, bonjour vous tous. Quel est votre problème ?

— Viens, nous allons te le montrer.

Il se lève pour nous suivre, quand son ouvrier l'interpelle :

— Alors, je le change, le delco, patron ?

Jenny s'avance vers lui, menaçante :

— On va s'en occuper de ton delco, tu vas voir !

Et elle éclate d'un rire qui se transforme en fou rire. Elle a dû fumer des trucs. Le mécano se demande sur quelle bande d'illuminé il est tombé, mais il se tait, prudent comme devant un chien à l'air équivoque.

Valentin bouscule Franck qui marche trop lentement. Nous stoppons à l'arrière de la Range, à l'abri des regards. Il lui met le bloc entre les mains en lui intimant le silence, de l'index. Franck lit en hochant la tête de surprise. Il achève et lève le pouce :

— Je vois le problème. Je vais essayer de vous l'arranger. Montez-la sur le pont.

Lucille s'y reprend à deux fois pour faire grimper la voiture sur la rampe métallique. Tout en manipulant les commandes du pont élévateur, Franck s'esclaffe :

— Tu conduis presque aussi adroitement que ma grand-mère !

Il en prend à son aise, sachant que nous ne pouvons riposter, ce que fait pourtant Lucille, d'une voix gracieuse après avoir claqué la porte de l'auto avec humeur :

— Tu ne perds rien pour attendre, mon petit Franck chéri. Tu seras récompensé selon tes mérites.

L'autre ne réplique rien et, le pont ayant achevé son ascension, il entreprend d'examiner le soubassement de l'auto. Muni d'une lampe puissante, il travaille méticuleusement, étudiant la mécanique sous tous les angles. Il sort de là un quart d'heure plus tard.

— Vous aviez raison, il y a un gros problème. Je vais établir un devis. s'adressant à son ouvrier, à voix forte : Bernard, tu peux débaucher* !

— Mais patron, j'ai pas fini !

— Débauche j'te dis ! Tu seras payé quand même, ne t'inquiète pas ! Allez, fissa, fissa !

Il nous fait signe de nous taire et nous intime d'un geste impératif de sortir du garage. Puis il nous entraîne d'un pas rapide vers l'angle du bâtiment voisin. Quand nous y arrivons, il extrait un papier de sa poche et griffonne nerveusement le mot qui ne laisse personne insensible à son charme explosif : bombe ! De ses mains en cercle il évoque un objet de la taille d'une assiette. Par gestes encore il nous fait comprendre qu'il ne le décrochera pas de ma Range Rover vintage. Bon, il va falloir recourir à de la main-d'œuvre spécialisée, à moins d'aller la détacher nous-mêmes – et pour quoi en faire, mon Dieu ! Tiens, voilà que je déraille, c'est la trouille rétrospective qui doit me faire cet effet. Invoquer Dieu quand on a peur de mourir, un réflexe à cultiver si l'on marine dans le doute. Une assurance en quelque sorte : s'il existe, il se trouvera ainsi dans de bonnes dispositions à notre égard… Bref, il faut faire appel à des démineurs, voici qui va nous garantir une excellente

* Achever sa journée de travail en patois saintongeais

publicité auprès de la police. Je pêche mon téléphone au fond de ma poche pour appeler mon flic, Riviéri.

— Salut Aldo. Une bombe est collée sous ma voiture. Tu veux bien me l'ôter de là ?

— Je t'avais conseillé le profil bas, la discrétion, et je vais devoir mobiliser une équipe de démineurs ! Bravo !

— Ce n'est quand même pas moi qui l'ai scotchée sous ma caisse !

— Ça va, raconte.

— Y'a rien à raconter. Je cherchais des traqueurs GPS ou des micros et on a découvert une bombe. Point. Je n'en sais pas plus.

— Et ça se trouve où, ce divertissement ?

— Au garage Franck Mithois. Dans un coin de la zone commerciale de Royan.

— Je vois. Au moins, c'est pas en pleine ville. Bougez pas, j'arrive.

— J'ai pas envie de voir des gueules de flics, je me tire.

— C'est ta voiture, tu seras interrogé de toute façon.

— Tu me convoqueras au commissariat, salut.

Je raccroche et me retourne vers Franck :

— Tu viens ? On va voler un camion bulgare.

— Mais pourquoi ?

— Parce que tu es le seul à savoir conduire un camion parmi nous et que c'est l'unique moyen de transport sans danger, puisqu'il n'est pas question de s'approcher de ton garage. T'as envie de voir les flics, toi ? Non, n'est-ce pas ? Et puis, ceux qui ont posé la bombe ne sont probablement pas loin, prêts à nous flinguer. Un semi-remorque bulgare, c'est discret, personne ne nous cherchera là-dedans.

— Sauf son propriétaire.

— Ne sois pas rabat-joie, et va voler ce camion, maintenant. Nous en avons besoin.

— Mais, c'est discr… Il n'a pas le temps d'achever sa phrase que Lucille lui colle une paire de baffes de toute première qualité. Elle lui lance, l'index brandi vers son visage :

— Franck, va immédiatement voler ce camion ou je t'arrache les couilles, vu ? Tu nous as trahis avec Roudoni et avec Zarek dans le passé, tu dois le payer à présent. C'est l'heure de la facture.

Le grand mec balaise accuse le coup, mortifié et penaud devant Lucille qu'il dépasse d'une tête.

— D'accord… mais s'il n'y a pas de clé, ça va être compliqué. Et puis, je croyais qu'il ne fallait pas parler en clair.

— Certes, mais il y a urgence, les flics sont déjà en route, bouge-toi !

En maugréant, il contourne le bâtiment de son voisin. Nous le suivons à courte distance. Le dépôt est fermé, sans aucun signe d'activité. Franck escalade la cabine du tracteur, ouvre la porte, s'installe au volant et démarre le moteur du Renault Truck. Nous nous précipitons pour nous entasser dans l'habitacle. Franck rigole en montrant le tableau de bord :

— Avec la clé, c'est facile ! Où allons-nous ?

— Direction Vaux et le parking de la discothèque le Rancho.

Franck arrache en souplesse le poids lourd de l'ombre du dépôt. J'appelle Clara pour lui demander de nous y rejoindre avec sa voiture. Elle accepte… Je n'ai pas le temps de raccrocher qu'une énorme déflagration retentit derrière nous. Je vois dans le large rétro des flammes danser dans le garage de Franck que nous venons de dépasser d'une centaine de mètres.

— Roule Franck, c'est malsain ici.

— Merde, j'avais beau m'y attendre, ça fait un choc. Mon garage ! Dix minutes plus tôt et nous étions tous morts ! Mais, putain, mon garage !

Il en a les larmes aux yeux. Je lui réponds par quelques phrases émollientes, le genre de mots qu'on sort dans ces circonstances, quand un malheur arrive. Personne n'y croit, ni celui qui les prononce, ni celui qui les écoute ou les subit, mais on se plie à l'exercice, il fait partie des conventions de la vie en société…

Je le laisse à son traumatisme et j'appelle Riviéri :

— Tu peux décommander les démineurs.

S'il avait eu l'idée de lever la tête, je lui aurais fait coucou, car nous nous croisons aux environs du château d'eau de Belmont, lui et une ribambelle de voitures de flics, sirènes et gyrophares bleus en action.

Dix minutes plus tard, nous arrivons à destination. Clara nous attend dans son nouveau bolide rouge et noir, un crossover hybride aux vitres arrière fumées. Nous partons immédiatement pour la villa Maboul. Le camion étant potentiellement muni d'un traqueur GPS, il vaut mieux ne pas traîner, je n'ai pas envie de me retrouver avec un Bulgare sur le dos en sus des flics et des poseurs de bombes. En chemin, nous nous mettons d'accord sur la version à donner aux flics. Nous ne parlerons pas du semi-remorque : officiellement, Clara est venue nous chercher au garage pour nous soustraire aux tueurs.

Jenny ne dit rien, craignant le caractère quelquefois abrupt de Clara ; laquelle la surveille du coin de l'œil dans son rétro.

À l'arrivée, Franck va se faire rassurer par sa mère, Roseline Mithois, la gouvernante de la Villa. Le reste de la bande, y compris les deux chattes hostiles, promptes à se montrer les griffes et les crocs, se répandent dans la maison, chacun dans son coin. Je retrouve José Kelly sur la terrasse, bavardant gaiement autour d'un verre avec Marylène, ancienne star des années 60, comme lui. Elle est aussi la mère de Muriel, une amie proche, retournée vivre aux États-Unis où elle est installée depuis longtemps. Après avoir joué les justicières l'été dernier, elle était repartie en catastrophe pour échapper à d'éventuelles poursuites, bien que Riviéri ait réussi à étouffer l'affaire en raison de nos liens.

Marylène, idole yé-yé à 16 ans, en a aujourd'hui 72 au compteur du temps. Toujours vive et belle, malgré son âge, la petite blonde me regarde de ses splendides yeux verts à la puissance magnétique intacte.

— Bonjour Youri ! Tu vois, je m'impose un brin chez toi, tu ne m'en veux pas ?

— Évidemment pas, au contraire, tu m'en vois sincèrement heureux. Tu sais que je t'adore.

— Je le sais ! (quand j'avais 16 ans, elle me plaisait énormément, bien qu'étant amoureux de sa fille : elle ne l'a pas oublié), mais ne le dis pas trop fort, la nuée de jolies femmes qui t'entoure va me détester. elle rit. Alors, quoi de neuf ?

— La routine. Nous venons d'échapper à une deuxième bombe en quelques jours, j'ai été blessé par balle et nous sommes poursuivis par des tueurs, des flics et probablement un Bulgare à qui nous avons volé un camion.

— Mon pauvre Youri, tu as toujours le don de rencontrer des personnes aux vies agitées. Il va aussi falloir que tu trouves du temps pour les répétitions puisque tu t'es engagé à chanter *Lucille*.

— Je ne me suis jamais engagé. Je n'ai dit ni oui ni non !

— Qui ne dit mot consent, pontifie José de sa voix grave désabusée.

— Exactement, renchérit Marylène. Nous chanterons dans le même spectacle et tu as intérêt à assurer. Tu dois donc répéter.

— Marylène, je t'adore, mais entre les flics et les truands la situation est compliquée ! Mais, au fait, où est-ce que ça se passe ?

— José ne te l'a pas dit ? À l'Olympia, à Paris.

— Vous avez perdu la tête, tous les deux ! Me faire chanter à l'Olympia alors que je ne suis qu'un amateur !

— Ne t'inquiète pas Youri, intervient José, nous formerons un duo. J'ai prévu quelques surprises pour le public, dont toi. Tout va bien se passer.

Clara nous rejoint avec discrétion.

— Bonjour, Marylène, excusez-moi, je dois vous enlever Youri. me regardant : viens, je dois te parler.

Je la suis, donc. Arrivée au salon, elle plante ses yeux bleus – qui contribuent tant à son charme – dans les miens.

— Youri, il faut stopper cette escalade de violence. Le seul moyen est de retrouver le trésor, puisque tu sais où il se trouve, et d'en informer le reste du monde ; la bataille pour le conquérir s'arrêtera d'elle-même. Je viens d'en parler aux autres, tous approuvent.

— Même Jenny, que tu détestes ?

— Je ne la déteste pas, je me méfiais d'elle.

— Et tu as changé d'avis ?

— Oui, pour l'instant. Tu sais, j'ai un ascendant opposé à mon signe. Un jour, je pense blanc, le lendemain je pense noir et le reste du temps je suis dans le doute.

— C'est commode ! Bref, tu n'as pas tort, mais les événements se sont enchaînés de telle manière que je n'ai pas disposé d'un instant pour concrétiser cette quête. Bientôt, les flics vont débarquer ou me convoquer pour un interrogatoire qui risque de durer.

— Alors, évite-le. Disparaissons ensemble dans un lieu

tranquille d'où tu pourras te concentrer sur cette dernière étape. Rien que nous deux, ce sera plus discret, surtout si tu es surveillé. Et je te rappelle que nous avons un contrat à 50/50 sur ce trésor. Partons immédiatement, tant que c'est encore possible.

Elle a raison, à l'évidence.

— D'accord. Je prends quelques affaires, je préviens Lucille et je te suis.

— Ne préviens personne, c'est plus prudent.

Je ne réponds rien et gagne mon bureau tout en envoyant un SMS à Lucille pour qu'elle m'y rejoigne. Elle arrive illico et je l'informe rapidement en lui demandant de gérer la situation avec les flics ainsi que de se tenir prête à l'extraction du trésor de sa cachette. Une mini-pelleteuse sera indispensable ainsi que son conducteur pour demain matin tôt. Qu'elle se charge d'en trouver une. Je vois qu'elle n'est pas enchantée que je disparaisse avec Clara, mais elle s'abstient de commentaire. Je l'embrasse et rejoins la blonde au pas de course après avoir lancé dans un sac quelques vêtements, une trousse de toilette, un téléphone prépayé, une torche puissante et mon ordinateur. Elle m'attend dans son bolide hybride qu'elle arrache brutalement de son stationnement dès que je suis assis. Il était temps. À peine avons-nous traversé l'avenue en direction de Saint-Palais-sur-Mer que Clara s'amuse, après avoir jeté un coup d'œil à son rétroviseur :

— Dommage ! Tu vas rater Riviéri et ses amis.

Je me contorsionne pour attraper l'image du rétro extérieur

reflétant la Peugeot gris métallisé de Riviéri suivie d'un Partner sérigraphié du commissariat.

Clara nous emmène dans un hôtel automatique. Nous y parvenons vers 17 h 30. Elle sort un sac de voyage de son coffre.

— Tu avais prévu de venir à l'hôtel ?

— Règle numéro un, apprise avec Roudoni : prévoir la circonstance où l'on doit fuir ou se cacher. Pour cette dernière situation, disposer d'un sac toujours prêt pour tenir quelques jours.

Nous parvenons dans une minuscule entrée pourvue d'une machine comportant un écran et quelques fentes, façon DAB. Elle paye avec une carte bleue.

— Tu n'as pas peur qu'on nous retrouve avec ta carte ?

— Non, c'est l'une de ces cartes avec réserve d'argent. Tu peux en ouvrir une sous n'importe quel nom. Sur celle-ci, ce n'est évidemment pas le mien. Je possède ainsi plusieurs cartes que j'utilise selon les circonstances. C'est également Roudoni qui m'a appris ça.

En parlant, nous sommes arrivés dans une chambre du second étage, comportant un grand lit recouvert d'une couette blanche.

Elle tire le rideau, laissant une mince ouverture offrant une faible lumière intime. Je vois l'ambiance.

— Un seul lit, une chambre ?

— C'est plus pratique.

— Ça dépend pour quoi faire.

— Je te préviens qu'il est hors de question que j'aille dans ton lit pour autre chose que dormir. Mais j'ai peur de rester seule et ta présence me rassure.

— J'en suis honoré. Maintenant, je dois travailler à la suite.

— D'accord. Moi, je vais faire quelques courses pour notre dîner, car il vaudra mieux éviter de te montrer au jour.

Elle sort, laissant pour toute trace d'elle un nuage de *Dior j'adore*. Dormir, dormir…

Je me connecte sur le Wi-Fi de l'hôtel via un VPN de confiance – selon Val – et je téléphone à Morgan l'archiviste par Telegram. En résumé, mon appel est, a priori, intraçable: flics ou espions ne peuvent ni me retrouver ni m'écouter. Je lui réclame – avec toute la discrétion possible, en échange de futures confidences en priorité – des cartes et des photos aériennes d'une zone définie par l'énigme: « sous le têtu l'Anglais ». Je lui demande pour trois périodes: juste avant la Seconde Guerre, pendant et juste après. Pour le présent, je dispose des images satellites fournies par les détenteurs du monopole de l'encyclopédie mondiale actuelle. Ces marchands de publicités américains, avides de toujours plus d'argent, quand bien même, ils en possèdent plus que la plupart des états de la planète. Mais je m'échauffe en vain, l'argent gagne toutes les batailles et nous n'y pouvons rien, toutes les barricades et les manifestations ont montré leur impuissance et leur cécité à cette règle. Seuls les rêveurs et les poètes présument sincèrement pouvoir la changer, c'est dire la chance que l'on a d'y parvenir.

Bref, je veux vérifier comment l'endroit a évolué sur ces périodes pour découvrir l'emplacement précis de mon objectif. Une fois cette étape franchie, je n'aurai plus qu'à tendre la main pour le toucher, si j'en crois mon intuition, ma certitude.

En attendant de mettre le premier coup de pioche, je me retrouve dans un hôtel discret avec une fille qui fait rêver tous les hommes qu'elle croise… Un mail arrive, interrompant mes réflexions, c'est Morgan :

*Pour la période de l'après-guerre, tu trouveras ton bonheur sur le site de l'IGN, avec des vues aériennes de 1946. Je te joins les plans de la rénovation de l'endroit en 1880, je suis sûr qu'ils t'intéresseront, mais je n'ai rien de plus récent avant 1939.*

Je me connecte sur l'IGN, Google maps, et j'ouvre la carte de la construction en JPEG, accompagné d'une captivante note de Morgan. Je compare les images des différentes époques qui renforcent définitivement ma conviction. Je sais où se trouve la cachette indiquée par l'énigme et le croquis, un rectangle avec une croix sur le côté gauche… Mais existe-t-elle ailleurs que dans le cerveau du farceur qui l'a rédigée ? Est-ce une plaisanterie, un leurre ?

J'envoie quelques mots par messagerie confidentielle à Val et à Lucille pour confirmer la nécessité d'une pelleteuse, un petit modèle sera suffisant. Qu'ils se tiennent prêts pour demain matin tôt dans les environs de Royan. Je ne précise pas où, juste au cas… J'efface mon historique du navigateur et je vide la corbeille en mode sécurisé. Clara rentre à cet instant, porteuse d'un sac de voyage faisant office de cabas et déballe quelques victuailles ainsi qu'une bouteille de champagne recouverte de buée. Elle a le sourire :

— J'en ai trouvé une fraîche dans une supérette et je n'ai pas pu résister. J'adore le champagne. Nous allons trinquer à notre future réussite !

## 20 - Mardi 13 août 2019 - Quand la ville dort

S'arracher des bras d'une femme pour stopper le réveil est placé très haut dans ma liste des « j'aime pas » odieux de la vie, surtout à 4 heures et demie du matin. Je m'inflige cette torture pour entamer le boulot de bonne heure… le jeu en vaut-il vraiment la chandelle ?

On est loin du champagne d'hier soir, accompagné des traditionnels petits-suisses de Clara. Ce matin, assis sur le lit, c'est du Nescafé arrosé à l'eau chaude du lavabo que l'on ingurgite en gobelets de carton. On assortit le breuvage avec des croissants d'Intermarché, aplatis, compacts, caoutchouteux et graisseux dont seule la pâtisserie industrielle possède la recette secrète. Pas youpi.

J'arrive cependant à survivre à ces épreuves et achève de

me réveiller sous la douche. La blonde me succède avant de sortir quelques instants plus tard de la salle de bains telle que Dieu l'a faite, m'offrant une image qui restera gravée dans ma rétine jusqu'au dernier jour de mes jours. Derrière chaque épreuve, il y a un cadeau… Elle décèle mon trouble et en profite pour me poser la question qui, j'en ai la certitude, lui brûle les lèvres depuis longtemps :

— Alors, où est-il, ce trésor ?

Je souris.

— Tu aimerais bien le savoir !

— Oui. J'ai besoin de connaître notre direction pour nous y conduire ! Mon téléphone est éteint depuis notre départ de la villa Maboul, tu peux parler sans crainte.

— Je te fais confiance. Nous prenons la direction de Saint-Georges-de-Didonne, et plus précisément celle du fort de Suzac. L'énigme : « sous le têtu l'Anglais » désigne cet endroit, j'en suis persuadé. Avec deux emplacements possibles, l'un est une villa ayant été construite par un Anglais de la Belle Époque. L'autre – qui me semble le plus probable – est un vestige du fort. À l'époque napoléonienne, il existait déjà. En 1814, les Anglais ont débarqué sur la plage de Suzac et emprunté un sentier pour l'attaquer. Depuis cette époque, la plage et le sentier sont surnommés par les locaux « plage des Anglais » et « sentier des Anglais », mais ils ne sont plus nombreux à le savoir aujourd'hui, dilués dans la masse des étrangers à la Saintonge ayant colonisé la région.

— Tu en fais partie, et moi aussi, d'ailleurs. Comment

connaissais-tu ce détail ?

— Par Roseline Mithois, la gouvernante de la villa qui m'a gardé pendant une année scolaire à l'adolescence. J'avais préféré rester à Nauzan plutôt que de remonter à Paris avec mes parents dont la façon de vivre ne me convenait pas. Comme nous n'avions pas grand-chose à nous dire, Roseline et moi, elle me racontait la région et son histoire. Un jour, elle avait retracé le passé de la pointe de Suzac et de sa « dune têtue », le « Trier Têtu » en patois. Haute, elle surplombe le fort, « sous le têtu l'Anglais » prend ainsi tout son sens. Madame Mithois aurait résolu l'énigme en deux secondes, là où les espions internationaux échouent.

— Bravo ! Tu es génial, comme toujours. Mais où vas-tu chercher dans le fort ?

— Je te le dirai en chemin.

Tout en parlant, j'ai emballé mes affaires. Pendant que la blonde en fait autant, j'envoie un message à Val et à Lucille : *Fort de Suzac, maintenant avec matériel.* Nous vérifions que nous n'avons rien oublié et sortons de l'hôtel dans la nuit fraîche et parfumée par les haies en fleurs ceinturant le parking. La lune est presque pleine, ce qui facilitera nos investigations. Nous traversons Royan sans rencontrer âme qui vive, comme d'habitude. J'aime rouler ainsi, quand la ville dort. J'achève ma démonstration à Clara :

— Le fort a été reconstruit en 1862, toujours dans le but de défendre l'estuaire contre les navires ennemis cherchant à atteindre Bordeaux par la Gironde. Malheureusement, si on l'a conçu pour résister aux attaques des bateaux à voiles, à peine son ciment était-il sec que dė puissants vaisseaux d'acier fonctionnant à la vapeur entraient en service. Leurs canons, beaucoup plus dangereux, auraient détruit le fort en quelques salves. On l'a donc remanié et, pour protéger les bâtiments les plus exposés, on les a recouverts d'une épaisse couche de terre destinée à amortir l'impact des obus. Après la guerre de 14-18, l'édifice a été abandonné par l'armée pour servir de colonie de vacances. La Seconde Guerre est arrivée et, en 1942, les Allemands en ont pris possession pour y construire de nombreux blockhaus. En 1945, le lieu a été abondamment bombardé et mitraillé lors des combats de la Libération. Ils ont détruit pratiquement tout ce qui restait visible de l'ancien fort, creusé d'innombrables cratères de bombes et cette pointe de Suzac, juchée sur un promontoire, en a été bouleversée. Depuis 1945, elle est restée en l'état: en friche pendant longtemps, puis entretenue a minima. En comparant les plans originaux du fort et une vue par satellite, j'ai reconnu la forme d'un bâtiment, l'un de ceux qui étaient recouverts de terre. Plusieurs cratères de bombes l'entourent et ce qui en a jailli a probablement obstrué les accès. Du coup, tout le monde a oublié cet endroit. Pour moi, le trésor, s'il existe, est caché là, dans une vieille bâtisse en pierre, dissimulée sous la terre et la végétation. Nous allons creuser du côté de l'entrée signalée par le plan. Quelques godets de pelleteuse devraient suffire, à mon avis. J'espère que Lucille en a trouvé une, avec un conducteur de confiance. Et aussi que l'édifice ne s'est pas écroulé sous sa gangue végétale…

Nous arrivons à l'orée de la forêt de Suzac, vaste étendue de pins et de chênes verts en bord de mer, séparant Saint-Georges-de-Didonne de Meschers-sur-Gironde. Clara roule vite, comme Lucille, mais elle conduit plus abruptement, en force, rivée au volant de son puissant véhicule, filant dans la nuit, comme s'il s'agissait d'un blindé en opération.

Quittant la route, nous empruntons le chemin aboutissant à la plage et au fort en passant devant l'un des nombreux campings joyeusement installés dans la forêt. Une semi-obscurité règne sous les pins, troublée par quelques veilleuses et un lampadaire près de l'entrée. Le goudron cède la place au sable sur les dernières centaines de mètres menant au terrain du fort. Le passage en est barré par un madrier posé sur deux courts poteaux. Clara le contourne aisément et se gare à l'endroit que je lui indique, en effectuant un demi-tour pour se tenir prêts à repartir en cas d'urgence.

Nous descendons de l'auto en laissant les portes ouvertes. Personne en vue. Le souffle du vent léger dans les pins et la chanson des vagues s'en donnent à cœur joie, débarrassés des bruits humains. Un instant de grâce suspendu entre ciel et terre, sous les étoiles épaulées par la lune, presque pleine, diffusant une ambiance lumineuse onirique. Le parfum de la végétation et du varech mêlés agrémentent ces minutes que l'on pourrait définir de paisibles si Clara ne braquait soudain un pistolet dans ma direction avant de tirer deux coups rapides. Une balle touche quelque chose de métallique et continue son parcours en sifflant. L'autre atteint son objectif, qui crie de douleur derrière moi. Je me retourne… Un gros chauve, l'air hébété, se tient le ventre, déjà sanglant. Il a lâché un pistolet-mitrailleur dont je m'empare.

— Retour à la voiture, on s'arrache !

Clara ne se le fait pas répéter, mais à peine sommes-nous montés dans l'auto qu'un second affreux surgit sur la droite. Le sinistre hoquet de son PM retentit dans la nuit, mais, la voiture avait bondi à l'instant précédent sous l'action de ses moteurs électriques et la rafale n'atteint que l'arrière de la carrosserie. Je braque le PM volé et tire au jugé une giclée de politesse en retour pendant que Clara fonce dans la barrière qui explose sous le choc.

À peine une minute plus tard, elle freine en urgence dans l'étroit chemin bloqué par la Méhari jaune de Lucille arrivant en sens inverse, suivie d'un petit camion porte-engins de location transportant une mini pelleteuse. Franck Mithois est au volant. Val et Jenny sont de la fête. J'explique la conjecture. Val intervient :

— Ma copine geek est arrivée et elle a commencé à analyser la situation. Nous sommes espionnés de plusieurs manières, notamment par des chevaux de Troie dans nos téléphones et ordinateurs, à l'exception des miens que je surveille en permanence. Les espions déploient des moyens énormes pour nous voler des informations.

— Sommes-nous libres de parler ?

— Nos smartphones sont maintenant sécurisés. Le tien,

probablement aussi puisque c'est un prépayé que tu n'avais jamais utilisé auparavant. Reste celui de Clara.

— Il est éteint depuis hier, intervient la blonde.

— Ça ne suffit pas. Donne !

Val tend la main. Quand Clara lui remet son iPhone, il sort un appareil de sa sacoche et l'y connecte. Quelques secondes plus tard, une alerte indique que l'appareil est infecté par un malware. Val le débranche, l'enferme dans une boîte métallique et s'adresse à la blonde :

— Je te le rendrai plus tard. Ta voiture est peut-être infectée aussi. Laisse-la ici pour l'instant, c'est le seul point suspect qui reste.

Lucille intervient :

— Nous sommes débarrassés de l'espionnage, maintenant. Youri, quel est ton plan ?

— Simple : trouver le trésor ! Mais nous ne sommes pas seuls sur le coup, le drone serait nécessaire pour s'assurer que la voie est libre.

Jenny lève le doigt, comme à l'école :

— J'ai eu l'idée de l'emporter ! Je pensais bien que tu en aurais besoin, Youri.

Heureuse, elle me sourit, tous relents de bouderies enfuis. Clara prend le relais et quelques instants plus tard, l'engin s'élève dans un vrombissement léger. Le chemin défile sur l'écran, avant que la blonde ne retrouve l'endroit de l'attaque. Le mec qu'elle a flingué se trouve toujours au même endroit, mort ou simulant à la perfection, aucune trace du second méchant, par contre. Elle fait prendre de la hauteur à la machine et exécute des cercles concentriques. Personne en vue, mais le site est truffé de nombreuses cachettes, notamment dans les blockhaus. Un éclair attire son attention entre les arbres bordant le chemin qui contourne le centre de vacances des armées. Elle fonce au ras du sol pour dénicher un gros SUV identique à celui de mon enlèvement raté, un Cadillac Escalade. Restant en vol stationnaire un instant, à quelques centimètres du pare-brise, nous découvrons Brice Zarek et l'affreux qui voulait me kidnapper. Ce denier dégaine un flingue et ouvre la porte du véhicule, mais le temps qu'il termine son geste, Clara prend de la hauteur et glisse le drone entre les branches d'un chêne vert. Elle me regarde.

— Retour au bercail ?

— Oui, nous avons vu l'essentiel. Tu peux rapporter le drone. Zarek ne lâche pas l'affaire. Comment s'en débarrasser ?

Lucille ricane en montrant son Colt :

— Simplement et efficacement.

— Ce serait trop facile. Avec des tueurs professionnels et entraînés, il faut trouver autre chose. Les attaquer en finesse avec une méthode à laquelle ils ne s'attendent pas.

— Je peux immobiliser leur voiture et les y enfermer, annonce Val de sa voix traînante.

— En combien de temps ?

— Quelques minutes, mais je dois m'en approcher d'assez près. En pénétrant sur le terrain du centre de vacances, je devrais y arriver, à couvert de la palissade.

— Parfait, allons-y. J'ai repéré une ouverture dans la clôture, à 50 mètres. Elle est certainement verrouillée, mais ce n'est pas un problème pour moi.

Nous y allons donc. L'un de mes passe-partout viole aisément la serrure d'un portillon métallique. Nous traversons une partie boisée du domaine au pas de course, loin des bâtiments du centre de vacances. À l'approche de notre objectif, nous achevons le parcours silencieusement, comme des chats en pantoufles. Espérons qu'ils n'aient pas bougé depuis tout à l'heure… Je risque un œil à travers la palissade en brandes un peu usée et les repère à dix mètres sur la droite. Je découvre le côté droit et l'arrière de la Cadillac. Les vitres sont baissées.

Val sort son ordinateur de sa sacoche ainsi qu'un appareil de la taille d'un grand smartphone. Il manipule ses engins pendant une minute environ et me lance un regard avant d'appuyer sur la touche retour de son clavier. On entend le déclic des serrures qui se verrouillent et on observe les vitres se relevant. Val me souffle :

— Et voilà ! Un « mouse jacking » à l'envers.

Les deux espions s'agitent dans l'énorme SUV, comme des mouches dans un bocal. Val accroche le boîtier à la palissade.

— Nous disposons de 4 heures avant que les batteries ne soient épuisées. Ils pourront alors se libérer.

— Ça n'aura plus d'importance, j'espère. Rejoignons les autres, maintenant.

Nous effectuons le retour sans anicroche. En arrivant, je lève le pouce en signe de victoire avant de me souvenir que c'est l'un des gestes favoris de Trump. Du coup, j'arrête. Je grimpe dans la Méhari avec Clara et guide la petite troupe vers l'objectif.

Le terrain n'étant pas véritablement plat, Franck galère à descendre la pelleteuse du camion. Lucille et Clara, unies dans le combat, surveillent les environs, leurs armes prêtes à servir. Val épie une éventuelle activité suspecte des ondes radio. Pendant ce temps, j'examine ce que je pense être l'accès accompagné par Jenny qui ne me quitte pas, ombre de mon ombre. C'est plus compliqué que je ne l'imaginais : de lourdes pierres sont accumulées là, comme pour bloquer l'entrée... Je montre ça à Franck qui vient de réussir sa délicate manœuvre : il grimace.

— Je n'ai clairement pas l'engin nécessaire. Il faut repérer un passage plus facile ou se procurer une pelleteuse plus puissante.

Je reprends le plan sur mon ordinateur. Une porte apparaît à trente mètres sur la gauche. Nous la cherchons sur le terrain sans en trouver la trace. Peut-être avait-elle été supprimée... Je demande à Franck de racler la terre à son emplacement probable. Il s'exécute, maladroitement au début, mais s'habituant à son engin, il finit par ôter l'épais manteau végétal : plus d'un mètre cinquante ! Au bout d'une demi-heure, l'entrée est dégagée, mais elle est murée avec des parpaings... Franck se gratte la tête :

— Je n'ai pas la puissance requise pour briser ce mur. Une pelleteuse plus lourde serait nécessaire.

Jenny lève le doigt :

— Nous avons le gros SUV de Zarek : il pourrait le casser en fonçant dedans.

— Bravo, Jenny, c'est une bonne idée. Sauf qu'il va falloir en faire sortir les affreux… Val !

Il m'a entendu le héler et s'approche :

— Quèsaco ?

— Est-il possible de baisser les vitres et d'ouvrir les portes de la Cadillac tout en l'empêchant de démarrer ?

— C'est possible.

— Alors, en route !

La troupe s'ébranle, à l'exception de Franck qui reste à l'arrière. Tout en marchant vers nos ennemis nous élaborons un plan simple : nous les tenons en joue avec nos trois flingues, Lucille, Clara et moi, et les obligeons à sortir de la voiture, mains sur la nuque. Ensuite, nous les attachons… Sauf qu'entre eux et nous, trois touristes en short et sac à dos commencent à s'installer sur des grosses pierres pour attaquer des sandwiches sans gluten. Lucille les interpelle sèchement :

— Faut pas rester ici messieurs dames. Vous êtes sur un chantier de fouilles archéologiques.

— Bééé… Y'a rien d'indiqué, bêle un mec à lunettes rectangulaires et barbe chétive.

— Je vous le dis, ça suffit. Nous devons creuser et comme des bombes de la dernière guerre sont certainement enfouies la zone est interdite. Les gendarmes vous le confirmeront dans une minute, si vous préférez.

— C'est bon, stop flamme, Kevin ! lance une jolie rousse. Vous voyez que mon idée d'aller sur la plage au calme était meilleure ! Merci, messieurs-dames les archéologues, je surkiffe : grâce à vous je gagne enfin contre ces boloss !

Les autres protestent de leur non-appartenance à cette corporation et ils caltent, comme on disait dans les années 60 au fil du dialogue des films « noirs ». Évolution de la langue... Ils caltent, donc, et nous nous retrouvons face à l'éternelle question : de quel côté attaquerons-nous ? Par devant, sans se cacher, fièrement ou, sournoisement, par-derrière pour mieux les surprendre ? Nous optons pour la seconde solution, gage d'une meilleure satisfaction. À l'abri de leurs regards, Val et moi passerons par l'intérieur du village de vacances, comme tout à l'heure. Val baissera leur vitre du côté où je me trouverai et, brusquement, ils feront face à mon Glock, dans ma ligne de mire à trois mètres de moi. Je leur ordonnerai de sortir, les mains sur la nuque. Lucille et Clara surgiront sur l'autre flanc de la voiture et les braqueront à leur tour, pendant que Jenny les fouillera et les attachera. Ensuite, tous ensemble, nous les jetterons dans leur propre coffre. Le signal sera donné par un message que j'enverrai à Lucille, d'ici là silence et discrétion pour surprendre l'adversaire. À l'issue de notre concile à bulles (si), nous nous mettons en action.

Val et moi reprenons le chemin de notre précédente visite. Les filles font un détour pour éviter de traverser un immense champ nu d'où l'ennemi les découvrirait comme un billet de cent euros sur le sol d'un ascenseur. À peine cinq minutes s'écoulent-elles que nous percevons des hurlements lointains de femmes suivis de trois détonations rapprochées ressemblant au Colt de Lucille. Saperlipopette ! Que se passe-t-il ? Je l'appelle, procédure définie en cas d'urgence.

— C'est toi, les coups de feu ?

— Oui, ces gourdasses ont mis le pied sur un serpent. Un très gros et elles ont eu peur. Comme elles criaient, j'ai tiré.

— Sur elles ? Tu es folle !

— Mais non, pas sur elles, sur le serpent ! Je ne ferais pas une chose pareille en pleine opération, je ne suis pas cinglée !

— J'aimerais le croire.

— Si, elle est cinglée, lance Jenny en arrière-plan. C'est pas moi qui ai eu peur, mais cette cruche de Clara.

Laquelle ne réplique pas, mais Lucille réagit au quart de tour, malgré l'amitié qui l'attache à la jolie rousse :

— Toi, ferme là !

— Et ta sœur !

— Comme disait tante Suzy : « Ma sœur, elle pisse bleu. Pourquoi, t'as quelque chose à teindre ? »

Y'en a pas qu'une folle à lier : elles le sont toutes !

— Franchement, Lucille, bravo, quelle maîtrise de la situation ! Ressaisis-toi, le trésor nous attend. Malheureusement, après votre numéro de clowns nous ne pouvons plus compter sur l'effet de surprise.

— Au contraire, ils doivent flipper, on va d'autant mieux les cueillir.

Sauf que non. Quand la vitre s'abaisse, je me retrouve instantanément face au flingue du mec qui voulait me kidnapper, le petit costaud dégarni à tête d'espion. Je tire le premier et son crâne explose, Dieu merci ! (encore Dieu, devant la mort…) Le second, Brice Zarek, me braque une fraction de seconde avant de lâcher son calibre et de lever les mains ostensiblement.

— Mon copain Youri ! Quelle bonne surprise !

— Sors, mains sur la nuque !

Les filles surgissent comme convenu en le tenant en respect avec leurs armes. Il s'extrait lentement de la voiture.

— Mesdames, c'est un plaisir de vous retrouver également !

Pendant que Val et moi escaladons la palissade, Jenny s'accroupit pour lui ligoter les jambes avec une sangle trouvée dans la cabine du camion. Au passage, elle découvre un poignard attaché à sa cheville. Il joue les matamores et sourit aux deux flingues braqués sur lui. Mais, il s'amuse moins quand, saucissonné, nous le jetons dans le coffre comme on balancerait un sac d'ordures sournoises non recyclables dans une benne de la déchèterie après 45 minutes passées dans la file d'attente.

Clara salive à l'idée d'exploser un mur avec l'énorme SUV américain. Elle s'assied au volant, après avoir essuyé les débris de cervelle ayant éclaboussé le siège. Je n'ai pas travaillé proprement, je le reconnais, mais j'étais dans l'urgence.

Un instant plus tard, la blonde cherche l'angle idéal pour

accomplir sa mission. Quand elle l'a trouvé, nous retirons Zarek du coffre pour le propulser dans un cachot, l'un des ultimes vestiges visibles du fort. On aurait risqué de l'abîmer dans le choc de l'auto contre le mur. Nous sommes trop bons avec lui.

La blonde se place à vingt mètres de son objectif, fait gronder le V8 à plusieurs reprises, se grisant de son chant, et soudain démarre dans un jaillissement de cailloux et de terre. Le lourd engin s'élance tel un fauve pour percuter quelques secondes plus tard dans un bruit sourd et puissant le mur de parpaings qu'il crève comme un écran de papier. Clara engage la marche arrière et libère le passage. Elle descend de l'épave à l'avant défoncé et aux airbags en érection, dégoulinante d'adrénaline, et lève les bras en signe de victoire, sous nos applaudissements.

Nous nous munissons de lampes et je confie mon iPhone à Jenny, en position vidéo, mais micro coupé :

— À partir de maintenant, tu filmes tout, à l'exception de la voiture et surtout de Zarek.

— À tes ordres Youri, me dit-elle, la voix pleine de dévotion, le regard qui, après m'avoir percé les prunelles des siennes, baisse vers le sol, battant des cils à la manière du chaperon rouge de Tex Avery.

Lucille pénètre la première dans la bâtisse, enjambant les gravats, décombres des parpaings pulvérisés. Sa tenue de cuir noir se fond dans l'obscurité, ses formes irrésistibles disparaissent pour un instant, jusqu'à ce que nos puissantes lampes à LED exhument le lieu de ses ténèbres. Nous découvrons une vaste salle rectangulaire voûtée, au sol de terre battue. Des caisses de munitions allemandes en bois, vides et en décomposition, le jonchent en compagnie de débris divers et de nombreuses bestioles rampantes n'ayant aucun besoin de porter un masque pour Halloween. Des racines pendent du plafond. Il règne là une odeur indéfinissable de moisi, de renfermé et de mort.

Du côté de la sortie obstruée par des blocs de pierre, deux corps gisent, réduits à l'état d'ossements. Nous nous en approchons. Les vêtements, à la mode des années 80, appartiennent à un homme et une femme. Comme on dit en langue de bois : à ce stade, je n'en pense rien. Bien que si, en fait, je pense à un couple disparu, évidemment. Jenny les filme. Diffuserais-je cette image ? J'y réfléchirai plus tard.

— Le plus urgent est de retrouver le trésor pour stopper cette guerre. Cherchons !

Nous parcourons le lieu en tous sens, en quête du moindre indice correspondant au croquis. Si le rectangle représente probablement le bâtiment, la croix sur le côté gauche ne s'accorde avec rien… Buisson creux, comme disent les Belges. Nous nous rassemblons, désappointés, en face de l'entrée. Lucille prend la parole :

— Ma tante Suzy citait souvent le Chanoine Kir. À un incroyant, un esprit fort, qui lui affirmait qu'il ne croirait en l'existence de Dieu que le jour où il le verrait, il répondait : « Et mon cul, tu l'as vu ? Non, et pourtant, comme Dieu, il existe ! » Ici, c'est pareil, si le trésor existe, nous ne voyons pas plus que le cul du chanoine qui n'était séparé de son mécréant que par une épaisseur de tissu.

— Et Dieu dans tout ça, persifle Val, le plus athée de la bande, lecteur assidu de Charlie Hebdo. Si j'imaginais des signes partout comme les croyants, je vous proposerais de regarder ce qu'Il vous montre en éteignant vos lampes.

Nous nous exécutons. Le noir se fait, à l'exception du passage défoncé, éclairé par le soleil de l'est tapant de toute sa puissance exactement à cet endroit où brille un reflet métallique sous le fouillis des parpaings pulvérisés par Clara. C'est en effet la seule zone que nous n'avons pas explorée. À tous, nous nous employons à la dégager. Je regarde Jenny :

— Continue à filmer sans t'arrêter.

— Tu peux compter sur moi Youri.

Puis nous nous taisons en déblayant les gravats. Ce qui brille n'est qu'une chaise de bureau antique, aux pieds chromés, sans intérêt. Quelle déception ! Elle resplendit insolemment, dans la tache de soleil. Lucille marche de long en large dans cette flaque de lumière. Elle ordonne :

— Reculez tous et regardez !

Nous obtempérons, sans rien distinguer d'autre que la poussière des gravats ajoutés aux débris des ans.

— Explique-toi, lance Jenny.

— On discerne une différence de couleur dans certains endroits. Ça vaudrait le coup de nettoyer pour voir ce que ça donne. Nous n'avons pas de balai, mais j'ai vu des couvertures qu'on peut utiliser dans le SUV de Zarek.

Peut-être tient-elle quelque chose, bien que je ne voie pas là de quoi s'exciter. Au point où nous en sommes, on peut tout essayer. Nous suivons son idée et l'espace est bientôt déblayé. En effet, un rectangle plus clair se dessine vaguement dans la terre battue.

— Alors, j'ai pas un œil d'aigle ?

— J'en conviens. Maintenant, il faut regarder ce qu'on peut trouver là-dessous. Franck, tu peux avancer la pelleteuse jusqu'ici ?

— En faisant tomber les parpaings qui restent dans le haut de l'ouverture, ça devrait être possible.

Il s'y emploie, et bientôt l'engin pénètre dans l'antique bâtiment où il répand son odeur d'échappement et le bruit de son moteur. Franck racle le sol qui résiste, la terre ayant formé une croûte dure au fil du temps. Elle finit par se soulever par plaque, sous l'action du godet. Nous découvrons alors un carré de béton brut, d'environ trois mètres sur trois où une portion se distingue des autres, d'une nature différente, à environ deux mètres cinquante du mur. J'élève la voix pour couvrir le bruit du moteur, en lui montrant cette zone :

— Tu peux tenter de casser le béton ?

— C'est beaucoup demander à cet engin, mais j'essaye.

Il frappe le sol, qui cette fois s'effrite plus facilement que la terre, dénudant une partie plus sombre.

— C'est bon, arrête, on va finir à la main.

Il stoppe son moteur et nous approchons pour déblayer

les débris de béton et bientôt une plaque d'égout en fonte apparaît, incongrue en ce lieu.

— Il faut l'ouvrir. Franck, tu aurais une idée comment ?

— Il suffit de passer un filin dans l'anneau et de tirer, c'est pas sorcier. J'ai ça dans la pelleteuse.

Je me tourne vers Val :

— Tu vas filmer la suite et la diffuser en direct sur la plateforme que tu préfères. Toi, Jenny, tu continues, bien entendu. Quand tu seras paré, Val, je ferai une déclaration.

Il me montre qu'il est prêt.

— Bonjour, je suis Youri Dorsel, grand reporter. Je me trouve aujourd'hui à Saint-Georges-de-Didonne, plus précisément dans les vestiges d'un ancien fort où je soupçonne que soit caché un trésor nazi, enfoui ici.

Je désigne du doigt la plaque de fonte et continue :

— Une énigme nous a conduits en ce lieu où nous nous préparons ouvrir ce passage avec vous. Qu'allons-nous trouver ? Un trésor ou un égout ? Suivez-nous.

Franck descend de la pelleteuse, porteur du filin et d'une barre d'acier. Je souffle à l'oreille de Clara :

— Envoie un SMS pour ordonner à Riviéri de venir immédiatement ici et seul.

Elle acquiesce et s'exécute. Franck achève son installation. Il a passé le filin dans l'anneau de la plaque avant de l'enrouler et le fixer sur la barre d'acier. Nous nous emparons chacun d'un côté et tirons, d'un seul bras, pour ma part, en raison de la blessure qui me fait encore souffrir. Le disque de fonte résiste pour la forme et finit par céder. Nous le déposons sur le bord. Val et Jenny approchent pour filmer. Je braque ma torche dans l'orifice sombre et inquiétant, dévoilant une petite pièce de 2 mètres 50 de haut, suffisamment large pour autoriser deux personnes à s'y tenir, une échelle métallique permettant d'y descendre.

Je m'y emploie sans attendre, suivi de Clara, qui devance une Lucille dont le regard de cobra sur le point d'attaquer brille soudain.

La blonde et moi découvrons un réduit presque entièrement occupé par une sorte d'armoire métallique fermée par une porte coulissante à la peinture noire écaillée par la rouille qui l'expulse de son support. Je tire sur la poignée, mais rien ne vient. Je ressens une présence dans mon dos, c'est Jenny qui nous rejoint pour filmer. Ses cheveux roux frôlent mon cou. Elle est mince, mais le manque d'espace la conduit à se coller contre moi…

Je force sur la poignée, la secoue, je sens que la porte bouge presque imperceptiblement, mais ce frémissement laisse la place à l'espoir. J'insiste, je ne suis pas du genre à lâcher prise facilement. La porte doit le comprendre, car elle finit par céder, comme une jeune fille vertueuse ayant décidé de ne plus l'être, d'un coup, parce qu'il est beau, ou qu'elle l'aime, ou parce que c'est le bon moment de son cycle. La vertu tient à peu de choses. Bref, la porte s'ouvre et s'efface sur le côté en coulissant avec difficulté sur un rail.

Des grandes boîtes de munitions s'offrent à nos regards.

Une bonne vingtaine, à première vue, de la taille d'une cantine de fer. J'en attrape une par sa poignée, mais elle se révèle trop lourde pour être soulevée. J'emprunte la barre d'acier à Franck pour la faufiler dans la poignée de la caisse posée sur l'étagère du bas. Je coince l'extrémité dans un dénivelé du béton grossier recouvrant le sol pour m'en servir de levier, et je tire, secondé par Clara, à la musculature de sportive. La caisse glisse de quelques centimètres, nous renouvelons plusieurs fois l'opération, jusqu'à ce que le couvercle soit entièrement visible. Une tige de fer passant entre des anneaux le tient fermé. Un cadenas en condamne l'ouverture. Je reprends la barre d'acier, en bloque l'extrémité dans sa boucle, et tourne. Il se brise comme le cœur d'une lycéenne quand elle découvre que son chanteur favori, présent dans tous ses rêves éveillés, est gay.

Je peux maintenant faire coulisser la tige de la boîte dans ses anneaux. Elle va s'ouvrir ! Émotion !

Elle déborde de pierres précieuses, étincelantes dans le rayon lumineux de ma torche, et de joyaux de toutes natures en métal rare : or, platine… Des pendentifs, colliers, bracelets, étoiles de David, bagues de mariage aux sept bénédictions, des « signes de vie »… Des bijoux hébraïques, en somme. Je réclame son iPhone à Val et montre à l'objectif le pactole :

— Voici le couronnement d'une recherche ayant commencé en 1945, un trésor, improbable pour certains, attesté pour d'autres. Mes amis et moi-même l'avons enfin découvert. Au vu de sa nature, il s'agit potentiellement de bijoux volés aux juifs de l'époque et il me semble évident qu'il doit revenir vers ce peuple. Les autorités en décideront. Le commissaire Aldo Riviéri a été prévenu dès l'instant où nous avons eu la quasi-certitude de cette trouvaille. Il s'est récemment brillamment illustré dans l'affaire de blanchiment d'argent Rogiès officiellement patron du Train Rose. Il en a démasqué seul l'organisateur avant de communiquer le dossier à la PJ. Je n'ai aucun doute sur sa capacité à gérer au mieux cette nouvelle affaire.

Et je coupe la transmission en direct. Puis, je saisis une large médaille d'or et l'approche de l'objectif de Jenny jusqu'à l'obturer complètement. Je reprends l'iPhone et interromps l'enregistrement qui va se copier sur le cloud.

## 21 - Samedi 24 août 2019 - Où sont les femmes ?

Pour arriver aux loges, Lucille et moi – Jenny et Val en remorque – devons traverser d'immenses salles successives et désaffectées. Celles d'un hôtel-restaurant décrépit, jadis luxueux – avec cependant une vague connotation de clandé des années 50. Fermé depuis sans doute dix ans, il est situé dans un bâtiment annexe au Casino des pins, fierté fanée d'un bled balnéaire breton.

Avant de passer à l'Olympia, José Kelly achève ainsi une tournée dans quelques théâtres et établissements de province pour affiner son spectacle. Il tient à cette répétition grandeur nature avec moi. Je n'ai évidemment pas pu le satisfaire plus tôt, au temps des bombes et des coups de feu, une dizaine de jours en arrière. Après avoir rangé les flingues et vu

Brice Zarek officiellement libéré par les flics, il nous a fallu subir l'enquête de la police. Elle s'est révélée assez brève et peu profonde, sur les directives d'une hiérarchie désireuse d'étouffer l'aspect espionnage de l'affaire. La présence des agents de renseignements ne devant pas être signalée, on m'a chaudement recommandé, et avec insistance, de me taire à ce sujet. En échange de mon silence, on m'offre l'oubli définitif de certains maniements impulsifs des armes par mes amies et moi-même, dont l'élimination de l'espion de Suzac à bout portant. Bien que je l'aie envoyé au Diable en légitime défense, une enquête aurait été gênante pour Clara, Valentin et nous tous, finalement. Je me suis donc tu sur ce point précis, jusqu'à présent, mais je viens de publier un long article très détaillé sur cette incroyable histoire. Et j'ai aussi rédigé une version complète, non expurgée, stockée sur mon ordinateur et dans le cloud. Lucille et Val en possèdent également un exemplaire à diffuser au cas où il m'arriverait malheur, tôt ou tard.

Reste l'énigme des deux cadavres en tenue des années 80. L'ADN a parlé : ce ne sont pas mes parents. Probablement ne connaîtra-t-on jamais leur identité, la police et la justice s'en désintéressent. Les médias se passionnent par contre pour la découverte du trésor et cherchent à nous interviewer, mais je réponds toujours que tout a été dit dans mon article et dans le reportage de Jenny. À sa grande fierté, nous avons retravaillé et monté la vidéo qu'elle a produite avec mon smartphone. J'avais pressenti qu'elle la réaliserait avec talent : le résultat, de qualité, a été diffusé en prime time sur l'une des principales chaînes. Quant à Clara, elle a, tout comme moi, fait son deuil des 50 % du trésor devant l'évidence de son origine. Nous n'avons pas écouté ses cassettes, ce qui, finalement à perdu de son intérêt à présent. Leur mystérieux retour dans la masure de Saujon reste une énigme, mais nous soupçonnons Guy Yarres d'y être mêlé.

*

* *

La loge, vaste et confortable, est pourvue d'un lit où je me repose en attendant la balance, prévue dans deux heures. Mes trois acolytes sont partis en promenade, je reste seul. J'affectionne ces instants de face-à-face avec moi-même, en général en contemplant l'océan. Mais, en l'occurrence, j'apprécie de pouvoir me laisser aller à la forte impression que j'éprouve depuis mon arrivée dans cette ville balnéaire bretonne où je ne suis pas revenu pendant plus de trente ans. J'avais alors 17 ans, toute la vie devant moi, des lendemains qui chantaient… Je parcourais le monde en permanence pour écrire des articles, déjà, menant une existence bohème comme les émules de Kerouac des générations précédentes. Je dévorais la vie comme un roman passionnant, exultant à l'idée de toutes ces choses qu'il me restait à accomplir. De passage à Paris, j'étais tombé amoureux d'une fille, Sylvie, infiniment attirante, qui m'avait entraîné dans cette espèce de communauté sur ce littoral breton. Belle, brune, frisée, spontanée, rieuse, elle avait du talent et 45 ans. Nous logions dans une vaste maison ancienne, légèrement délabrée, plantée dans le sable à l'orée d'une forêt de pins, en bord de mer.

La villa fourmillait d'artistes. On y trouvait un sculpteur travaillant dans un coin du salon. Dans un bureau vétuste, un type bricolait des appareils électroniques, entouré de copains avec qui il échangeait des considérations pleines d'ohms, de hertz, et de watts tout en produisant une musique aux sons synthétiques. Dans le jardin, plusieurs filles rieuses créaient des bijoux, installées sur une solide table leur servant d'établi. Accrochées dans une longue remise, des toiles de grande taille représentaient des visages humains aux différentes expressions. Certaines étaient seules, d'autres groupées par deux ou trois, pour se répondre ; tout cela était coloré, agréable à regarder, joyeux. Certaines montraient des stars hollywoodiennes des années 50 s'embrassant. Sylvie en était l'auteur.

Un joli moment me revient en mémoire, l'un de ceux qui restent quand on a quitté une femme, un souvenir remontant aux jours de joie où l'on croyait que l'amour existait réellement avec elle. Des instants, qu'aussitôt vécus, on adore se rejouer dans les minutes de solitude, des douceurs de l'âme qui nous laissent entendre que, finalement, la vie peut être belle. Ces mêmes souvenirs qui, plus tard, nous attristent.

Sylvie, aux petites mains à la peau tendre prend la mienne. Elle m'entraîne à l'extérieur sous les pins, puis sur la plage, se met à courir, me tirant à sa suite avant de s'arrêter en riant. Elle s'approche de moi, son regard dans le mien, avec la lueur qu'ont les filles dans ces moments-là. Elle me sourit, me souffle : « Embrasse-moi » je m'exécute sans protester. Elle aime et sait embrasser. Un bonheur ! Je ferme les yeux pour déguster mon plaisir.

Quand je les rouvre, dans la loge du casino, Sylvie a disparu, de même que la plage, la maison, le minibus Volkswagen orange décoré de grandes fleurs mauves. La scène de mes 17 ans s'est enfuie, ne laissant que la trace d'un souvenir empreint d'une nostalgie douloureuse à pleurer. La fille est morte d'une maladie sournoise depuis longtemps, le minibus est parti à la ferraille, les artistes dispersés et, la villa dans le sable, démolie, pour laisser place à une route et des immeubles. Le temps passe, c'est déchirant.

José et son blues permanent ont déteint sur moi, probablement…

*

* *

La tête dans l'ambiance de mes souvenirs et de mon rêve, j'en émerge avec regrets. Je me lève, me bassine le visage d'eau froide, me peigne et sors de la loge pour rejoindre le plateau où m'attendent la balance et une répétition. Je traverse un local servant à l'entreposage du matériel, plein de flys-case, d'équipements pour le spectacle et la manutention. Je débouche sur la scène côté jardin. Jésus Christ permet de mémoriser jardin et cour, J à gauche et C à droite vu depuis la salle. Dès que j'ai connu cette astuce mnémotechnique, j'ai arrêté de complexer en entendant des artistes jargonner.

Bref, j'arrive sur le plancher, au fond d'une scène sillonnée de câbles, occupée par les instruments entourés de micros perchés sur des pieds de toutes tailles. L'éclairage, monté sur des portiques métalliques envoie des taches de lumières colorées pendant que la sonorisation produit une légère stridulation, signe d'une fuite, quelque part. Un technicien, à sa recherche, s'agite et vérifie les connexions. Devant la rampe, José et ses musiciens discutent avec Lucille, Marylène, Val et Jenny, qui s'écrie, un peu trop fort pour que ce soit naturel :

— Ha ! Voilà Youri !

Et tous de renchérir si artificiellement que leur hypocrisie en devient franchise. Ils me cachent quelque chose.

— Que se passe-t-il ? On croirait des fabricants de lessive surpris en pleine entente illégale sur les prix.

José se précipite pour répondre, avec son bagout habituel et sa personnalité chaleureuse, en mode escroc essayant de me refourguer une encyclopédie :

— Mon Youri qu'est-ce que tu imagines ? Ces dames, nos amies, ne tarissaient pas d'éloges sur toi. Elles se taisent pour que tu n'attrapes pas une plus grosse tête encore ! Nous t'attendions en bavardant, voilà tout. Allez, en place, maintenant, messieurs-dames !

Leurs cachotteries doivent avoir pour objet la chanson que Lucille a prévu d'interpréter… Nous passons justement une heure à répéter *Lucille*, calquée sur la version rock d'Eddy Mitchell. José est exigeant, mais je m'en sors. J'aime chanter en public, j'empochais quelque argent ainsi au temps de ma jeunesse, dans mes périodes de dèche dues à mon caractère cigale. Je me produisais sur les terrasses de bistros, au milieu de restos et sur de minuscules scènes en compagnie de musiciens de rencontre…

À la fin, je regagne ma loge, seul. José et ses musicos continuent leur répétition et ma troupe de mabouls s'est dispersée dans le casino.

J'agite en vain la poignée. La porte est bloquée, fermée à clé, semble-t-il… Un bruit lointain m'intrigue, on croirait un oiseau enfermé implorant… J'en cherche la source. Elle paraît provenir du couloir menant à l'hôtel abandonné. J'arrive à l'entrée de la première grande salle, à présent plongée dans l'obscurité, seulement éclairée par les blocs lumineux de sécurité. Le bruit vient de plus loin, de derrière une porte fermée. Je m'en approche et la pousse, dévoilant une vaste cuisine de restaurant poussiéreuse où le matériel, encore en place, semble figé dans le temps. Un antique magnétophone à cassettes est posé sur le plan de travail, répétant « au secours » en boucle avec la voix aiguë d'une poupée parlante des années 60.

— Salut Youri.

Zarek ! Il émerge d'un recoin obscur où il était dissimulé, un pistolet braqué sur moi :

— Tu sais Youri, je suis un sentimental, j'ai eu envie de

te revoir une dernière fois avant d'achever cette mission. il stoppe le magnétophone. « Au secours », c'est ce que j'entends toujours la nuit, avec la voix de Kevin-Henri, mon ami, celui que tu as exécuté sans pitié. Je voulais l'épouser et tu l'as tué. Je dois le venger, tu peux le comprendre, n'est-ce pas ?

— Zarek ! Toi un sentimental, je n'aurais pas parié là-dessus. Quoi qu'il en soit, je me trouvais en état de légitime défense : c'était lui ou moi !

— J'aurais préféré que ce soit toi et je vais réparer en partie cette erreur. Je dis bien en partie, car si la résurrection n'est pas dans mes cordes, je vais te descendre pour rattraper cette maladresse de l'histoire.

Il ajuste son arme dans ma direction.

— Une seconde Zarek ! Avant de mourir, je veux savoir pourquoi des espions de toutes nationalités cherchaient ce magot.

— Soit, je suis bon prince. Ce trésor, que tu as volé, appartient à une organisation créée pendant la Seconde Guerre. Elle regroupe l'élite des militaires et des agents de renseignements de plusieurs pays œuvrant pour leur richesse commune : la récupération et le partage entre eux de biens occultes. Des fortunes secrètes dont les gouvernements cachent l'existence au peuple, rançons d'enlèvements, pots-de-vin lors de ventes d'armes et autres transactions souterraines. Ainsi, personne ne peut nous poursuivre officiellement, et ceux qui, par hasard, retrouvent notre trace meurent jeunes.

— Mais là, c'est un trésor nazi, je ne vois pas le rapport.

— Les activités de l'Organisation ont débuté de la sorte. L'époque de la guerre lui a été très bénéfique. Ensuite, il a fallu réorienter les opérations pour continuer à exister. Voilà! Et maintenant…

— Attends! Mes parents, sais-tu ce qui leur est arrivé?

— Désolé, je l'ignore. Adieu Youri.

En une fraction de seconde, il lève les bras et tire. Je reçois un choc à la poitrine et suis projeté au sol. Avant de m'évanouir, irradié de douleur, j'entends un cri et encore trois coups de feu, il m'achève…

*

* *

Mourir, c'est désagréable, personne ne peut dire le contraire, mais je sais désormais que le paradis existe. J'y suis accueilli par une rousse, une blonde et une brune. Assises sur mon lit, elles attendent probablement mon bon plaisir. Dieu les a faites à l'image de Jenny, Clara et Lucille, je note d'avoir à le remercier. Elles me regardent, me parlent, mais je n'entends pas. Je m'endors. Tiens, on peut être mort et dormir, je ne l'aurais pas cru.

Quand je me réveille, un jeune barbu est penché sur moi, je me sens moins enthousiaste, mais j'arrive à murmurer:

— Où sont les femmes?

— Avec leurs gestes pleins de charme! Je connais cette vieille chanson. On dirait que vous allez mieux pour réclamer des femmes ! Tous les indicateurs sont au vert, j'attendais votre réveil. Maintenant, vous allez progressivement revenir à la vie habituelle et dans quelques jours vous pourrez sortir.

— Je suis où ?

— À l'hôpital de Saint-Malo. Je suis votre médecin. Vous avez eu de la chance, la balle est passée près du cœur, mais vous ne souffrirez pas de séquelle. Les infirmières vont s'occuper de vous et on va commencer à vous alimenter normalement. Je vais vous laisser tranquille à présent, mais je vous installe une poire dans la main, si vous avez besoin de quelque chose serrez-la et on viendra. Cet après-midi, vous pourrez recevoir des visites et elles ne manqueront pas, j'ai l'impression. Mais ne vous inquiétez pas, un policier reste à votre porte pour vous protéger. Un homme qui prend deux balles en peu de temps a droit à une protection, c'est le tarif.

Je ne comprends pas tout, plein de questions se bousculent dans ma tête, mais pas la force de les exprimer… Le toubib sort de la chambre. Assez grande, avec un coin salle de bains, les murs jaune pâle, le sol de plastique blanc. Une large fenêtre est aux trois quarts occultée par un volet roulant. N'ayant rien de mieux à faire, comme hébété, je découvre mon environnement en m'arrêtant sur d'infimes détails. Une impression de vide dans la tête, de temps en pause, d'irréalité m'habite. Je finis par me rendormir. Après un moment indéterminé, une infirmière me réveille pour me faire ingurgiter une compote sans goût, mais très sucrée. Puis, je retombe dans un état entre le sommeil et la rêverie éveillée jusqu'à ce qu'une main serre la mienne, tendrement. J'ouvre les yeux pour rencontrer ceux de Marylène, verts et doux. La blonde m'embrasse sur la joue.

— Salut Youri !

Je bredouille des bruits avec la bouche avant de renoncer.

— Chut, reste tranquille.

J'arrive à prononcer :

— Raconte !

— D'accord. Tout d'abord, un résumé : tu te trouves à l'hôpital de Saint-Malo après avoir été blessé d'une balle tirée par Brice Zarek. Ça s'est passé dans un casino de la côte bretonne à la suite d'une répétition avec José Kelly. Tu te souviens de ces épisodes ?

Je cligne des yeux et agite la tête en signe d'assentiment. Marylène reprend :

— Parfait. Tu dois la vie à ton étourderie. Après la balance, tu es sorti de scène sans quitter ton micro serre-tête. Le technicien en avait baissé le son, mais, quand il s'est rendu compte que le micro manquait, il l'a remonté pour essayer de situer où tu te trouvais. La communication avec le récepteur était un brin hachée, mais il a entendu et nous a fait écouter ta conversation avec Zarek. Lucille s'est ruée sur son sac pour récupérer son révolver pendant que je me précipitais vers l'hôtel abandonné. Je venais de comprendre où tu te trouvais lorsque Lucille est arrivée, j'ai poussé la porte de l'ancienne cuisine à l'instant ou Zarec tirait sur toi. J'ai hurlé « non ! », il a immédiatement pivoté pour me flinguer aussi, mais Lucille l'a devancé et l'a abattu de trois balles. Il ne nous emmerdera plus, celui-là !

Je parviens à articuler « Mes drôles de dames ! ». Marylène rit.

— Attends, je finis. Après, bien sûr, tout le monde est arrivé, Lucille a appelé Riviéri pour lui expliquer la situation. Il a fait le nécessaire et ses collègues ne nous ont pas ennuyées longtemps, des agents de la DGSE ont rapidement pris les choses en main. Eux par contre nous ont tous interminablement interrogés, y compris au sujet des aveux de Zarek sur ce qu'il nommait l'Organisation. Lucille et moi n'avons rien entendu, mais, via le micro, tous ceux qui se trouvaient sur scène ont pu l'écouter sur la sono. Cette quantité de témoins leur pose problème d'ailleurs, aux mecs de la DGSE. Officiellement, ils affirment que ce qui sortait des haut-parleurs correspondait à une pièce de théâtre en répétition dans une salle voisine, en raison d'une interférence de micros HF. Ceci étant évidemment sans rapport avec ton agression, perpétrée, elle, par un malade mental. Ça tombe bien, il y en a justement un en cavale. Ils veulent étouffer l'affaire et nous ont, à nouveau, enjoint de garder la vérité pour nous, ce qui nous arrange, même si j'ai l'impression qu'on se fait acheter. Tu me diras, « on n'achète que ce qui est à vendre ». Et pourquoi pas, car non seulement le deal efface le passé, mais il nous offre un avantage pour d'éventuelles conversations futures avec la police ou la justice. De plus, ma fille Muriel va pouvoir revenir, couverte par l'impunité que nous donne notre silence.

J'agite la main pour signifier que j'approuve sa conclusion. Bien qu'au fond de moi-même je ne sois pas certain de souhaiter le retour de Muriel que j'ai aimée à l'adolescence… Intérieurement, je me traite de salaud pour cette pensée, mais c'est ainsi. Dans le couloir, du tapage se produit, interrompant mes cogitations. Je reconnais la voix de Lucille parlant d'un ton autoritaire et un homme lui répondre dans la même tonalité aimable. Puis, la porte s'ouvre violemment et Jenny surgit, alors qu'un flic en uniforme essaye de l'attraper. Lucille et Clara en profitent pour entrer aussi, suivies de José Kelly. Le flic, débordé, s'assoit, découragé, sur le fauteuil pendant que José s'écrie :

— Mesdames, je vous en prie, un peu de tenue ! Et laissez tranquille ce pauvre Youri ! Dans son état, il est incapable de satisfaire vos instincts. Moi, par contre, je peux vous consoler !

— Je veux bien être consolé aussi, articule le flic.

José marque un temps d'arrêt.

— Je vais y penser, mais je crois que ce sera vraisemblablement non.

Le visage du poulet se fripe avant qu'il énonce :

— En amour, il vaut mieux regretter ce qu'on a fait plutôt que le contraire.

José prend un air songeur et s'éloigne. Pendant ce temps, les filles s'assoient sur mon lit, m'embrassent, me disent des choses gentilles jusqu'à ce qu'un mec à l'aspect d'un contribuable de base pénètre à son tour dans la chambre bondée. Marylène me souffle à l'oreille : « un agent de la DGSE ». Le mec a du mal à comprendre ce qui se passe, semble-t-il, nous observant tour à tour, s'arrêtant un instant sur le flic affalé dans le fauteuil, puis sur José Kelly en chemise de soie mauve assortie à un pantalon jaune citron. C'est l'une de ses tenues de scènes classiques qu'il porte souvent en ville pour que ses fans le reconnaissent. L'estime de soi, toujours… L'œil intéressé de l'espion se pose ensuite sur Lucille et Jenny, dont les jupes ont été dessinées par des créateurs dont la première consigne était d'utiliser une quantité minimale de tissus. Vient Clara, avec son art de choisir ce qui la rend la plus irrésistible, mêlant chic et bon goût ; enfin Marylène, bras croisés, au regard vert moqueur et provocateur à la fois. Et moi, tel un Sardanapale entouré de ses favorites, enveloppé de pansements et connecté avec des flacons de je ne sais quoi. Il n'a pas le temps de jouir plus longuement du spectacle, car le toubib barbu tente en vain de pénétrer dans la chambre bondée en vitupérant d'un ton péremptoire :

— Qu'est-ce que c'est que ce boxon ? Je dirige ce service et je vous ordonne de tous sortir immédiatement de cette chambre !

Le barbouze lui montre une carte tricolore. Le toubib le transperce du regard.

— Je commande ici et je vous demande de sortir, qui que vous soyez. Sortez !

Ils obéissent tous, sauf Lucille, qui ne bouge pas d'un pouce, assise sur mon lit. Elle annonce fermement :

— Je suis l'amie de Youri, je reste.

Le médecin ricane :

— Vous avez tiré à courte paille avec les autres femmes et c'est vous qui avez gagné ?

Lucille fait luire ses yeux de cobra hostile.

— Par les cornes de Satan ! Vous avez de la chance d'être toubib sans quoi vous seriez en voie d'être hospitalisé vous aussi. Qui vous a appris à parler ainsi à une dame ?

Impressionné et penaud, il se dandine comme un enfant réprimandé.

— Bon, désolé. Mais je suis un peu à cran. Huit personnes dans une chambre, c'est un record. La dernière fois que j'ai vu ça, c'était pour une greffe de cerveau à un rappeur. Il s'agissait d'une première tellement dangereuse, et avec un risque de rejet immédiat de la greffe, que la presse mondiale s'était déplacée.

— Et alors, elle a marché ?

— Oui, mais dès qu'il a été muni d'un cerveau le mec a abandonné le rap. Il est devenu rocker, presque au niveau d'un bluesman, vous vous rendez compte !

— Je vois. Mais, est-ce que je peux repartir avec Youri maintenant ?

— Certainement pas, c'est beaucoup trop tôt ! Pas avant une quinzaine de jours.

— Mauvaise réponse toubib. Il doit chanter à l'Olympia dans dix jours. Débrouillez-vous pour le retaper d'ici là.

Le médecin sourit.

— À vos ordres, Mademoiselle ! puis, me regardant : si ça vous arrange, je peux la faire interner. C'est l'occasion ou jamais. Ça vous dit ?

— C'est gentil toubib, mais ça va aller.

J'arrive enfin à aligner trois mots. Lucille jubile.

— Alors, vous voyez !

## 22 - Mardi 3 septembre 2019 - Lucille

Là, c'est du sérieux. L'Olympia ! J'arrive au saint des saints avec pour seule répétition celle du casino breton : un peu léger pour que je me sente prêt. Je suis sorti de l'hôpital à midi, après avoir signé une décharge au toubib qui m'a traité, avec raison, de maboul. Je ne souffre pas vraiment, mais je suis affaibli et abruti par les antidouleurs dont je préfère ne pas connaître la composition. Lucille joue à l'infirmière autoritaire pour écarter tout ce qui se trouve dans le passage vers la loge. On m'a généreusement attribué l'une des trois principales sur la trentaine que compte le lieu. Celle-ci se révèle somptueuse, dans des tonalités entre beige et marrons, rehaussées d'orange ; luxueuse comme une suite de palace.

Comme la dernière fois, je répéterai tout à l'heure sur scène pendant que les techniciens peaufineront leurs réglages. D'ici là, je révise les paroles avec Lucille, découvrant d'agaçants trous de mémoire, mais elle m'apprend que je vais bénéficier, à sa demande, d'un prompteur. Lucille est non seulement belle, redoutablement efficace contre les méchants, mais organisée et pensant à tous les détails. Elle mérite bien que je déploie l'effort de chanter en sa gloire. Car, si j'apprécie de faire plaisir à José Kelly et de m'exhiber en public – ça flatte mon ego – ma raison principale est d'honorer celle que j'aime. Je suis satisfait de produire cet effort pour elle. Là-dessus, je m'offre une petite sieste : je suis fatigué par les médocs, c'est de la came de drogués, ces trucs-là… Lucille sort de la loge en y abandonnant un nuage de son parfum pour me tenir compagnie.

*

* *

Une heure avant le début du spectacle, Clara vient me tirer du sommeil. Le temps de m'éveiller à un niveau acceptable, de m'échauffer la voix et la représentation va commencer. Je veux m'asseoir dans la salle pour renifler l'ambiance avant d'y participer, sur la fin du show. Marylène passe sa tête blonde par la porte :

— Je peux ?

— Bien sûr. Tu vérifies mon état de fonctionnement ?

— Non, Youri le soupçonneux. Je te sais solide comme un roc. Juste une question : assisteras-tu au spectacle ou pas ?

— J'allais partir pour le voir et surtout pour te voir.

— Oh, je ne suis pas la vedette ce soir, c'est José. Moi, je n'interprète qu'une chanson, comme toi, et après toi d'ailleurs.

— Laquelle ?

— Tu verras, c'est une surprise.

— On manigance dans mon dos ?

— Tout juste !

Elle rit, ses yeux verts pétillent. Elle est magnifique, l'âge l'a épargnée. En arrière-plan, un écran allumé montre l'arrivée des spectateurs dans le long couloir menant à l'entrée de la salle. Alors que je ne le regarde pas vraiment, mon œil est accroché par une silhouette inattendue captée en quelques secondes. Tellement inattendue qu'il ne peut s'agir que d'une illusion, comme il s'en produit souvent, le cerveau ayant la capacité de tordre la réalité pour recréer une image qui nous parle. Ici une image choc.

Marylène me considère curieusement. Se retourne pour survoler l'écran sans rien découvrir de surprenant et revient vers moi.

— Ça va, Youri ? On dirait que tu as vu un fantôme !

— Rien qu'une hallucination due aux médocs antidouleur, probable. Le spectacle va bientôt commencer, on y va ?

Nous y allons donc, en compagnie de Clara et Jenny. La

blonde et la rousse semblent avoir fait la paix, une paix armée, à la lumière de leurs regards peu amènes. Des sièges ont été réservés pour nous au deuxième rang, où nous retrouvons Lucille, sublime en cuir noir (certainement synthétique, vu ses valeurs) et Valentin ainsi que Franck, pas encore remis de ses émotions. Je sais que Christian, le père adoptif de Lucille est également présent dans la salle, mais il évite Clara qui n'a jamais renoué avec lui, à son grand chagrin. Il m'en tient rancune, mais qu'y puis-je? Clara est libre de vivre sa vie comme elle le souhaite. Personne n'appartient à personne.

José porte sa tenue de scène fétiche, ses rouflaquettes sont méticuleusement peignées et moins poivre et sel que d'habitude, plus sombres. La scène, territoire de l'illusion…

Le show se déroule classiquement entre anciens succès et compositions plus récentes, dans une connivence amoureuse entre le public et son idole du passé lui rappelant sa jeunesse enfuie, lui offrant l'illusion qu'elle est de retour. Beaucoup d'émotions, de bravos, de chansons reprises par la salle…

À la moitié du spectacle, une assistante vient me chercher, le moment de ma prestation approche. J'avoue que je me sens moyennement motivé et que j'aurais bien envie d'aller me promener dans le Paris nocturne. Le trac. Jenny m'accompagne. Le bras par-dessus son épaule, je me laisse guider vers cette épreuve.

Retour à ma loge où Pauline, une maquilleuse, jolie petite blonde, rassurante et chaleureuse, me redonne figure humaine. Ensuite, un technicien m'équipe d'un micro et d'oreillettes HF avant que je ne m'arrache au cocon de la loge et n'enfile le sombre couloir donnant accès à la scène, encore imprégné du trac d'artistes mythiques. Jenny m'accompagne de même que l'assistante, en communication avec le réalisateur du spectacle via un casque-micro. Elle l'informe que j'approche de la rampe de lancement, moteurs allumés, rehaussant ainsi mon stress. L'assistante me guide vers le côté cour.

Abrité par un ultime rideau, je dois attendre son signal. Elle m'indique qu'il me reste environ deux minutes avant le grand saut. Je regarde Jenny, ses yeux gris brillent… Je l'entraîne dans un coin ombreux, elle m'enlace et nous nous embrassons, j'aime beaucoup. L'assistante nous interrompt en me frappant légèrement l'épaule.

— Dix secondes!

Déjà! Elle les décompte avec ses doigts. Pendant ce temps, José, sur scène, fait monter la pression du public et me présente comme un être légendaire, découvreur du trésor fabuleux qui a fait la une pendant une semaine, immense journaliste au risque de sa vie. Finalement, je le rejoins sous les applaudissements pendant que les musiciens entament l'intro de la chanson. José me fait un clin d'œil, et précise au public que nous allons chanter en duo pour mon amie Lucille une œuvre éponyme écrite par Michel Jonasz pour Eddy Mitchell en 1982. Cinq secondes plus tard, il attaque et je le suis.

*J'm'en rappelle, y'avait dans ma ville*

*Une fille qui s'appelait Lucille*
*Un vieux rock portait son nom*
*Mais son cœur était un bloc de béton*
*J'lui écrivais des lettres dix par jour*
*Je t'aime et je t'aimerai toujours…*

Je cherche Lucille du regard, mais elle ne se trouve plus à sa place… Clara me montre le côté jardin avec de grands gestes. En effet, je la découvre, en compagnie de Marylène, elles agitent les mains à mon intention.

Les trois minutes trente passent sans douleur, au contraire, j'adore cet instant. La chanson se termine et je chante un dernier vers a cappella, le regard tourné vers Lucille, en tendant la main vers elle. Un peu too much, mais je ne peux m'en empêcher.

José lui fait signe de me rejoindre et nous nous enlaçons, le public est en délire, encore chauffé par l'ex-yé-yé. Lucille est équipée comme moi d'un micro et d'oreillettes…

— Mes amis, quel instant ! Youri a chanté pour Lucille, et maintenant, surprise, Lucille va chanter pour Youri en duo avec ma grande amie, une immense artiste que vous adorez, préparez-vous à accueillir… Marylène !

La salle explose en cris et applaudissements. Marylène entre sur scène, très à l'aise. Je me retire vers les coulisses, côté jardin, cette fois, je n'ai pas envie de retrouver Jenny dans l'immédiat. Un technicien récupère micro et écouteurs. Les musiciens jouent l'introduction de la *Lucille* de Little Richard et Marylène s'adresse aux spectateurs :

— Bonsoir les amis ! (hurlements de la salle). Comme vous l'a dit José, Lucille et moi allons chanter pour Youri. Il s'agit d'une reprise de Little Richard créée par Marie-France en 1981 : *Youri* !

L'arrangement musical est carré, percutant. Lucille et Marylène sont magnifiques dans la même tenue de cuir noir, particulièrement apte à échauffer les sens des amateurs de femmes. Leur duo est parfait, je découvre le talent de Lucille…

*Youri, c'est si doux quand t'as dit oui*
*On s'aime toi et moi, tu m'as dit oui*
*Youri, ah combien l'attente est longue…*

Soudain, j'éprouve un vertige et je m'appuie au mur du fond, j'ai l'impression d'étouffer. Le spectacle de toutes ces personnes âgées représentant un monde sur le point de s'engloutir dans le néant m'oppresse. Jenny surgit près de moi.

— Il était temps que j'arrive ! Ça va aller, c'est l'émotion qui te trouble. Reprends-toi, la loge est toute proche, tu pourras te reposer.

Sa voix grave a pris un ton étrange, comme si elle jouait un rôle, à moins que ce ne soient les médocs qui changent ma perception. J'ai bien cru reconnaître mon père tout à l'heure, dans la foule marchant vers l'entrée ! Machinalement, je regarde le public en écartant légèrement le rideau, mais je ne le revois pas… La défaillance semble s'éloigner, je suis Jenny jusqu'à ma loge.

Elle ferme la porte à clé et décrète :

— Tu as besoin de calme.

Puis, elle m'installe dans un large fauteuil confortable de couleur chocolat avant de tirer un sachet de son sac pour le verser dans un verre d'eau. Elle remue le tout d'une cuillère et me le tend.

— C'est quoi ?

— Un calmant. Le docteur de Saint-Malo me l'avait donné pour cette occasion. Vas-y, bois-le.

Elle me regarde attentivement de ses yeux gris, insondables. J'ai saisi instinctivement le verre, mais sans la moindre intention de l'avaler. J'ai déjà pris trop de médicaments à mon goût. Je lui rends.

— Non, Youri, il faut que tu boives, il n'y a pas d'autre solution. Bois !

Elle insiste trop lourdement. Je ne suis pas un enfant.

— Il n'en est pas question, Jenny ! Tu ne peux pas me contraindre.

Elle grimace et s'empare de son sac pour en sortir mon pistolet Glock et me braquer.

— Bois ! Tu vas partir en douceur, sans t'en apercevoir. Ne m'oblige pas à tirer.

— Tu es folle Jenny ! Redescends sur terre !

— J'y suis, mais plus pour longtemps, et toi non plus. Nous allons partir ensemble et nous ne nous quitterons plus.

— Mais pourquoi ?

— Parce que je t'aime et que je veux que tu m'appartiennes. Tu prétends aimer Lucille, tu passes des nuits avec cette sorcière de Clara, tu tombes en pâmoison devant Marylène et tu me regardes à peine. Je n'en peux plus et je sais que tu ne changeras pas. Il ne reste qu'une solution. J'ai tout essayé, mais rien n'a marché comme prévu.

— De quoi parles-tu ?

— J'avais conclu un accord avec Brice Zarek. Je lui donnais des infos, il ne te touchait pas, mais il me débarrassait de la Clara. Malheureusement, il m'a menti, il m'a prise pour une conne, tout comme toi. Regarde comment tu te comportes avec moi : tu m'embrasses comme si tu m'aimais et dans la seconde suivante tu déclares ton amour à Lucille devant deux mille personnes. Qui supporterait ça ? Tu vois, il ne reste plus que cette solution.

On frappe à la porte, Jenny détourne son attention un instant, j'en profite pour me jeter sur elle. Du moins, j'essaye, car je n'arrive qu'à l'attraper par le bassin avant de ressentir une douleur fulgurante au niveau de ma blessure. Je la lâche, pour hurler. Elle se précipite sur le Glock qu'elle avait laissé tomber et revient vers moi, arme braquée :

— À tout de suite, Youri, nous allons mourir ensemble.

Elle appuie sur la détente… rien ne se produit. Elle pousse un cri de rage et examine le pistolet pour le débloquer, sans y réussir, la sécurité du Glock étant indétectable pour un non initié. Pendant ce temps, affalé au sol, transpercé de douleur, je m'empare d'un long débris du verre cassé dans ma chute et le plante dans le pied de Jenny qui hurle à son tour et tombe contre moi. Je l'enlace, pour l'immobiliser pendant qu'on appelle derrière la porte et que l'on frappe. Elle sanglote contre moi, mon visage dans ses cheveux roux. Je murmure :

— Petite conne ! Il ne faut pas tomber amoureuse de moi, je ne le mérite pas.

— Je n'aurais pas fait tout cela si je pensais que tu ne le méritais pas.

Un choc sourd. La porte, enfoncée, s'ouvre à la volée et un mec balaise surgit :

— Qu'est-ce qui se passe ici ?

— Je suis tombé et j'ai entraîné mon amie dans ma chute, vous pouvez appeler un médecin ? Elle est blessée et je crois que ma plaie s'est rouverte.

FIN

Sommaire

## Remerciements

Je remercie mes lectrices et lecteurs de la première heure pour leur assistance, leur soutien et leurs remarques pertinentes pendant la rédaction de cet ouvrage : Aline Cartier, Gérard Moine, Marylou Richet, Natacha Richet, Claire Vivier.

Un merci spécial à Chrystel Savourat pour sa relecture intransigeante !

Un immense merci à Claire Vivier et Arnaud Boudon pour leur participation à la photo de couverture. Cet ouvrage leur doit beaucoup.

### *Fiction de François Richet (Éditions du Trier-Têtu)*

Royan Tout le monde descend (nouvelles) (2016)

**Série Villa Maboul**

Villa Maboul *Juste une mise au point* (2019)
Du rififi chez les Yé-Yé (2020)
Partenaires Particuliers (2021)

### *Autres livres de François Richet (Éditions du Trier-Têtu)*

Souvenirs de Royan Vol. 1. La Belle époque et les Années folles
(112 pages, 160 photos et illustrations) (2005)

Souvenirs de Royan Vol. 2. La vie à Royan pendant la guerre 1939-1945
(112 pages, 160 photos et illustrations) (2005)

Souvenirs de Royan Vol. 3 bis (nouvelle édition). De la libération aux années 90
(580 pages, 1 265 photos et illustrations) (2015)

Souvenirs de Royan Vol. 4. Souvenirs de Pontaillac
(443 pages, 625 photos et illustrations) (2011)

Souvenirs de Royan Vol. 5. Le Trésor oublié de Jean-Pierre Boudon
(208 pages, 360 photos et illustrations) (2016)

Souvenirs de Saint-Georges-de-Didonne.
(160 pages, 300 photos et illustrations) (2005)

Souvenirs de Saint-Palais-sur-Mer
(476 pages, 793 photos et illustrations) (2015)

Les beaux jours retrouvés de Saint-Georges-de-Didonne. (Collection *Les beaux jours retrouvés !*)
(112 pages, 164 photos et illustrations en couleur) (2017)

Guide de Talmont-sur-Gironde (édition française et anglaise)
*Guide pour une visite agréable et instructive*
(68 pages, 120 photos et illustrations en couleur) (2017)

Royan 1900
(232 pages, 227 photos et illustrations ainsi que la reproduction d'un plan d'époque.) (2018)

Royan, les 30 glorieuses *et même un peu plus* (Collection *Les beaux jours retrouvés !*)
(68 pages, 103 photos et illustrations)

☘

Dépôt légal juin 2021
Achevé d'imprimer dans l'UE en juin 2021 par Pulsio, Paris